全娱乐圈都知道他喜欢我

相 思◎著

百花洲文艺出版社
BAIHUAZHOU LITERATURE AND ART PRESS

图书在版编目（CIP）数据

全娱乐圈都知道他喜欢我 / 相思著. —— 南昌：百
花洲文艺出版社, 2020.11
ISBN 978-7-5500-3887-5

Ⅰ. ①全… Ⅱ. ①相… Ⅲ. ①长篇小说 – 中国 – 当代
Ⅳ. ①I247.5

中国版本图书馆CIP 数据核字(2020) 第 210120 号

全娱乐圈都知道他喜欢我
QUAN YU LE QUAN DOU ZHI DAO TA XI HUAN WO

相思 著

责任编辑	许　复
书籍设计	雷　婉
制　作	刘毅夫
出版发行	百花洲文艺出版社
社　址	南昌市红谷滩新区世贸路 898 号博能中心A 座 20 楼
编辑电话	0791-86894717
邮　编	330038
经　销	全国新华书店
印　刷	河北盛世彩捷印刷有限公司
开　本	710mm × 1000mm 1/16　印张 14.25
版　次	2021 年 1 月第 1 版第 1 次印刷
字　数	219 千字
书　号	ISBN 978-7-5500-3887-5
定　价	48.00 元

赣版权登字 05-2020-190

邮购联系　0371-55697759
网　址 http://www.bhzwy.com
图书若有印装错误，影响阅读，可向承印厂联系调换。

清冷矜贵国民老公 x 甜系元气网文大神

一个比草莓还要甜的故事。

陆沉舟薄织雾幼年一见钟情，一场变故后二人走散，兜兜转转十八年，他最终回到了她的身边。

文风轻松甜美，情节跌宕起伏，看后余味悠长，让人再次相信并期待爱情的到来。

相思的文笔是非常棒的，爱情是美好的，令人心醉的。羡慕陆沉舟宠爱织织的日常，这也几乎是每个女人的向往。看完这本书，忍不住想再来一场美好又轰轰烈烈的恋爱。

——白茶

相思笔下的文字仿佛藏着魔法，翻开这本书，你很快就能在快节奏的剧情里找到她的魅力所在，享受一场爱与情相碰撞的文字盛宴。

——我见青山

薄织雾与陆沉舟的故事，是一个近乎完美的爱情童话，骄傲如陆沉舟，愿为薄织雾学会温柔；干净如薄织雾，也愿为陆沉舟顽强生长，成为更强大的自己。薄织雾是陆沉舟心中唯一的浪漫，她让他心动，也让他臣服。

——苏幸安

这是一段由契约婚姻而让薄织雾和陆沉舟走到一起先婚后爱的故事。文笔与故事俱佳，情节生动活泼，主角婚后的故事甜蜜，过程曲折旖旎，元素多元化。就像他们的婚礼那般浪漫美好——现场的糖果色气球纷纷飞向天际，带着他们的爱情与对未来的憧憬。一直飞向了更高的天际。

——安九凌

喜欢陆沉舟，也喜欢薄织雾，更倾心于他们的爱情故事。每每读到两人之间动人感情的情节时，就像是看了一部精彩绝伦的电影，文中跌宕起伏的剧情，人物刻画入木三分，相思笔下的每一位人物，都赋予了他们不一样的生命力。像夏日里的清风，像冬日里的暖阳。更像是午后坐下来可以慢慢品尝的一壶老酒，唇齿留香，让人回味无穷。

——沉安安

序 言

早晨在上毛概课的时候，手机屏幕忽然亮了一下。

是编辑发过来通知我写陆总和织织这本书序言的消息。

《全娱乐圈的都知道他喜欢我》是我写文以来正式出版的第一本实体长篇小说。

18 年的冬天，我窝在教室的角落里，用手机自带的备忘录，敲下了陆沉舟和薄织雾这两个名字。他们的名字，起源于我脑海中的一幅画。

天幕湛蓝，月淡星疏。大雾茫茫的湖面上飘着一叶小舟。

于是就有了他们。陆沉舟，薄织雾。

我一直觉得，最好的爱情是双方势均力敌。

所以，哪怕薄织雾不是配得上陆沉舟的那个人，她也依旧在努力让自己变得优秀。

因为喜欢，所以想跟他的话题变多，不想错过有关他的任何一件事。

想让自己跟他的交集多一点，再多一点。变成那个最好的自己去配他。

不止一次，在写到他们之间互动的时候，我坐在电脑跟前，脸上洋溢着相爱的甜蜜。

写到后期的时候，有一种微妙的感觉在心底产生。已经不是我来操纵这个故事的走向了。

仿佛是他们有了生命力，推着我把这个故事写下去。

我不再是这个故事的作者，而更像一个参与者，旁观者。

他们不是我笔下的人物，而是存在于平行世界里，另一个时空的朋友。

再美好的故事，也依旧会有终章。

用我最喜欢，也最贴合这本书的主题的一句话来结尾吧。

"我们各自努力，最高处见。"

相思

2020 年 09 月 11 日

目 录

CONTENTS

第1章　闪婚

暮冬已至，寒意料峭。

朝城医院里，薄织雾坐在病床上，望着站在自己跟前的男人颀长的背影，开口问道："陆先生，现在您可以告诉我，您的条件是什么了吗？"

陆沉舟转过身来，大片阳光照在他的背上，镀上了一层温柔的光辉。

男人修长而又骨节分明的手指，从茶几上取过一份合同递给薄织雾。

"结婚协议书"五个醒目的大字，瞬间映入她的眼帘。

薄织雾有些错愕地看着他："你……要我和你结婚？"

陆沉舟解释说："是，契约结婚。"

顿了顿，他又说道："三年为期。这三年的时间里，你替我应付媒体与奶奶。我帮你全面开发你的小说IP，替养父找最好的医生治病。帮你寻找亲生父母。三年后协议结束，我给你五千万。如果在这三年期间，我先提出离婚，你就可以提前拿到五千万离开。"

陆沉舟今年28岁，亚洲首富，华娱总裁，娱乐圈"王"一般的男人。

他的父母早逝，亲人只剩下奶奶和弟弟了。

奶奶秦明珠今年74岁，心心念念都是陆沉舟的婚事。

昨天他跟薄织雾的绯闻被媒体曝光出来的时候，秦明珠就给他打过电话，责备他背着自己找到了女朋友，却不肯告诉她，务必让他带薄织雾回家给她看看。

他并不想留下让媒体做文章的地方，所以，契约结婚是最合适的选择。

这种天上掉馅饼，一夜麻雀变凤凰的故事，薄织雾只在小说里看过，怎么都没想到，竟然有一天会真的发生在自己的身上。

她今年22岁，是人气很高的全职作者。凭借作品《蜜恋100天》爆红全网。因此，在两天前，有幸被邀请去参加网站的年会。可却在年会上被自己最要好的闺密戚涵算计，害她走错房间，跟陆沉舟发生了关系，竟还把她的男朋友沈皓轩也给抢走了。

在她最难过的时候，又接到电话，养母沈碧清因为欠下巨额债务，跳楼自杀了。那帮追债的人不肯罢休，又找到了她家里的住址，绑架了身患渐冻症的养父薄绍均，并且扬言，如果薄织雾拿不出五百万来还债，就会撕票。

在她悲痛万分、万念俱灰之际，是陆沉舟对她施以援手，帮她还清了五百万。

替她还债，给爸爸治病，全面开发她的小说IP，帮她找到亲生父母。这些是她一直以来不断努力，想要去做到的事情。

三年为期，结束后就给她五千万。

债务她能够慢慢还，可是，薄绍均的渐冻症，却没那么容易治疗。

渐冻症是世界五大疑难杂症之一，至今没有研制出可以治疗渐冻症的特效药，只能慢慢地用各种临床试验的药吊着。

沉默许久，少女才慢慢地抬起眸子，答应了陆沉舟："我可以答应你，但是……我也有自己的一些条件。"

陆沉舟饶有兴致地看着她："不妨说说看。"

"不许干涉我的私生活"

"可以。"

"不许和我发生任何超过范围的肢体接触。"

"可以。"

"不可以强迫我做我不想做的事情。"

"可以。"

陆沉舟注视着薄织雾，他问："还有么？"

薄织雾一下子想起什么："如果以后你出轨了其他女人，我提前提出离婚，你也要支付我五千万。"

他点了头："可以。"

陆沉舟听了她的这些要求后，终于主动开了口，他说："那我也有个条件。"

薄织雾皱眉看着他："什么条件？"

陆沉舟冷静地看着她："如果，未存在出轨而你主动提出离婚，我就不用支付你五千万。"

薄织雾："什么？"

她就知道，陆沉舟的条件没那么简单。资本家都是吸血的！

陆沉舟看她出神，问她："怎么样？"

薄织雾抿了抿唇："好，我答应你！"

说着，她取过钢笔后粗略地扫了眼合同，直接在乙方处爽快地签了字。

夜幕深沉。

黑色迈巴赫行驶在流光溢彩的街道上，车窗外的风景不断往后倒退。

薄织雾坐在车里，望着手里的红本本出神，有些不敢相信。

她结婚了。才 22 岁，就结婚了。

陆沉舟喊她："陆太太，是真的，不用确认了。"

薄织雾回过神来，她的眼角微微抽搐："知道了。"

陆沉舟说："结婚的消息暂时别宣扬出去。"

薄织雾挠了挠头问他："为什么？"

陆沉舟以一种看智障的眼神看了她一眼："你希望别人说我们闪婚是因为外界的传言？"

薄织雾脱口而出："难道不是吗？"

陆沉舟蹙眉看了她一眼，她连忙闭了嘴。

陆沉舟慢悠悠地解释给她听："死不承认久了媒体才会根据那些照片不断地捕风捉影，然后再找个适当的时候把消息散布出去才会有人相信。"

"所以咱们是要搞个大新闻？"

"算是。"

到了老宅，已经是一小时后。

"总裁、夫人，到了。"

司机下车后一阵小跑给薄织雾开了车门，她下车后走进了屋子。

天色昏暗下来，门前的路灯早就亮起来了。

陆沉舟敲了敲门，李嫂开了门。

她看见陆沉舟与薄织雾两个人，连忙笑眯眯地说："老夫人快看看，是沉舟少爷和薄小姐来了！"

李嫂张罗着给薄织雾拿了双鞋子，她说："薄小姐换上吧。你可不知道，今天下午老夫人高兴得合不拢嘴，一直在念叨着呢。"

陆沉舟下午打电话给秦明珠说他结婚了的时候，她就高兴得不得了。

老太太年纪大了，就盼着陆沉舟结婚呢。

他搂着薄织雾的腰，薄织雾觉得一阵别扭，动了动，瞪了陆沉舟一眼小声地说："陆沉舟，你手往哪里放呢？"

秦明珠听到这话，抱着猫走到了玄关处。一看薄织雾就觉得她长得特别讨喜，笑眯眯地看着薄织雾说："这就是织织呀。"

陆沉舟侧头看了薄织雾一眼说："嗯。"

薄织雾看见秦明珠，乖巧地喊她："奶奶好。"

秦明珠拍了拍她的手："好好好。"

她拉着薄织雾的手走到客厅坐下来，又笑着打量薄织雾说："沉舟他没有欺负你吧？"

她笑得一脸乖巧，甚至还有些小羞涩："没有，沉舟对我特别好。"

说着，还刻意将"特别"两个字声音咬得很重。

秦明珠笑着说："那就好，他要是欺负你，你告诉奶奶，奶奶替你收拾他。"

秦明珠望着一家人其乐融融的样子切入正题了，她问陆沉舟："沉舟啊，你打算什么时候和织织对外宣布结婚的消息？"

目前他和薄织雾结婚的消息，只有陆家人知道，还没对外宣布。

陆沉舟一本正经地说："找个合适的时间吧，我和织织虽然在一起很久了，但是对外一直保密。如果骤然公布结婚的消息，外界传言不免会伤害到织织。"

薄织雾看着陆沉舟心里感叹：果然，姜还是老的辣。资本家当着这么多人的面撒谎都不带脸红心跳的。反倒是薄织雾，心里七上八下的，都不敢看秦明珠的眼睛。

说着，陆沉舟还宠溺地揉了揉薄织雾的头。

薄织雾被他的动作搞得鸡皮疙瘩都起了一身，但是，戏总要做足全套。她望着陆沉舟温柔地笑了笑。

秦明珠也是在商场上待过很多年的，陆沉舟说的话不无道理。她点了点头："也好，那就听你的吧。"

李嫂走了过来，她说："老夫人，饭菜都备好了，可以上桌了。"

陆沉舟说："好，织织，咱们吃饭去了。"

秦明珠慈祥地说："你们先去吧，我和织织还有些话要说。"

薄织雾满脸疑惑地望着秦明珠问："怎么了，奶奶？"

秦明珠笑着从抽屉里取出一个红包，薄织雾错愕地看着秦明珠。

秦明珠笑眯眯地塞到了薄织雾的怀里，她说："拿着，这是给你过门的钱。"

薄织雾有些不好意思地想要推辞，她和陆沉舟本来只是契约婚姻啊，现在秦明珠又要塞给她钱，总归是有些良心不安的。

秦明珠看见她这副样子，大概猜到了她想要推辞。

她故作生气地看着薄织雾说："不许推辞，这是礼数，不可以少的。你要是不拿，奶奶可就要生气了。"

薄织雾脸色微红，只好收下说："那好吧，谢谢奶奶。"

晚餐吃完已经九点了。陆沉舟与薄织雾还要回西山林语。

秦明珠有些困就先上楼去睡了，李嫂送他们到了门口，薄织雾笑着说："李嫂，不用送了。"

李嫂略微点了下头，家里也有事情需要她去处理，就没有再去送了。

一小时后，薄织雾和陆沉舟坐车回到了西山林语。

洗完澡后，有佣人过来收她需要清洗的衣物。

薄织雾掏了下口袋，这才发现，口袋里好像有个鼓鼓囊囊的东西。

拿出来一看，这才想起来，是之前奶奶给她的红包。

她把红包递给陆沉舟："喏。"

陆沉舟皱眉看着她："自己留着吧，奶奶既然给你了就是你的。不用给我。"

薄织雾也不矫情，她把红包收了起来，反正以后还是可以用别的东西补回去。

她拆开红包看了一眼，数了数红色的票子。

薄织雾以为是自己数错了，足足数了三遍她才确定没有错。红包里有整整一万零一块。

她喃喃自语："一万零一？"

陆沉舟看着她这副傻乎乎的样子，解释说："万里挑一。"

薄织雾一拍脑袋这才反应过来。

"我差点忘了是这个意思！"

薄织雾有些脸红地把那些钱收了起来，红包的包装看起来也不简单啊。

这是之前薄织雾眼馋很久都没舍得下手的故宫联名款。

奶奶在她还没出生就已经去世了，所以她也从来没感受到过来自奶奶的宠爱。

可是她感受得到，秦明珠好像很喜欢她。

回复完邮件，陆沉舟阖上了笔记本电脑。

他身上穿着一身法兰绒睡衣，自然地掀开被子，坐到了床上。

薄织雾见状，警惕地看着他："我去睡客房！"

她掀开被子就想跑，陆沉舟的声音在身后响起："新婚第一晚就分房睡，你是想告诉庄叔和吴嫂什么？"

薄织雾当然知道他的意思，可是即便是这样也不可以啊！

要是陆沉舟那只大灰狼乱动怎么办？

她一个手无缚鸡之力的弱女子怎么能是他那个糙汉子的对手？

怎么办？

"回来。"陆沉舟清冷的声音里，是不容抗拒的命令。

薄织雾机械地朝前挪动了一步，陆沉舟语气有些不耐了："我不想重复第二次。"

薄织雾一咬牙，鼓起勇气转过身说："好，可以！但是，你不准碰我。更不准过界！"

说着，薄织雾就在屋子里搜寻着可以隔开陆沉舟的东西。

有了！薄织雾笑着把贵妃榻上的小枕头放到了床上，她叉着腰和陆沉舟说："今天晚上，你不准过界，不然……"

不等薄织雾把话说完，陆沉舟就打断了她："我对飞机场没兴趣。"

谁飞机场了，薄织雾争辩说："哼！你才是。你……唔！"

话还没说完，男人温热的唇瓣就跟着落了下来。

薄织雾的瞳孔猛然放大，眼神里满是震惊，和男人的身影。

过电般的酥麻瞬间传遍全身。

窗外，夜色掩去满室春意。

薄织雾第二天起来的时候，已经是早上十点了，陆沉舟早就去公司了。

助理沈妍心过来敲门通知她，奶奶想要跟她一起逛街，她答应了。

佣人出去后，她打开抽屉，准备找避孕药。

陆沉舟跟她只是三年契约关系，所以她很清醒，也不可能给陆沉舟生下孩子。

薄织雾在床头柜里翻腾着药瓶子。她忽然看见了一个蓝色的天鹅绒盒子。看起来挺贵重。

薄织雾好奇地打开了盒子，看到里面居然躺着一根小女生用的头绳，看起来有些年头了。

薄织雾轻笑出声："没想到陆沉舟这只大灰狼还有颗少女心？"

门外传来了哒哒哒的走路声，"咔嗒"一声，门被人推开了。

进来的不是别人，正是陆沉舟。

薄织雾正笑盈盈地看着那根头绳，这一幕映入他的眼帘。陆沉舟脸色沉了下来。

谁让她翻自己东西的？

薄织雾机械地转过头，看见陆沉舟连忙道歉说："对不起……我不是故意的。"

陆沉舟的脸上出现了之前没有过的冷漠，他上前夺过薄织雾手里的盒子，有些激动地问她："谁让你乱翻我东西的？"

薄织雾辩解道："谁乱翻你东西了？"

陆沉舟拿着手里的盒子质问她："那这个是什么？"

陆沉舟不等她回答就接着说："从今天起，不准随便动我的东西。你要是乱动，后果自负。"

他是在警告自己吗？

薄织雾听了紧抿着唇，她掀开被子看着他说："你以为我对你的东西很感兴趣是吗？我私自看你的东西是不对，可是你有必要吼我吗？"

她敢反驳自己？

陆沉舟趋步上前捏住她的下巴，他微眯着眼，以一种不容置喙的姿态看着她，"你最好记住我说的话，否则。我既然有能力一夜之间把你父亲救出来，替你还五百万，那就也有能力把给予你的这些全部摧毁。"

他的语气冰冷的没有一丝温度，四周的气压更是极低。

薄织雾对上他的眸子，那双眼神让人觉得寒冷彻骨。

陆沉舟这是在威胁自己吗？

他的力气有些大，捏得她下颚生疼。薄织雾费了好大的力气，这才挣脱他的手。

这两天对他的印象与刚才他对自己的警告形成了巨大的反差，最终化为了无边的恐惧。

薄织雾睁大了眼睛，不可置信地看着他怒骂道："你有病！"说着，她就摔门而去。

她边跑边拢紧了身上的睡衣。两边有负责打扫卫生的佣人向她问好。

呵，男人的嘴，骗人的鬼！上一秒还柔情蜜意地说要护着你，下一秒就冷戾地警告你。双重人格？

又或许，这才是陆沉舟的真面目。冷酷霸道，自私任性。

薄织雾衣服都没来得及换就跑出了门，寒风呼呼地往身上直扑。

落地窗前，陆沉舟看着那个孱弱的身影蹙起了眉头。

沈妍心刚帮她挑好衣服，一进门却没看见薄织雾，只有陆沉舟一个人站在窗前。

她硬着头皮进了卧室，问陆沉舟："呃……总裁，夫人呢？"

陆沉舟有些落寞地说："楼下。"

他拿起了床头的文件，想着什么又添了句话："天冷，记得给她多添件衣服。"

沈妍心半天才回过神来，愣愣地点了点头。

总裁刚刚那语气是怎么回事？大早上和织织吵架了吗？

楼下，沈妍心看见薄织雾抱膝蜷缩在屋子的角落。她上前替薄织雾披了件衣服。

薄织雾礼貌地说："谢谢。"

沈妍心摇了摇头，说："总裁让我送来的。"

薄织雾愕然抬头看着她，呵，陆沉舟果然有病。刚警告了她就又让人来哄她。把她当什么？没有脾气的宠物吗？心情好就给颗甜枣，心情不好的时候就弃之如敝屣。当她没脾气？

薄织雾腹诽着。

沈妍心说："衣服我都替你整理好了，离答应去见老夫人的时间也快到了，你先上楼去换衣服吧。"

薄织雾点了下头，转身去换了衣服。

车子行驶在离开西山林语的路上，薄织雾想不通。

不行！她一定要想办法让陆沉舟先提出离婚！

这个男人昨天睡她，今天恐吓她，明天怕不是真的要杀人了。再这样下去，她一定会被陆沉舟折磨疯的！

跟奶奶逛街很轻松，虽然她上了年纪，但是眼光依旧很好。薄织雾心情不好，也下定决心要陆沉舟先提出离婚，之前陆沉舟给过她黑卡，是她不肯用。这次倒是想开了。

反正不是自己的钱，花着当然不心疼。而且，如果陆沉舟因为自己太能花钱，从而使得他跟自己离婚，薄织雾简直求之不得！

购物结束已经是下午五点了，薄织雾不想回西山林语。因为她一想起上午陆沉舟和她说话的那个态度就觉得生气。

她坐在迈巴赫里和秦明珠说："奶奶，我今天回家陪您吃饭好不好？"

秦明珠听了这话倒是觉得有些奇怪，两个人刚结婚，不应该是十分黏糊的吗？

她问薄织雾："怎么？"

薄织雾连忙扯谎笑着说："没有没有，只是沉舟今天有事要忙嘛，我一个人在家吃饭挺无聊的，所以不如陪陪奶奶啊。还是奶奶不希望我去陪着您？"

秦明珠这才笑眯眯地说："怎么会呢？你愿意陪着奶奶来吃饭，奶奶高兴都来不及呢！"

夜幕降临，只有司机将她们下午的战利品送回西山林语。

结束了一天的工作，陆沉舟回家后没看见薄织雾有些烦躁地问吴妈："织织呢？"

吴妈愣了一会儿，奇怪地看着陆沉舟说："太太今天晚上去陪老太太吃饭了啊。她没有告诉你吗？"

陆沉舟点了点头说："知道了。"

吃过晚饭后薄织雾还没有要走的意思，她从洗手间出来，走道里有个博物架，目光忽然就被上面一个显眼的东西吸引了。

薄织雾皱起眉头好奇地问秦明珠："奶奶，这个是八音盒吗？"

秦明珠戴着老花镜正在看电视，听着薄织雾的话转头笑着说："是啊，沉舟小时候的东西。"

说着，她就走到博物架边取下来递给薄织雾看。

这是一个三只天鹅的粉色八音盒，打开之后，八音盒有清脆悦耳的音乐，滴滴答答地传出来。每一个音符都像是敲在人的心上，曲子是耳熟能详的《天空之城》。

她看着八音盒轻笑出声："他还挺有少女心的。"

秦明珠笑了笑："奶奶也不是很清楚，但沉舟好像确实挺喜欢这个八音盒的。他常年各地出差，所以行李一般都是只有衣服和文件。这些东西也就没带，今天既然你看见了，那就带回去给他吧。"

时间不是很早了，再不回去恐怕秦明珠会起疑。她点了点头便说："好。谢谢奶奶今天的招待，我得回去了，不然沉舟该担心了。"

秦明珠点头拍了拍她的手："好。"

门外，陆沉舟坐在车内，看着薄织雾上了车与西山林语相悖的方向行驶而去，他蹙起眉头吩咐司机："跟上。"

车子一路开到了繁华的市区，然后又七拐八拐进了一处有些偏僻破落的院子。

陆沉舟怕被发现，就没再吩咐跟上了，只是在路口把车停了下来。

薄织雾下了车，她和司机说道："麻烦您等一下了。"

司机恭敬地说："好的，夫人。"

"啊嚏！"薄织雾鼻子有些痒，她打了个喷嚏。

司机皱眉问："夫人是感冒了吗？"

薄织雾摇了摇头笑着说："不会，我身体很好的。"

司机点了点头就没再多过问了。

昏黄的路灯照进这座有些偏僻的院子。

薄织雾敲了敲门，一个中年妇女给她开了门。

薄织雾笑着说："院长。"

院长有些惊讶她这么晚了还会过来，问道："怎么这么晚了还过来？"

她笑了笑说："约定过的一个月来一次，我没忘。"

薄织雾接近一小时才终于从院子里走了出来，她忽然觉得司机的话有些说中了。她现在嗓子和上颚都开始觉得不舒服了，路口冷风呼呼地往身上吹。

她下意识地裹紧了身上的衣服，加快步伐朝着路口走去。越往路口走，她就越觉得头晕。

薄织雾摇了摇头努力让自己清醒一点，还有一段路就能上车了。

车子里，陆沉舟看着她终于出来了后，心才渐渐沉了下去。他低头看了眼手表上的时间。

司机忽然皱起眉头喊了句："总裁。夫人好像晕倒了！"

陆沉舟听了一瞬间有些心慌，他看了眼窗外。

果然，那个蠢女人倒在了地上！

陆沉舟连忙下车将她抱进了车里。薄织雾现在整个人浑身都是冰冷的，除了额头！

他摸了摸自己的额头，又试了试薄织雾的额头。

一定是发烧了！

司机听了陆沉舟的吩咐后，一踩油门就立刻回了西山林语。

薄织雾整个人烧得昏昏沉沉的，他把她横抱在怀里。下了车后立刻吩咐吴妈："吴妈，准备一盆冷水。沈助理，去拿药！"

二人连忙点了点头，按照陆沉舟的吩咐去做了。

庄叔看着薄织雾这副昏迷不醒的样子，连忙问："夫人这是怎么了？"

陆沉舟骂道："这个笨蛋，发烧了自己都不知道！"

薄织雾觉得自己整个人浑身悬空，被人轻轻放在了床上。

她烧得迷迷糊糊，眼前的一切景象都化成了迷离的雾色。

薄织雾下意识地抓紧了眼前人的袖子。陆沉舟耐着性子，一点点把她拽着自己袖子的手掰开，然后又塞了个体温计到她腋下。

她嘴里迷迷糊糊地喊着什么，声音细微不可闻。

吴妈已经打了水上来。陆沉舟拧了冷帕子敷在她的额头上，沈妍心把药递到了陆沉舟手边。"陆总，这是退烧药。"

白色的药片躺在瓶盖里，薄织雾现在烧得昏昏沉沉的压根就没法把药吃下去。陆沉舟头疼地看着她脸色苍白的样子，吩咐吴妈说："把药片磨成粉，再准备一杯牛奶。"

吴妈连连点头："好的，先生。"

庄叔敲了敲门，陆沉舟说："进。"

他把一个纸袋子交给了陆沉舟，"先生，这是刚刚太太落在车上的。"

陆沉舟皱眉，好奇地问："是什么？"

庄叔摇了摇头："这个我也不知道。"

他接过袋子看了眼，里面躺着一个八音盒，还有一张收据。从袋子里拿出来后，陆沉舟才发现，这个八音盒是他一直放在奶奶那边的。一直想着要拿回来，却没找着空去。

她居然帮自己带回来了？

收据是一张捐款收据。捐赠人处赫然写着秦明珠的名字。

她半夜三更不回家，就是为了去捐款？

"先生，退烧药已经磨好了。"吴妈把磨好的药粉倒进了热牛奶里，搅拌了一下，递到了陆沉舟手里。

可是薄织雾烧得昏昏沉沉，连说话的力气都没有，更别说是喝牛奶了。

他刚喂下去一口牛奶，她的齿关却怎么都不肯打开，所有的牛奶都滑落在了她的脖子上。

陆沉舟用勺子舀起一勺牛奶，捏起她的下颚，打算把药灌下去。又烦躁地把牛奶放在一边，取出她腋下的体温计。39.8摄氏度？怎么会发这么高的烧？是因为早上吗？

他微微叹了口气，吩咐庄叔说："庄叔，通知医生来一趟。"

卧室里，薄织雾昏昏沉沉地躺在柔软的席梦思大床上。

她喝不下去牛奶，陆沉舟就耐着性子，一口一口地把牛奶渡到她嘴里。

或许是感受到唇齿间温热的液体，包裹着被烧得有些起皮的嘴唇，她开始慢慢地把牛奶吞了下去。

就这样，陆沉舟把一杯牛奶一口一口喂完了。

薄织雾的手还露在外面，淡粉色的疤痕在白皙的手臂上，十分显眼。

陆沉舟想起前段时间她为自己挡下的那一刀。

伤口已经结痂了，只留下一层淡淡的粉色。

陆沉舟走到床边，重新打开了八音盒。清晰透亮，而熟悉的声音又在耳畔响起。

片刻后，他阖上了八音盒，又从抽屉里取出装着头绳的天鹅绒盒子，一起放进了书房的保险柜里。

"陆总放心吧，陆太太没事，就是有点受凉了。吃了药好好休息几天就好了。"

陆沉舟听医生这么说就放心了。

他的眸光落在了躺在床上的少女身上，眸光中带着几分担忧与黯然。

薄织雾醒过来，已经是第二天了。

沈妍心坐在床边，看她醒了惊喜地说："织织你终于醒了。"

薄织雾想坐起来，沈妍心连忙把枕头塞在她的背后，扶着她坐起来。又把药递给她："先把药吃了。"

薄织雾迷迷糊糊的，嗓音有些沙哑。

她疑惑地问："我……好像晕倒在外边儿，怎么醒来就躺屋子里了？"

沈妍心莞尔一笑："是陆总把你抱回来的。"

薄织雾有些惊讶地张着嘴，陆沉舟抱她回来的吗？她愣了一会儿，很快就反应了过来。

天啊！陆沉舟是怎么找到她的？难道昨天陆沉舟派人跟踪她吗？

"果然！这个变态，就算我不回来，他也会想方设法找到我！"

门外，陆沉舟端着煮好的粥准备送进去。听到薄织雾的话，脸色忽然就变了。

变态？

他低头看了眼自己手里的碗，冷着脸把粥交给了吴妈说："你送进去吧。"

吴妈蹙眉，不解地看着陆沉舟说："先生，为什么不自己送进去？"

陆沉舟深深看了吴妈一眼，然后沉声说："变态不需要人性。"

吴妈一头雾水地看着陆沉舟，然后接过粥端进了房间里。

薄织雾喝了口水，把药吞了下去。比起昨天昏昏沉沉的，今天她的状态已好了不少。

吴妈端着粥走了进来，她笑着说："织织，你饿了吧？这是先生让我送进来的粥。"

陆沉舟让人送来的？

薄织雾嘟囔着："……看起来这个资本家还是挺有良心的。"

她接过碗说："谢谢。"

吴妈出去了。她一口一口喝着粥，气色好了一些。

沈妍心贼兮兮地笑着说："织织，总裁昨天可是照顾了你一晚上哟，你这么说他不太好吧？"

他……照顾了自己一晚上吗？

虽然她昨天烧得迷迷糊糊，但是确实好像感受到了，有人喂她喝水，给她换额头上的冷帕子。动作……还挺温柔的。

薄织雾抿唇嘴硬地说："哼！要不是他，我才不会发烧呢！"

沈妍心嗤笑出声："你呀，就是嘴硬！"

休息了几天，薄织雾的身体好得差不多了。她坐在楼下吃早餐，咬了口面包，跟沈妍心说道："妍心，等下你帮我找个搬家公司吧？"

沈妍心愣了一下，有些惊讶地看着她："你要搬家？"

薄织雾解释说："不是我要搬家，我是帮我爸爸搬家。"

薄绍钧得了渐冻症，行动什么都很不方便，以前是沈碧清照顾他，现在沈碧清去世了，身边都是医院的护士在照顾。

陆沉舟买的房子不能闲置着吧，薄织雾不想欠他什么东西，尽管是他送她的房子，可是她还得把钱还给他。她不喜欢欠别人人情。

沈妍心点了下头："好的。那我等下帮你联系。"

"我和你一起去。"陆沉舟理了理领带，走到了餐厅。

薄织雾好奇地说："奇怪，你今天怎么还没去上班？"

要知道，资本家可是每天视时间如生命的，基本就是她还没睡醒他就起来了。

有天她抽空问过吴妈，资本家一般都是几点起床，吴妈的回答，让她至今难忘。

四点。对！就是凌晨四点啊！！

"陆总好。"沈妍心打了招呼，默默离开了餐厅。

陆沉舟拉开椅子，坐在薄织雾对面："今天周末。"

哦，好像是啊。她最近写稿子都写傻了。

陆沉舟认真地端详她的脸，薄织雾愣了一会儿，这才觉得奇怪地抬起头，问陆沉舟："我脸上有什么东西吗？"

阳光倾洒在薄织雾身上，勾勒出一圈毛茸茸的金边。

她穿着一件白色的毛衣，头发扎成丸子头，嘴角还沾着牛奶沫。

陆沉舟伸手取出西装口袋里的帕子，替她擦干净。

薄织雾脸颊绯红，支支吾吾说了句："谢谢。"

薄织雾回到旧的小区收拾东西。

陆沉舟坐在沙发边，看着手机上的股票。他隔空和薄织雾说："你被领养的时候，没有留下什么信物？"

薄织雾在隔壁房间清理东西，她想了一会儿，回答说："不是很清楚……我被孤儿院的院长收养的时候，只有四五岁的样子。院长说当时我就躺在孤儿院门口。那个年代监控摄像还没覆盖，所以也查不到什么。"

她又自嘲地笑了笑："大概可能是我那时候生了一场大病，家里又没钱，养不起我，所以把我送去了孤儿院吧。"

"还记得孤儿院的名字么？"

薄织雾挠了挠头，想了会儿说："好像叫什么……圣心孤儿院吧，印象不是很深刻。我在孤儿院待了一年就被我现在的爸妈领养了。"

她想到什么说什么："哦……据说那个孤儿院好像没多久就被拆了。院长什么的也都很难找到了，毕竟这么多年了，找不到我也不强求。"

她对于父母相关的记忆只有薄绍钧和沈碧清，那时候的沈碧清还没沾染上赌博，家庭条件也还不错。薄绍均开了家小饭馆，挣了些钱。又只有她一个孩子，自然什么好的都是她的了。

只是她还是不甘心，想找到亲生父母问一问，问一问为什么当初不要她，把她扔在孤儿院。

薄织雾说得坦然，可是话里的苦涩陆沉舟却听得出来。

被遗弃的孩子，还能这么坦荡地活着，并且性格这么活泼开朗，看得出来，薄氏夫妇对她真的很好。

陆沉舟沉默了一会儿才说："答应人的事情，我陆沉舟一定说到做到。还是你觉得，我找不到？"

薄织雾笑了声没说话，手里的动作没停，接着去整理东西了。她打开抽屉的一瞬间，忽然有一个红色的盒子出现在了眼前。

薄织雾皱眉喃喃说："奇怪……以前没有啊。怎么回事？"

陆沉舟起身走进屋子里。薄织雾打开盒子，里面有一块玉正躺在里面，她皱起眉头。

自从沈碧清沾染上赌博，在外面欠了钱后，家里值钱的东西就都被人抢走了，这块蒙了尘的玉佩……她倒是十分好奇。

陆沉舟一眼就看出来了："寸家玉？"

薄织雾对玉石一直没什么研究，她皱眉问陆沉舟："值钱吗？"

"……庸俗。"

薄织雾吐了吐舌头："我本来就是个俗人。不过你怎么知道这是寸家玉？"

陆沉舟接过她手里的那块玉："奶奶喜欢摆弄这些，所以我也跟着了解了一些。"

她和陆沉舟说："我觉得挺奇怪的，家里以前总有人来要债，值钱的东西都被拿走了，只有这个没被拿走。而且看起来，好像是我妈藏了许多年的……"

陆沉舟说："这块玉蒙尘多年，但是还能看出是块好玉。"

玉佩当初没被抢走倒是一点也不意外，毕竟这块玉佩积攒的灰尘很厚，看起来就像是块赝品，要债的看不出来也正常。

薄织雾说："算了，等会儿问一下爸爸吧。"

第2章 身世

收拾好一切，司机送薄织雾和陆沉舟到了小区里。"叮"的一声，电梯的门打开了。

陆沉舟跟着薄织雾进了门。她把钥匙放在玄关处："爸，我回来了。"

护士推着轮椅回来了，恭敬地说："总裁好，薄小姐好。我先下去了。"

季秘书点了点头，护士跟着医生们一起出去了。

陆沉舟开口礼貌地喊："爸。"

薄绍钧有一瞬间以为自己幻听了，他不敢置信地看着陆沉舟："啊？"

薄织雾也没想到，他居然这么快就改了口。

薄绍钧满头雾水，错愕地看着薄织雾问："织织啊……这是？"

她笑着大方介绍："您的女婿。"

薄绍钧震惊地看着薄织雾："你不是在开玩笑吧？"

"这种婚姻大事，我怎么可能开玩笑？"

薄绍钧还是有些不信，自家女儿前段时间还说陆沉舟在追自己，现在怎么就领证结婚了？

陆沉舟似乎是看懂了薄绍钧的担忧，他把手机取出来，翻出相册里当初拍的结婚证的照片。

"爸，现在你可以相信，我们是合法的了吧？"

薄绍钧现在满腹疑问，可是名正言顺的女婿在面前，自然也不好问了。

薄织雾想起了那块玉佩，她把玉佩取出来递给薄绍钧说："哦，对了，爸，你见过这块玉么？"

薄绍钧看着这块玉佩，神色微微一滞，似乎陷入了沉思。

薄织雾盯着他问，皱眉说："你知道？"

薄绍钧矢口否认说："不，我不知道。"

他拉着她说："织织，快到中午了，你和陆先生……留下来吃完饭再走吧？"

陆沉舟说："爸，您喊我沉舟就好。"

薄绍钧点了下头，这个女婿身份太尊贵了，他一时之间有些无法接受。

薄织雾说："行啊，那中午我做饭。我现在去买菜。"

薄织雾出门买菜的时候，陆沉舟被留下来和薄绍钧谈话了。

薄织雾也不知道陆沉舟究竟和薄绍钧说了些什么，到了回来的时候，薄绍钧居然从最开始的将信将疑，变得对陆沉舟赞不绝口。

她差点就要怀疑陆沉舟给自己老爸洗脑了。

陆沉舟陪着薄绍钧在下象棋。

薄织雾做饭技术还不错，因为沈碧清以前教过她。不过一小时的工夫就做好了。

吃过晚餐，薄织雾和陆沉舟就准备回去了。

车子行驶在回西山林语的路上。

薄织雾心里藏不住事，她追问陆沉舟："陆沉舟，你到底是怎么让我爸一点都不起疑心的？"

陆沉舟淡淡说道："一个劈腿背叛自己女儿的女婿，和一个温柔体贴对自己女儿很好的女婿。如果你是伯父你会选谁？"

傻子都知道选后者啊。谁会愿意把自己的女儿嫁给渣男啊！

薄织雾不得不暗暗佩服资本家的口才。

天下父母都是一样的，都希望自己的孩子过得幸福，薄绍钧也不例外。

刚进门，庄叔上来打招呼说："先生，夫人。穆先生已经在书房等您了。"

陆沉舟略点了下头，就跟着他上楼到了楼上。薄织雾好奇地问，"穆先生？"

"私人侦探。"他淡淡解释了一句。

薄织雾不是好奇自己的亲生父母吗？他为了给薄织雾尽快找到父母，所以雇了私家侦探。

薄织雾点了下头，连忙屁颠屁颠跟着陆沉舟进了书房。

穆兆转过身，他朝着陆沉舟和薄织雾一颔首："陆先生。"

陆沉舟纵容了薄织雾坐他位置的行为，他看着穆兆："说吧。"

穆兆坐在沙发边，他说："据我调查，圣心孤儿院在薄小姐被收养一年后就被拆了。当年孤儿院被拆之后，院长就离开了H市。"

他又看向薄织雾："不知道薄小姐方不方便，把玉佩给我看一眼？"

薄织雾大方地将玉佩递了过去，穆兆接过那块玉对着光请仔细看了会儿："寸家玉？"

他又看了看玉佩上的纹理与缝隙里的灰尘："这块玉，有年头了啊。"

薄织雾心底总是觉得，刚刚在温港小区，薄绍钧肯定是知道什么却没说。她抿唇沉思了一会儿："穆先生，不知道你可不可以根据这块玉追查到当年的买家？"

穆兆懂了薄织雾的意思，他轻笑了下："薄小姐，我懂您的意思，可这块寸家玉不算玉里顶尖的，而且产量大，又有些年头了，恐怕找起来没那么容易。"

薄织雾双手交握，低着头，话里有些沮丧："其实也没关系，毕竟都是十几年前的事情了，线索中断很正常。"

穆兆看着她，继续说："我知道。不过您放心，既然我收了陆先生的钱，事情肯定会办好的。我现在就回去着手调查当年这批成品的买家，还有院长的下落，有了消息就通知陆先生和您。"

陆沉舟和薄织雾说："现在看起来，也只能这样了。"穆兆站了起来，他礼貌地说："那今天就先这样？"

陆沉舟点了下头："嗯。庄叔，送客。"

卧室里。薄织雾还站在窗前，陆沉舟看着她的背影说："你别担心了，穆兆经验丰富，做事很稳重，会找到的。"

薄织雾笑了下："我都说了，找不找得到都无所谓了，反正我都平安长这么大了，找到他们也只是想要不甘心地问一句，为什么要把我扔到孤儿院。"

陆沉舟静默片刻："不早了，洗完澡就睡吧。"

薄织雾敷衍地答应了。

冬去春归，转眼已是二月时分。

陆沉舟办事效率很高，为着薄绍均的渐冻症，他特意在国外组建了一支医疗队，专门为薄绍均研制特效药；《蜜恋》的影视筹备也开始进入正轨。

薄织雾是有自己的小心思的，《蜜恋》毕竟是自己的作品，她希望能够参与制作。

可陆沉舟是投资商，他不开口，自己压根就没任何机会。

陆沉舟晚上回家的时候，就看见了站在厨房里忙碌的身影。

一阵香味忽然从餐桌边飘来，他顺着香味看了过去。

桌上摆着色香味俱全的菜肴，卖相很好。看起来是很用心做的。

薄织雾听见脚步声，笑着喊了一句："你回来了？晚餐都准备好了，等饭好了就可以开吃啦！"

陆沉舟蹙眉问了一句："吴妈呢？"

薄织雾笑着说："吴妈今天休息，我来做饭。"

他的目光落在女孩儿身上，沉默着没说话，薄织雾赶他去洗手吃饭。

餐桌上，她用期待的目光看着陆沉舟，问了一句："好吃吗？"

无事献殷勤，非奸即盗。这个道理，陆沉舟自然是懂得的。

"有什么想说的就说吧。"陆沉舟云淡风轻地开了口。

见这么轻松就被陆沉舟看穿了自己的心思，薄织雾不由得有些尴尬。

她沉默了一会儿，笑着问："《蜜恋》什么时候开始改编啊……我事先说好了，改剧本我一定要参与的。"

陆沉舟饶有兴致地弯了下唇角："理由。"

薄织雾想了会儿："呃……我是原作者啊，没有人会比我更清楚这本书的人物关系以及剧情。"

陆沉舟说："我是投资商，想要什么好的编剧我找不到？这个理由不够，换一个。"

以前也有很多作品被搬上荧幕，然后改得面目全非的。薄织雾不想这样，她抿了抿唇，摆出一副温婉动人的样子，柔声说道："呃……我是你老婆嘛！"

陆沉舟对她这个答案表示十分满意，他慢悠悠地开了口："《蜜恋》会在年后开机，编剧我会请嘉言，至于你……"

他说到"你"这个字的时候，尾音拖得有些长。

陆沉舟顿了顿，目光上下打量着薄织雾。薄织雾紧张地说："我……我怎么了？"

"跟着嘉言好好学吧。"

啊？什么意思？跟着纪嘉言好好学？这是……

薄织雾瞬间反应了过来，她激动地抓住陆沉舟的手背："那你这是答应让我参与编写剧本了？"

她下手的力道有些大，没一会儿就把陆沉舟的手背掐出了一排浅浅的月牙印。

　　陆沉舟蹙眉把她的手嫌弃地拍开了："不愿意就算了。"

　　薄织雾立马收回了手，她笑嘻嘻地咬着手指的一排指甲："别别别！我愿意！"

　　原作者亲自参与编剧，而且还有纪嘉言这种金牌编剧在身边，那这本书改编的质量就有了很大的保障，不用担心会被改得 面目全非！

　　她得寸进尺地说："那……我可以参与演员的挑选吗？"

　　一部戏除了剧本，演员也很重要啊。如果剧本再好，演员的演技跟不上，那也是白搭。

　　薄织雾朝他撒娇："我保证！好好选，不会让你失望的，你就答应我嘛。"

　　陆沉舟唇角微扬："剧本还没改完你就想着演员，野心倒是很大。"

　　薄织雾一挑眉，得意地看着陆沉舟："没有没有，野心不大，你和天下！"

　　陆沉舟轻笑了下，薄织雾这套马屁对他来说很受用。

　　他慢悠悠地说："好。"

　　薄织雾激动地扑进陆沉舟怀里："我觉得可以！"

　　陆沉舟缩了下脖子，他又说道："我的话还没说完。"

　　薄织雾从他怀里起身，定定地看着陆沉舟："啊？还有什么？"

　　"如果，这部戏收视率低下，你让我的投资回不了本，五千万减半，你再倒贴我五千万。"

　　资本家果然是资本家，无论什么时候都是利益至上，想方设法地剥削她啊。

　　薄织雾抿唇看着他，挤出两滴眼泪，可怜巴巴地看着他："真的要对我这只小猫咪这么残忍吗？"

　　陆沉舟好笑地看她一眼，不着痕迹地把她推开，然后开口反讽她："当然，我可是资本家。不答应就算了，反正这样，我也没什么损失。"

　　薄织雾咬了咬牙，她好一会儿才说道："行！我这次就和你赌我的眼光了。"

　　陆沉舟挑眉看着她："拭目以待。"

　　薄织雾有志气地说："那我也有个条件！"

　　陆沉舟勾唇一笑："说。"

　　"如果这部戏真的挣钱了，我要和你三七分。我拿七你拿三！"

　　她才不做赔本买卖呢！

　　陆沉舟饶有兴致地看着她，学精了？

"好，可以。"

演员挑选得很快，男主角是陆千帆，女主角是当红的小花旦佟清雅，都是薄织雾经过深思熟虑后定下的，既能扛收视，演技又有保障。薄织雾十分满意。

陆沉舟趁着这部戏的热度，和薄织雾趁热打铁地官宣了结婚这件事情。

一开始微博上的吃瓜群众不敢置信。微博一下就炸开了锅。可是有结婚证在那儿摆着，又有观察细微的网友循着当初的新闻找到了蛛丝马迹。除了羡慕，更多的是在招柠檬。酸薄织雾嫁给了陆沉舟，万千少女的梦中情人。

试镜完了，陆千帆就飞国外去参加了时装周。今天下午回国。薄织雾准备去接机。

司机一路将车开到了机场："夫人，到了。"

刚进机场就看见一堆小迷妹举着LED灯牌，期盼的目光看着机场出口。沈妍心笑着说："织织你有没有这样疯狂过？"

薄织雾想了一会儿，她笑着点了点头："谁还没有个追星时期啊。想当初我高中期末考，提前交卷，还翻学习院墙，就为了去看偶像的演唱会。"

"没想到，人前温柔懂事的陆太太，居然也有这么叛逆的一面啊。"

略微熟悉的声音在耳畔响起，薄织雾黑了脸，不用回头看她就能猜得出来，是耿泽。

之前，她就早有所耳闻，陆沉舟和耿泽在商场上不对付。没想到，居然在这种时候来找事。

她转过身，露出标准的八颗牙的假笑："是啊，我也说了，那是从前，人都是在慢慢变化的。"

耿泽打量她一眼，接着嘲讽她："变得越来越会骗人了？女人都是骗子！"

耿泽每次开口就是女人怎样怎样，薄织雾严重怀疑他以前是不是在感情上受过什么重大的创伤才会这么仇视女人啊！

薄织雾紧了紧下巴，她捏住了拳头，气呼呼地说："男人都是大猪蹄子！耿先生，我和你无冤无仇，你为什么就是逮着我不放，一定要和我过不去？"

耿泽轻笑一声："受不了啦？那就和陆沉舟离婚啊。和陆沉舟离了婚我就不骂你了。"

"……幼稚。"

她才不会主动和资本家离婚呢！离婚了就没有五千万了。

薄织雾忽然想起什么，她揶揄耿泽，饶有兴致地看着他："我说耿先生……你该不会真的如网上传闻所说……喜欢上我家先生了吧？"

陆沉舟在网上迷弟也是很多的。

耿泽显然没想到她会来这么一出，他有些急了，于是粗鲁地说道："放屁！喜欢陆沉舟？恐怕只有你这种拜金的女人才会喜欢他吧！"

身后，耿泽的助理走过来了："耿爷，都办好了，要登机了。"

他用凌厉的眼神看了一眼薄织雾。薄织雾也不甘示弱，挑眉不屑地转过身。迈着步子朝前走去了。

沈妍心跟在她身后说："织织，你和耿总刚刚那个剑拔弩张的样子，真的吓到我了。"

薄织雾气鼓鼓地说："哼！他就是有病，每次逮着我都骂。平时在家里被资本家diss也就算了，出个门居然还要被耿泽diss，真的是服了！"

本来薄织雾是很生气的，但一想到陆千帆回来了，跟他下午聊天的时候，深入地分析了《蜜恋》男主角的人设，两个人的观念出奇地一致，也就将薄织雾下午的坏情绪一扫而散了。

晚上薄织雾回家的时候，吴妈跟她说陆沉舟有事找她，让她去书房。

薄织雾换了鞋上楼到书房去了，敲了敲门，她问："你找我有事啊？"

陆沉舟说道："过两天在家里举办个party，你准备一下。"

薄织雾愣了一下："为什么是我？这种事情你交给庄叔和沈妍心去安排不就好了吗？"

陆沉舟盯着她看了好一会儿，薄织雾被看得有些脸红："因为，你是女主人。"

"哦……哦，但是我是第一次尝试准备这些，如果准备不好你不能骂我。"

陆沉舟蹙眉看着她："我什么时候骂过你？"

薄织雾抿了抿唇："难道你没有？每次我做错一点什么你就唠叨个不停……"

陆沉舟轻笑一声："我那是实话实说，帮助你纠正错误。有什么问题？"

薄织雾不甘心地回道："那也应该委婉点啊，我不要面子的吗？"

陆沉舟笑了笑，一向严肃的语气变得温和起来，甚至带着些宠溺的意味，他说道："好，我答应你。"

薄织雾是第一次处理这些，虽然不太熟练，但是有人帮衬着，倒也还算不错。

夜幕降临。

西山林语门口，安保人员检查过邀请函后放了行。

车子一路停到了西山林语门前的广场。

明晃晃的路灯亮了起来，照得整个西山林语的门前恍如白昼。

二楼走廊上，薄织雾随着陆沉舟走了出来，他打量了一眼大厅的布置，薄织雾忐忑地看着他："怎么样？这些都是我布置的，还行吗？"

她和沈妍心准备了好久呢。陆沉舟一向眼光挑剔，不知道这次他满意不满意。

洋桔梗花配着满天星插在铺满白布的长西餐桌上，大厅的灯光调得有些暗，但是更多了几分浪漫神秘的色彩。有佣人端着酒杯给来宾送酒。

陆沉舟回头，薄织雾忐忑的样子他看在眼里。念在她是第一次准备宴会，陆沉舟还是很给面子地说了一句："还不错。"

薄织雾这才松了口气，在资本家嘴里，"还不错"，那就代表认可了。

她陪着陆沉舟下了楼梯。

有人喊了句："陆总和夫人过来了。"

众人的目光投向了薄织雾，她有些紧张，说话都结巴起来："资……资本家，我好紧张啊。"

陆沉舟搂着他的肩，嗤笑一声："没出息。"

她抿了抿唇，忍着想掐死资本家的冲动，笑着和大家打招呼。

这场酒会很多圈内人来参加，整个大厅里觥筹交错，人影晃动。

陆沉舟在这种时候自然是被各种合作商给缠着，没空陪薄织雾的。不过还好，是在自己家里，也就没什么不自在的。

"织织。"身后传来一声男人温和的声音。薄织雾愕然回过头去，来的不是别人，正是纪嘉言。

她之前跟纪嘉言在剧组见过，薄织雾有些惊喜地笑着说了一句："纪先生。"

纪嘉言是圈儿里数一数二的编剧，脾气好不说，还单身。

纪嘉言说："过两天会在华娱开《蜜恋》的剧本研讨会，记得抽空来参加。"

薄织雾有些惊讶，她问道："这么快啊？"

纪嘉言轻笑出声："已经不算快了。"

话音刚落，沈妍心便走了过来。

她和薄织雾说道："夫人，总裁有事请您过去一趟。"

薄织雾好奇地皱起眉头，她问沈妍心："到底什么事情啊？"

沈妍心摇了摇头："我也不知道。"

薄织雾看了看纪嘉言和苏恬，只得笑着说："抱歉啊，我去一下，马上就回来。"

二人点了点头，沈妍心陪着薄织雾到了陆沉舟跟前。

她问陆沉舟："你找我有什么事情？"

陆沉舟望着她说道："当然是好事。"

他说着，下巴朝着那个身穿黑西装的白胡子老男人一扬："看见那个人了吗？"

薄织雾顺着他的方向，看见了那个老男人，她点了下头："嗯，看见了，怎么了？"

陆沉舟开了口："那是甄导。"

薄织雾愣住了，好一会儿才不敢置信地问陆沉舟道："甄……甄导？就是那个，凭借《任他明月下西楼》刚拿下国际金百叶奖最佳导演奖的那个甄导？"

陆沉舟颔首。

薄织雾激动地说："资本家，够可以的啊。你人际圈子这么广！"

他轻笑出声："去打个招呼？"

薄织雾小鸡啄米似的点头，陆沉舟牵着她的手往人群里去了。

他礼貌地打招呼，喊道："甄导。"

甄导回过头来看着陆沉舟，薄织雾看着甄导，这是个留着花白长发，艺术气息很浓的男人。

甄导笑着伸出了手："陆总好。"他的目光落到了薄织雾身上，看得有些出神。

薄织雾奇怪地看着甄导："怎……怎么了？"

甄导恍惚回过神来，他呵呵一笑："没什么，就是觉得，和陆夫人有种一见如故的感觉。很熟悉，却又说不上来。"

陆沉舟打趣道："是吗，科学界有种说法，叫作'海马效应'。"

薄织雾笑着接了话："您不是第一个这么说的，总有人说我长得像某个电影明星呢。"

甄导拍电影无数，部部精品，见过的演员多，所以在薄织雾眼里，这个也没什么好奇怪的。

陆沉舟说道："很感谢您这次愿意抽空过来参加我举办的party，令夫人身体还好吗？"

甄导笑着说："哪里的话，这不是回国刚好有空吗？谁的聚会都能不去，陆总的可不能不来！"

提及甄太太，甄导眉目间不禁黯然了几分，他感叹着说："哎，还是那个样子。"

陆沉舟说道："如果有需要我帮忙的地方，您尽管提。我尽力而为。"

甄导感激地点点头："多谢陆总。"

陆沉舟主动碰了下甄导的酒杯，笑着说："应该的，希望有机会可以和您合作。"

甄导笑着说："好。"

资本家可真是厉害，这推杯换盏间就赢得了和国际知名导演合作的机会。

她有些好奇，小声问陆沉舟："资本家，你刚刚说的甄太太的病，到底是什么病啊？"

陆沉舟说道："间歇性精神病，已经很多年了。十多年前，甄导和甄太太的女儿被绑架，逼着甄导交出赎金，甄导带着钱过去的时候，已经晚了。一星期后，在一个港湾找到了具女尸，当时已经面目全非了。验过血型，和甄导的匹配率很高。甄太太从那以后就疯了。甄导这些年一直不离不弃地照顾着甄太太。"

薄织雾有些感慨："众生皆苦。"

陆沉舟轻笑一声："你一个小丫头，为什么突然感叹这个？"

薄织雾撇了撇嘴："没什么，就是忽然想起我爸了。"

间歇性精神病和渐冻症比起来，一样都是很折磨家属的病。可能上天不忍心让她那么倒霉吧，养母去世，闺密挖墙脚，被渣男背叛。所以让她遇见了陆沉舟，将她从生活的泥沼中拉了一把。

陆沉舟沉默了一会儿才说："爸的病，我会让医生用最好的药，你放心吧。

我答应你的事情，一定会做到的。"

薄织雾傻笑了下："你不用重复着跟我承诺这个的。"

陆沉舟看着她说道："我倒是不想重复啰唆啊，只是某个笨蛋，总在我跟前念叨着这回事。"

薄织雾努了努嘴，没有再说话了。

晚宴结束，薄织雾累得都要瘫了。

她倒在床上，陆沉舟迈着修长的步子进了卧室，调侃了一句："这就不行了？"

"站着说话不腰疼。"薄织雾不满地埋怨了一句。

陆沉舟的唇角仍旧噙着温柔的笑意："准备下吧，明天会约着跟甄导一起打高尔夫。"

薄织雾噌地从床上坐了起来，眼神里没了之前的疲倦，她惊喜地笑着问道："真的吗？"

"煮的。"陆沉舟笑着答了一句。

"讨厌。"薄织雾的脸上有娇羞的笑意。

高尔夫球场上，是一望无垠的绿色。

薄织雾和陆沉舟从游览车上下来了，今天阳光很好，有佣人给她撑着伞。

"甄导，久等了。"

陆沉舟礼貌地开了口。甄导看见他身后的薄织雾，眼底闪过一丝讶异。

他开口轻笑着说道："陆少还真是和陆太太形影不离啊。"

薄织雾低头有些不好意思地笑了下。

陆沉舟莞尔说道："我夫人爱吃醋，我出门她不放心。"

等等！这个版本怎么和之前说的版本不一样？

资本家真的是无时无刻都在黑她啊。

甄导笑着说道："这是陆少的福气呢。我想我太太黏着我，她都不黏着我。"

甄导的这番话，颇有些感慨的意思，他的眉梢也跟着黯淡了几分。

薄织雾怕惹甄导伤心，她岔开话题说道："早就听说甄导高尔夫打得很好，不知道今天有没有这荣幸，和甄导比一比？"

陆沉舟转头看着她说道："就你？"

薄织雾努了努嘴，倨傲地抬头看着陆沉舟："我怎么了？你别瞧不起我啊，我也是认真学过的好不好？"

薄织雾很聪明，肢体协调能力也不错，陆沉舟教了她几天就会了，说要和甄导比赛是假，想趁机套近乎是真。

甄导听着来了兴致，他笑着说："好啊，我也很久没有打高尔夫了。"

比赛结果不出意料，薄织雾惨败，最后一颗高尔夫球，她进洞了。

连输好几次，这一次，她眉飞色舞地看着甄导说道："进球了！"

陆沉舟批评她道："犯规了。"语气里颇有一些无奈而又宠溺的意味。

薄织雾要赖，她望着甄导说道："哎呀，你闭嘴！甄导都没说我什么呢！"

甄导笑呵呵地看着薄织雾这副赖皮的样子，陷入了浅浅的思绪。

要是卿好还活着，也会像薄织雾这么大，朝自己撒娇要赖吧。

他开口说道："没关系，反正也是打着玩儿的。"

陆沉舟戳了下她的额头："下次不许犯规。"

薄织雾吐舌笑了笑："我这不是看甄导打球厉害嘛。"

甄导轻笑着说："陆太太过奖了。"

有佣人站在一边替她撑着伞，她的肚子忽然"咕噜"一声叫了起来。甄导回过头，笑着看向薄织雾："陆太太这是饿了？"

她不好意思地点了下头，早上出门没有吃饱，所以还没到点就饿了。

陆沉舟无奈地说道："那就去吃饭吧。"

甄导点了下头。

三人上了游览车，转头往饭店里吃饭去了。

吃过了晚餐，陆沉舟和薄织雾把甄导送到了机场。甄导看着陆沉舟说道："陆太太很有趣。希望下次回国的时候，还能和她一起打高尔夫。"

对于甄导突如其来的赞赏，薄织雾又惊又喜，她笑着说："好，下次我一定会努力不输给甄导了！"

甄导轻笑着说道："那我就，拭目以待了。"

薄织雾点了下头，机场的广播里已经响起了登机的广播。甄导道别后，就过了安检。

第3章 动心

四月份的时候,《蜜恋》终于准备好一切,开机了。

薄织雾第一次参加剧组的剧本研讨会,自然不好迟到,所以她早早地就起床了。

华娱办公楼位于H市的金融街,十分繁华。

沈妍心帮她开了车门,她下了车踩着高跟鞋进了大楼。

员工一眼就认出了薄织雾,十分恭敬地和她打招呼。薄织雾礼貌地回以微笑。

她刚走到电梯前,黄色的故障报修牌就立在了眼前。

薄织雾黑了脸:"我不会这么倒霉吧。"

会议室在十二楼,难道她要爬十二层楼梯?

沈妍心轻笑了下:"我去问问后勤部,你先去吧。我等下就来。"

薄织雾点了点头,无奈地爬着楼梯,刚到八楼,她就听见了一个娇柔的女声:"陆总,不是说好了那个角色给我的嘛?"

嗯?好像是瓜的味道!

薄织雾紧贴着墙角,悄咪咪看一眼,走廊尽头的拐角处有两个身影,一个身穿红色连衣裙的女人正在朝男人撒着娇。

咦,这个声音还有背影,怎么这么熟悉?

薄织雾的大脑飞速地转了一下,脑海中浮现出三个字:佟清雅。

对,没错!就是当今娱乐圈的一线小花,佟清雅!

佟清雅18岁的时候,因为电影《上邪》一炮而红,从此工作邀约不断,跻身一线。粉丝对她的评价是:"可以让人怦然心动的初恋脸。"

"那就要看……"

熟悉的男声响起,陆沉舟话还没说完,女人就主动搂着他的脖子贴了上去。

薄织雾听着声音还是不大敢相信,出于好奇,她探出个小脑袋。男人的侧脸露了出来。

真的是陆沉舟!

没想到他平时人模狗样的，表面形象光鲜亮丽，是个禁欲系宠妻狂魔国民老公，背地里居然也搞娱乐圈潜规则这一套？

不主动，不拒绝，不负责！

她悄悄拿出手机，用摄像头对着陆沉舟拍了张照片。

薄织雾狡黠地笑了笑，她在心底嘟囔着：哼，这张照片要是曝出去，看你还怎么维持你国民好老公的形象！

正当薄织雾窃喜的时候，沈妍心的电话打了过来，幸好她手机调了静音！

薄织雾手忙脚乱地挂了电话。生怕发出一点声音，薄织雾脱了脚上的高跟鞋，踮起脚尖赤着脚，飞快地爬了一层楼。

她靠在楼梯间的扶手边，大口地喘着气。

刚刚心都快跳出嗓子眼儿了。她坐在楼梯上，取出包里的矿泉水瓶，慢悠悠地喝了口水。

薄织雾把高跟鞋扔在一边，唇角勾起一抹笑。可是慢慢地，她就开始心酸起来了。

不知道为什么，就是觉得心里堵得慌。

以前和沈皓轩在一起的时候，看见他出轨戚涵，心底更多的是解脱感。

可是这一次……却有一股难言的复杂情绪盘旋在心头。

薄织雾脑海中不断地蹦出几个字，别的女人亲他了。

不经意间，有种没顶的悲伤袭来。她的眉目之间也黯淡了几分。密布的乌云笼罩在心头。

她在大众面前可以酸啊，因为在大众眼底，陆沉舟和她是夫妻关系。可是私底下呢？

私底下，他们之间的婚约其实只有三年啊……三年说长不长，说短不短。

陆沉舟对她的帮助，或许只是举手之劳，可是对她来说，就像是给了她希望。

为什么会难过？

大概是因为前一天他还把她介绍给自己的朋友和商业上的伙伴认识，告诉她，她是女主人？又大概，是他在她最绝望的时候，施以了援手？

她摇了摇头，让自己不要再去想这些乱七八糟的东西。

薄织雾撇了撇嘴："男人都是靠不住的，薄织雾你清醒一点，管好自己的心。世间万物没有什么是不会变的，不会变的只有利益！你要努力挣钱，只有钱才是永远不会变的！"

恍然间，手机亮了一下，是一条新的短信：织织，电梯修好啦。

她扶着楼梯站了起来，重新穿好高跟鞋，进入电梯后按了 32 层。

华娱 32 层。

会议室里，早就坐满了人。投影仪前的位置空了出来。那是留给她的，这是对她老板娘身份的尊重。

推门进去的一刹那，众人把目光投向了她。

呃……她好像还是迟到了。

薄织雾赧然地说："对不起，电梯出了点故障，我迟到了。"

纪嘉言温和地笑了笑，他说道："没关系。"

导演客气地说："是啊是啊，我们也才刚刚到呢。"

纪嘉言又用他手里的笔，指了投影仪前的位置："去坐着吧。"

薄织雾点了下头，今天会议的内容大概是要敲定《蜜恋》故事的背景，以及整体的走向。国内市场，其实按道理来说编剧是没有太大话语权的，只需负责把剧本编写完成，交给导演就行了。

但是因为陆沉舟，导演十分尊重她的每一个决定，所以，会议上全程都是，她说什么，导演都说好。

会议大概进行了两个小时才结束，导演笑着说："剧本没有问题，那后期如果您有什么决定再告诉我。"

薄织雾笑着点了下头："好。谢谢导演。"

导演受宠若惊，连忙说："没有没有，这是哪里的话。多亏了您，我才有和华娱合作的机会呢！"

之后，又是一番客套的话。

会议室里的人都离开了，薄织雾准备离开的时候，纪嘉言喊住了她："织织。"

薄织雾愕然回头，蹙眉看着纪嘉言："呃……有什么事情吗？"

纪嘉言温和地笑了笑："没事就不能喊你了？"

薄织雾有些不好意思，她耸了耸肩。

纪嘉言笑着说："好了，是有问题要说。你刚刚在会议上说的东西有一些小问题，我都记下来了。"

说着，他把手里的笔记送到了薄织雾手里："拿好啦，回去有空可以看一看。"

薄织雾低头看着手里的笔记本，点了下头："好的，谢谢。"

纪嘉言说道："不用谢，应该的。"顿了顿，他问道："有空一起吃个午餐吗？"

午餐？

一想到刚才陆沉舟和佟清雅亲昵的样子，薄织雾的心底就泛起了一阵酸涩。

她回过神来，笑着答应了纪嘉言："好啊。"

二人一路到了Germy西餐厅。

纪嘉言介绍道："这家西餐厅的味道很好，特别是牛排。"

薄织雾笑着说："好啊，能偷师吗？"

Germy的老板和纪嘉言是好朋友。两个人关系很好。

她记得陆沉舟偏爱西餐一点，但是她做西餐的手艺实在拙劣。

纪嘉言晒笑出声："我问问老板？"

服务生过来递了菜单，但是薄织雾也是第一次来这家。

她礼貌地推了一下，笑着说："还是你来点吧。我对这家不太熟悉。"

纪嘉言没有推拒，点了Germy的经典菜式。

菜很快就端上来了，薄织雾刚抬头，便听见经理喊："陆少，佟小姐，欢迎光临。"

叉子掉在桌上，薄织雾轻笑了下，她解释道："……没事，就是手抖了。"

陆沉舟循声望了过来，熟悉的背影与脸庞映入眼帘。他的眉心慢慢拧成一团。佟清雅抬头，看见了他神色的变化，心底轻笑了下。

佟清雅脸上却没露出一丝痕迹，只是轻笑着说道："陆少，看起来陆太太和纪编剧聊得很开心呢，咱们要不要过去打个招呼？"

陆沉舟今天请她吃饭，让她挑个位置。之前就听汴京墨说，Germy的牛排味道很好，所以才会想着来吃，没想到，居然会在这里看见纪嘉言和薄织雾。

她今天穿了条白色的连衣裙，长直发披散开来，画了个淡妆，看起来十分随意，简单而又清纯。

陆沉舟锐利的目光落在佟清雅的脸上，眼神里写满了不悦。

佟清雅见他这副样子，讪讪说道："既然这样，那咱们还是上楼吧。"

经理恭敬地做了个请的手势："那我带佟小姐和陆少上楼。"

佟清雅点了下头，陆沉舟看着她说道："我去下洗手间。"

不远处的餐桌边，薄织雾的目光紧紧盯在陆沉舟身上，手里的餐刀却一直在切着空盘子。

哼！又带佟清雅在自己眼前晃荡，明明知道，自己不喜欢佟清雅，却还是和佟清雅走得那么近，他这是在故意气自己吗？

纪嘉言见她这个样子，皱起眉头，好奇地转过头，这才知道，刚刚都是为了什么。

他一脸了然地盯着薄织雾："牛排好吃吗？"

薄织雾拿起叉子，却没叉到牛排，随便举起叉子咬了一口，低头一看，发现没肉，这才讪讪地说道："抱歉，我去下洗手间。"

纪嘉言慢慢点了下头。

洗手间门口，陆沉舟刚好出来，薄织雾对着镜子在补妆，她从镜子里瞥见了男人的身影，她掀了掀唇瓣，本来是想打招呼的。

可是陆沉舟却从自己身边，宛如一个陌生人样走了过去。

"你一直和佟清雅在一起？"

她闻到了，陆沉舟身上独特的香水味里，还混合着佟清雅常用的那一款香水气息。

质疑的语气，薄织雾显得有些平静。

陆沉舟没有转身，只是偏过头。昏黄的灯光勾勒出他完美的侧脸，镀上了一圈毛茸茸的金色。

然而，陆沉舟接下来的每一个字，都重重地，落在了薄织雾的心头与耳畔。

"陆太太，我们当初说好了，只是三年的契约而已，你该不会当真了吧？"

契约……是啊，只是契约啊。

所以，她管不着他。

薄织雾低下了头，想掩去眼神里的慌乱与悲凉。

心底骤然有一个五味瓶打翻了，她极轻地笑了下，勉强抬起头，看着陆沉舟说道："我只是随口一问。"

陆沉舟只说了四个字，可是却足以让她心灰意冷。

"最好这样。"

薄织雾在洗手间，愣愣地站了好一会儿，才脚步虚浮地走出了洗手间的门。

回到饭桌上，她却怎么都吃不下了。陆沉舟的话就像一道魔咒，缠绕在她的耳畔。

"我们只是契约关系。我们，只是，契约关系。"

她放下了手里的刀叉，歉然说道："抱歉，我吃不下。"

纪嘉言看她心情不好，开口问道："刚刚，和沉舟吵架了？"

她轻笑了下："没有啊，就是忽然没什么胃口了。"

纪嘉言说道："那我带你去后厨看看？"

本来，她答应纪嘉言出来吃饭，一方面是为了感谢他帮助她选的那些书，以及对《蜜恋》剧本改编的用心，还有外带帮她辟谣。

另一方面，是因为陆沉舟喜欢西餐多一些，想来偷师学艺，回家做给陆沉舟吃。

可是刚刚，就在洗手间的门口，陆沉舟那一番话，让她彻底幡然醒悟。

是啊，他俩本来就是契约夫妻。

三年一到，一拍即散。她只要管好自己，和他保持和平相处就好了。

可是只要一这么想，又看见他和别的女人站在一起，心底就有什么在不断作祟。

不行啊！越想越气。

坏人啊，亲过抱过，最后告诉她，"我们只是契约"？都说强扭的瓜不甜，行啊，那她不拧瓜，等瓜熟蒂落，往自己怀里掉。

哼！就算最后要分手，她也要让陆沉舟说织织我不能没有你，她才不会被甩呢！让他爱上自己，最后再把他甩了好了！

这么一想，薄织雾也没那么生气了。之前网上不是有句话这么说来着，"只要本宫不死，尔等终究是妃"！

同样的道理，只要她不和陆沉舟离婚，那佟清雅在外人看来，就是插足他们婚姻关系的第三者！

纪嘉言看着她陷入沉思的样子，眼珠子一动不动的，眼底的凄凉与黯淡，一点点的竟然成了升腾而起的勇气，变得亮晶晶的。

她这是怎么了？

纪嘉言疑惑地伸出手，在薄织雾眼前晃了晃。他问道："你……怎么了？"

薄织雾恍然回神，都说要抓住一个男人的心，就得先抓住男人的胃。她轻笑着说道："没什么，走吧，带我去后厨看看。"

纪嘉言带着她往后厨去了。本来Germy的后厨是不让人进的，但是老板和纪嘉言关系很好，就让薄织雾进去了。老板教了她很多东西，虽然没有Germy的大厨做的好吃，但是比起第一次给陆沉舟煎牛排的时候，已经好很多了。

回家后，连着好几天，薄织雾都没跟陆沉舟说话。

她一直都是避着陆沉舟的状态。不一起吃饭，不一起睡觉。

门外，吴妈敲了敲门走了进来，她问道："织织啊，总裁最近要出国出差一趟，不在家里。你晚上吃些什么呀？"

出国出差？

薄织雾不知道为什么，在听见陆沉舟要出国的消息，她竟然有点开心。

"织织？"

吴妈又喊了她一句。

薄织雾恍惚回过神来，她撅着嘴说："可乐，炸鸡。"

吴妈皱起了眉头，她说道："啊？这些东西……"

吴妈的脸色看起来有些为难。薄织雾问她："怎么了？是家里没有吗？没有就算了。"

吴妈连忙摇了摇头，她说道："没有没有。就是总裁临走前说这些东西不太健康，他知道夫人喜欢吃这些，可能会趁着他不在家吩咐我做，所以，总裁吩咐我别给您做这些。"

薄织雾听到这里，神情一瞬间有些恍惚。

不知道为什么，她此刻的脑海里，突然就浮现出陆沉舟认真嘱咐吴妈的神色了。

可是，过了三秒，另一边却又跳出陆沉舟和佟清雅浓情蜜意的模样。

不行不行，这样下去要疯了。

她抿了抿唇，抬头撒娇："哎呀吴妈，就一次嘛，当作是咱们的小秘密好不好？"

吴妈轻笑出声："好，就这么一次啊。要是被先生发现了，可不能赖我。"

薄织雾朝着她抛了个媚眼："放心好了，我会保护你的！"

吴妈见她一扫之前的阴霾脸色，欣慰地笑出了声："好，我这就去。"

薄织雾有些口渴，她跟着吴妈下了楼，进了厨房后，她从冰箱取出一罐可乐，加了一些冰块。

"先生好。"

陆沉舟听到佣人打招呼，点了一下头。

薄织雾听见有人喊陆沉舟，倒可乐的动作忽然就悬在了空中。

她用余光瞥了一眼陆沉舟，气氛有些尴尬。

陆沉舟要出差了，临走之前，不问候一下是不是不大好？

薄织雾抬起头，别扭地开口："你怎么回来了？"

陆沉舟停下步子，驻足回眸，看着她冷淡地说了三个字："拿东西。"

陆沉舟的目光落到了她身上，不禁微微皱起了眉头。

睡裙有些短，大概是膝上三厘米的长度，一阵风过，贴在她的身上，映衬出她姣好的身材。

"家里没睡衣了？"

薄织雾好奇地看着他，又低头看了一眼自己身上的睡衣，这才懂了陆沉舟的意思。她放下了手里的可乐，逛了一下午，腿直发酸。薄织雾不想动弹了，她辩驳道："是在家里……"

陆沉舟凌厉的目光落到她身上，掀了掀唇瓣，强势地打断了她，开口说道："去换件新的。"

薄织雾一屁股坐在沙发上："我腿酸走不动。"

这也能成为理由？

陆沉舟盯着她看了好一会儿，不耐地说道："随你。"

薄织雾没说话了，陆沉舟下楼的时候，她坐在料理台边低头吃着鸡腿，没理他。

吴妈看情况不对，等陆沉舟出门了才劝道："织织啊，你和总裁这是怎么了？"

薄织雾喝了口冰镇可乐，她抽了张纸巾，擦了擦手，笑着说道："我没事啊，反正他就是那样嘛。"

陆沉舟要出国半个月，薄织雾在这半个月的时间里，除了写稿子看书，就是去剧组查看进度。

这种日子虽然悠闲，可是薄织雾却总觉得少了点什么。

"织织，不好了。"

薄织雾正坐在书房里写稿子，沈妍心匆匆忙忙走了进来。她顿了顿敲键盘的手问道："怎么了？慌慌张张的。"

沈妍心面色凝重地说道："总裁乘坐的飞机，出事了。"

薄织雾不可置信地站了起来，她问道："你说什么？"

飞机失事……飞机失事？

消息来得太突然，在薄织雾的耳畔炸得嗡嗡直响。

她的大脑一刹那空白了，滚烫的泪珠一下子夺眶而出。心脏好像忽然就被人紧紧攥住了一样。

薄织雾上一次像这样慌张，还是在爸爸被人绑架的时候。

她紧抿着唇，不断地深呼吸着自我安慰，呜咽着说："冷静，你要冷静！"

沈妍心扶住了她，问道："现在千帆和奶奶都在家里等消息，你要过去吗？"

奶奶……千帆。

薄织雾恍惚回神，是啊，还有千帆和奶奶，现在，恐怕他们比自己更担心陆沉舟了。

她轻声说道："带我回去。"

沈妍心沉重地点了点头，她扶着薄织雾在沙发边坐下，立刻打电话吩咐司机准备了车。

薄织雾脚步虚浮，她几乎是被沈妍心搀扶着下的楼。

到了奶奶那边，秦明珠没有哭哭啼啼，而是十分冷静地坐在沙发上，吩咐李嫂联系着航空公司打探消息。

薄织雾瞧见这个样子，怕自己红着眼眶的样子惹得奶奶也跟着伤心，她连忙擦了擦眼角的泪，哽着喉咙，一如往常地轻声笑着喊了句，"奶奶。"

她才哭过，眼睛都还是红的。听见熟悉的声音，陆千帆和奶奶一同把目光转向她。

奶奶应了一声，伸手招呼薄织雾到沙发边坐下。

薄织雾毕竟才 22 岁，虽然她自认为已经见过不少风浪了，可是在面对陆沉舟生死不明的时候，眼泪还是不住地往下掉。

她这个样子，惹得奶奶也红了眼眶。

她把薄织雾揽在怀里轻声哄着说道："不会有事的，沉舟不会有事的。"

陆千帆脸色不太好看，他拍了拍奶奶和薄织雾的背，轻声安慰着她们说道："放心吧，我哥福大命大，肯定不会有事的。"

晚上，李嫂知道他们心情都不好，只煮了一些燕窝粥。

饭桌上没了从前的热闹氛围，薄织雾抱着碗壁，勉强舀起几口燕窝粥送进了嘴里，最终，还是吃不下。

怕奶奶担心，薄织雾抿了抿唇说道："奶奶，千帆，我吃饱了。"

陆千帆看她碗里的燕窝粥没怎么动，皱眉问道："可是……"

薄织雾怕奶奶和陆千帆多想，讪讪笑了下："没事，之前沉舟临走前说我胖了。我打算减肥呢。"

奶奶狐疑地看着她，薄织雾大大咧咧朝着她笑了笑，想打消她心底的疑虑。

奶奶没多说什么，只是跟薄织雾说："那你去吧。"

洗完热水澡，薄织雾无精打采地坐到床上，一遍又一遍地盯着网上的消息看。生怕错过最新的消息。

已经是深夜十一点了，初夏的夜里有些凉。

窗外隐隐约约传来了知了的鸣叫声。

门外，陆千帆敲了敲门："嫂子，我可以进来吗？"

听到陆千帆的声音，薄织雾连忙说："当然可以。"

他端着一杯牛奶，笑着递到了薄织雾手边："睡不好的时候喝杯牛奶，远哥教我的。"

薄织雾接过热牛奶，礼貌地说了句谢谢，她喝了一口才问道："明天不是还要去录音棚吗？怎么还不睡啊？"

《蜜恋》这一次根据她的要求，所有的演员都必须用原声，但是因为现场收音条件不是很好，所以后期得补录一下。

陆千帆说道："看见你房间的灯还亮着，就想着上来看看你。算是因祸得福啦，远哥知道家里出事了，他怕我因为这个影响心情，所以给我放了几天假。"

薄织雾心底泛酸，她问道："奶奶呢？"

陆千帆说道："你别担心奶奶啊，奶奶这么多年，什么大风大浪没见过。她已经休息了，你这么干等着，也没什么用，不如先好好睡一觉等明早的消息吧，航空公司那边，目前还没消息，但是，没有消息，就是最好的消息。"

是。没有消息，就是最好的消息。

她眼底泛着的泪光，像是璀璨的碎钻一样耀眼。

薄织雾仔细打量着陆千帆，她笑着说道："谢谢。"

陆千帆笑着说："谢什么，咱们是一家人嘛。早点休息吧，明天一早，我喊你起床。"

薄织雾躺下了，翻来覆去直到凌晨两点才迷迷糊糊地睡着了。

她做了个梦，梦里，是天色未晓时候的茫茫白雾。

山林的迷雾里，天空中点缀着几颗星星。

树林里，一个小女孩和一个小男孩奔跑着，身后有无数人在追赶着他们。紧接着，画面忽然就转成了一把刀朝着小男孩刺过去。画面定格在这一刻。

薄织雾腾地从床上坐了起来，额头和背后都是涔涔的冷汗。

她紧紧地捂着胸口，努力地深呼吸。好一会儿，她才战抖着手，按开了床头的台灯，强撑着走下了床，进入盥洗室。

薄织雾打开水龙头捧起一汪水，浇到脸上，试图让自己清醒一点。她愣愣地看着镜子里的自己，眼圈底下，浮现了一圈乌青色。冷静过后，这才重新走回了卧室。

抬头看向窗外，天色已经蒙蒙亮了起来。薄织雾打开手机看了一眼时间，已经是早晨六点半了。

从她和陆沉舟结婚起，似乎都没有下厨给奶奶做过一顿饭。

她本来就担心着陆沉舟，现在又睡不着，索性就爬了起来，换了身衣服，下楼进厨房给奶奶和千帆准备早餐了。

薄织雾刚进厨房没多久，就传来了李嫂的脚步声。

李嫂疑惑地看着背影，轻声喊了一句："织织？"

薄织雾正在煎鸡蛋，她转过身看着李嫂应了一句："李嫂，是我。"

李嫂走进了厨房说道："这种事情怎么好叫你来做。现在还早呢，你先上去睡会儿吧。"

薄织雾说道："我睡不着，没事儿，李嫂你就让我来吧。"

李嫂知道因为陆沉舟的事情，大家心情都不太好，只好说道："那好吧。要是你困了，就早点儿去睡，别太累了。"

薄织雾点了下头，把锅里的煎蛋翻了个面。

奶奶年纪大了，起得早些。刚下楼，她就看见了薄织雾在摆餐具的身影，她喊了一句："织织。"

薄织雾转过头，她看着奶奶说道："奶奶，你醒啦，我做了早餐，你尝尝看？"

奶奶感叹着说："起这么早做什么？昨晚没休息好？"

她傻笑了下："没有，就是昨天下午睡过午觉。"

奶奶拿起勺子喝着粥，李嫂忽然拿着电话走了过来，她的语气里洋溢着喜悦："老夫人，织织，航空公司来电话了！"

薄织雾一听，连忙放下手里的勺子，她立刻接过电话。那头亲切的女声传来："您好，我们是朝城航空公司的工作人员，在经我们核实遇难人员名单后，并未发现陆沉舟。"

工作人员的电话，就像是一针强心剂。薄织雾捂着嘴，眼底是充满喜悦的泪水，她吸了吸鼻子，笑着说道："谢……谢谢。"

"不客气，那没有别的事情的话，就这样了。"

"嗯。"

薄织雾挂了电话，转头握住秦明珠的手，笑着说道："奶奶，沉舟没事！"

秦明珠握住她的手，抽出餐桌上的纸巾。她的眼角也有些湿润，但还是笑着，边给她擦了擦眼泪："奶奶知道了。"

陆千帆刚睡醒，洗漱完下楼看见薄织雾又哭又笑，以为是航空公司那边来了什么不好的消息，他连忙问道："嫂子怎么了？"

薄织雾连忙擦了把眼泪。她笑着说："我没事，就是高兴的。航空公司那边来了消息，说遇难人员名单里没有你哥的名字。"

陆千帆听了，笑了起来："太好了！我就说我哥吉人自有天相，不会出事的吧！"

薄织雾笑着点了点头，没一会儿，沈妍心就进了屋子，她笑着跑到薄织雾跟前来："夫人，季秘书给我回电话了！"

喜事一桩接着一桩，骤然大悲大喜，让薄织雾一下子有些没有反应过来，只是笑着用企盼的眼神看着沈妍心。

沈妍心把手机递给了她，她握住手机，低沉熟悉的声音在耳畔响起："喂。"

薄织雾本来都想好，这种时候是绝对不能哭的。

可是一听到陆沉舟的声音，还是不争气地呜咽出声了："你……你怎么才接电话啊，你知不知道我很担心你。"

薄织雾的每一声啜泣，都直击陆沉舟的心房。

临别前的别扭与吃醋，在听到女孩儿哭泣的这一刻，彻底烟消云散。

"是我不好，害夫人担心了。"

陆沉舟的声音十分温柔，就连季秘书都吃了一惊，却又十分高兴。

因为，夫人和总裁和好了，他的奖金有救了！

薄织雾眼底泛着泪珠，鼻子哭得有些红，她呜咽着问道："你怎么会没事的？什么时候回来？我……我很想你。"

想他和自己吵架，想他给自己做饭，更想听他亲昵地骂自己笨蛋。

女孩儿一连串的问题，连珠炮似的扔了过来，陆沉舟倒是不知道先回答哪个好了。

电话里传来陆沉舟低低的笑声，他说道："我已经准备登机了。十五个小时，等我回来。"

薄织雾吸了吸鼻子，认真地点了点头："嗯。我等你回来。"

陆沉舟嘴角难得上扬起来，他语气轻快地说道："嗯，那我先挂了。"

薄织雾点了点头，她挂了电话，把手机递给了沈妍心。

陆千帆连忙问道："我哥怎么说的？"

薄织雾回答道："他说十五个小时后到。我问他是怎么没事的，他也没回答我。"

秦明珠笑着说："不管沉舟是怎么没事的，没事就好，至于背后的事情啊，你们小夫妻俩慢慢关起门来说。"

薄织雾有些脸红，她小声嘟囔了一句："奶奶……"

奶奶看着李嫂，指着薄织雾说道："看看，说你两句你还害羞了不是？"

薄织雾轻笑出声，心情也一点点好了起来，窗外，晴空万里。

陆沉舟的私人飞机落在华娱顶楼的时候，薄织雾看见从飞机上下来的陆沉舟。几乎是跑着扑进他怀里的。

面对忽然如此热情的薄织雾，陆沉舟倒是显得有些不知怎么办才好了，只能笨拙地拍着她的后背，垂眸哄着她说道："没事了，我回来了。"

薄织雾从他怀里抬起头，眼底带泪地笑着说："对不起，我不应该不听你的话。可是你能不能也答应我，不要再吓我了？"

上一次看见女孩儿这样泪意涟涟的样子，还是在薄绍均被小混混绑走的时候。

他轻轻拍了拍薄织雾的肩膀："好，我答应你。"

陆沉舟伸出略带薄茧的手掌，替薄织雾擦去眼角的泪珠说道："擦一擦，本来就难看，哭起来就更难看了。"

薄织雾笑着故意往他西服上蹭了蹭眼泪，她语气轻快地说道："我才不管呢，难看也要赖着你。"

陆沉舟无奈地揉了揉她的头，嘴角带着一抹温柔的醉人的笑。

车子里，薄织雾问陆沉舟："资本家，到底是怎么回事啊？你怎么会没事的？"

她清楚地看过昨天的新闻，那一架航班上的所有乘客，包括机长和空乘人员在内的所有人，无一幸免都出事了。

陆沉舟究竟是怎么平安无事地回来的？

季秘书听到薄织雾焦急的语气，笑着解释说："总裁回来当天，飞机延误了。但是他急着回来，所以就让我去安排了私人飞机。"

薄织雾黑着脸，嘴角微微抽搐地看着陆沉舟："……私人飞机？"

陆沉舟不可置否地点了下头："嗯。"

还真是"壕"无人性啊，就因为飞机延误了，急着回来，所以就安排了私人飞机？

但是仔细想想，也算是她老公福大命大运气好，因为乘坐私人飞机，所以躲过了一劫。

如果陆沉舟真的坐了那架航班，后果恐怕不堪设想。

她忽然一歪头，靠在了陆沉舟的肩头上。

陆沉舟蹙眉问道："怎么了？"

薄织雾往他怀里又蹭了蹭，笑着说："没什么，就是觉得，你没出事，真好。"

陆沉舟嗤笑出声，伸手摸了摸她的头说道："我说过，不会让你轻易做小寡妇的。美人在怀，我也舍不得啊。"

薄织雾听了这话，红着脸推开了陆沉舟："我……我不和你说了，一天到晚就知道欺负我，我跟你说这个，你就跟我扯那个。哼！"

陆沉舟低低笑了两声，好笑地盯着薄织雾脸红的样子。

她害羞起来的样子，很可爱。

薄织雾昨晚没睡好，这会儿放下心来，倒是窝在车子的一角睡着了。

车子一路平稳地驶向了西山林语，到了家，司机刚准备开口说话，陆沉舟就做了个噤声的手势。司机注意到了睡着的薄织雾，慢慢点了头，下了车。

季秘书也很懂事地下去了。陆沉舟轻轻将她的小脑袋，重新扒到了自己的肩头靠着。熟悉的重量落在自己的肩头上，陆沉舟盯着她沉睡的样子，仿佛，靠在自己肩头的不是一个女孩儿，而是一份甜蜜的负担。

陆沉舟不忍心吵醒薄织雾，任由她安静地靠在自己的肩头小憩。

他打开笔记本电脑，开始处理公司的事情，耳畔，是她均匀安静的呼吸声。这一阵简单而又平和的声音，宛如陆沉舟听过最优美动人的曲子。

薄织雾醒来之后，夕阳正好要落山了。她迷迷糊糊睡醒了，看见陆沉舟低头认真工作的样子，有些不想打搅他。于是，她悄咪咪地装睡，微微眯着眼，看着陆沉舟完美无缺的侧脸。

可是，她的演技实在拙劣，刚睁眼不到三分钟，陆沉舟就察觉到了。

他转头看着她，问道："睡醒了？"

薄织雾不好意思地点了点头，她笑着说："嗯……你怎么知道我醒了呀？"

陆沉舟说道："陆太太，我记得我有说过，你的演技，真的很差。"

薄织雾撇了撇嘴，没有争辩，毕竟她才刚刚睡醒，所以心情很好。

她伸了个懒腰，笑着说道："今天我心情好，就不跟你计较啦。"

她瞥了眼陆沉舟的邮箱，开口问他："还要多久才能处理完啊？"

陆沉舟问她："做什么？"

薄织雾笑着说道："嗯，想让你陪我看落日啊。"

西山林语靠海，海边看落日，是件十分浪漫的事情。只可惜，薄织雾之前忙着《蜜恋》开机和后续相关的事情，再就是写稿子，都没来得及去好好欣赏这些风景。

陆沉舟合上电脑，说道："大概半个小时。不愿意等就算了。"

薄织雾摇了摇头，她靠在陆沉舟身上，不断地嗅着他身上香水的味道："陆沉舟你一个男孩子怎么比我还香啊……"

陆沉舟嫌弃地皱起眉，眯着眼看了她好一会儿。

薄织雾傻笑着缓解自己的尴尬，她说道："我不打扰你办公啦，你忙，处理完赶紧陪我看落日。"

陆沉舟敲了下她的额头："乖。"

薄织雾撅着嘴，窝在角落里，继续看手机了。

她忽然想起来："对啦，你失联的这段时间，你的小迷妹都可担心你啦，你不上微博给他们报个平安吗？"

陆沉舟说道："不需要。夫人知道我平安就好。其他的，都是些无关紧要的人。"

薄织雾唇角忽然就扬了起来。心情就好像此刻天边太阳落下去的样子，天淡淡的，云粉粉的。

《蜜恋》七月份在朝城卫视上星了，全程是令人怦然心动的感觉，收视率也跟着攀升。薄织雾一瞬间在新人编剧圈子里名声大噪。当然，也少不了陆太太这个头衔。

每年十月，泸汀港湾会举办一年一度的赛马会，陆沉舟受到了邀请。

薄织雾作为他的夫人，自然是要跟着一起去的。来这儿的，除了泸汀港湾本地的人，也有不少朝城的各界成功人士、富家小姐与高官显贵。

赛马场很大，有三十二万平方米。薄织雾挽着陆沉舟的手走进去的时候才感受到了这场赛事的震撼。密集攒动的人头在位置上涌动着。眼前的大屏幕上出现了主持人的身影。人声喧哗，镁光灯闪烁在赛马场里。

"总裁、夫人，这边请。"季秘书说了。

陆沉舟不喜欢太吵，所以安排了VIP贵宾包厢。

今天来了很多媒体，薄织雾穿了一身白色小香风套装，陆沉舟也难得穿了件白衬衣，算是和她身上的颜色相呼应，凑一套情侣装。

薄织雾坐在了包厢里，眼前一大扇落地玻璃窗，门外就是赛马场的全景。

季秘书拿出一个平板电脑给薄织雾，他说道："夫人，这是今天参加赛马的马匹，您可以看看，然后选一匹下注。"

薄织雾哭笑不得地看着陆沉舟："你当真了啊？我就是随口一说而已。"

来之前，她提过能不能赌马，想玩一把，没想到陆沉舟居然就记在心上了。

而且赌马很贵，基本是稳输不赢的买卖啊！

陆沉舟挑眉说道："我也只是随便一记而已。好了，下注吧。赢了都是你的，输的，就当是你欠我的。"

薄织雾抿了抿唇，反正来都来了，就当长长见识啰。她说道："那好吧。"

季秘书听了这话，把平板递给了她，他介绍说道："这里面有这次参赛的马的资料，马的年龄、性别、体重、体重变化，选手体重，各种玩法的赔率。"

薄织雾第一次玩这个，她看明白了。目前的赛马分为两个队伍，每一匹马都有一个相对应的竞争对手，都是 1v1 的。赢了的就可以把对方下注的钱外加自己的本金拿走。输了的，要赔对方本金。

但是赌马的价格真的吓到她了，因为每一注都是五十万起步。

陆沉舟看她犹豫不决，开口提点她说道："赌马，主要看马的高度，如果是1200 米，记得看看后腿的强健程度，1600 米以上是看马的体重，不要太轻。赔率只是数字，不要过于迷信它。"

薄织雾参考陆沉舟的意见，最终选了一批枣红色的马。这匹马浑身毛色漂亮，后腿强壮，她说道："就这匹吧。"

季秘书愣住了，他为了确认，又问薄织雾："夫人您确定是这一匹么？"

薄织雾看着他点了点头："呃，怎么了？"

陆沉舟说道："这匹马的对手，下注的人，是谁你知道吗？"

薄织雾问道："谁啊。"

陆沉舟说道："赛加维纳王储。"

薄织雾一听，神色瞬间惊恐起来。

天啊！居然这么巧，那她这是要赢了王储怎么办？会不会让人很没面子，要是对方觉得没面子会不会杀了她灭口啊？

她的神情越变越夸张，陆沉舟额角跳了跳。

这个笨蛋，一天到晚脑子里不知道在乱想一些什么。

季秘书讪讪地看着陆沉舟，心说道，夫人这又是在想什么啊，看起来很恐怖的样子。

陆沉舟瞥了一眼季秘书，淡淡开口说道："就这匹吧。"

季秘书点了下头，薄织雾被他的话拉回思绪，刚准备开口拒绝，季秘书就点了确认。

她哭丧着脸看着陆沉舟说："资本家，要是我赢了赛加维纳王储，他会不会因为觉得没面子，然后请我去喝茶啊？"

陆沉舟黑了脸，他无奈地揉了揉薄织雾的头说道："……你有这个想象力，不如放在写剧本上。再说了，你什么时候对自己的眼光这么有信心了？"

薄织雾摇了摇头，笑着说道："我才不是对自己的眼光有信心，我是对自己的狗屎运有信心好吗？"

她的狗屎运，还是挺好的。

第4章 定情

陆沉舟听了她的话，毫不留情地反驳道："没有什么所谓的好运，只有人定胜天。"

季秘书被她逗笑了，开口安慰薄织雾："夫人放心，这种事情是不会发生的。再说了，赛加维纳要是想和C国做生意，别说是王储，就是国王，见到我们总裁都要以礼相待。"

薄织雾这才放心，松了口气："那就好。"

这样一来，如果她输了也不丢脸，可以把锅甩给赛加维纳王储热衷于赛马活动，经验比她丰富！赢了的话还可以拿钱啊。

季秘书问道："夫人打算下几注？"

薄织雾挠了挠头，她问道："一注不行吗？"

陆沉舟嫌弃地看着她："……赌马，三注起步。"

他给薄织雾科普完，看着季秘书说道："下五注。"

等等？她算算啊，一注是五十万，五注那就是，二百五十万？

薄织雾瘫在沙发上，她委屈巴巴地和陆沉舟说道："你说的五注啊，那要是到时候输了我可不赔你钱。"

陆沉舟宠溺地看着她："你人都是我的了，还需要在意这些吗？"

他的夫人，千金不换，是无价的。

薄织雾傻笑了下，她靠在陆沉舟的手臂上说道："好。"

赛马比赛要开始了，屋子里能够看见整个赛马场的全景，但是一切都变成了小点点，所以薄织雾只好看着投影仪了。

玻璃窗的隔音效果非常好，屋子里十分安静。薄织雾听见主持人念到自己下注的马时，整个人都紧张起来，她拽着陆沉舟的西服袖子，咬着指甲说道："要开始了，我好紧张啊！"

陆沉舟剑眉微敛，他看着薄织雾说道："有我在，什么都不用怕。"

薄织雾点了点头，她的视线紧紧盯在了自己下注的马上："小红马加油，无论输赢你都是最棒的！"

陆沉舟哭笑不得地看着她："我还是第一看见，有人隔着屏幕给马加油的。"

薄织雾早就习惯了陆沉舟的嫌弃，她傲娇地"哼"了一声。

随着"砰"的一声，所有的马都撒开了腿奔腾而去。薄织雾的目光一直紧紧锁定在了小红马身上。

小红马撒开腿跑得飞快，赛马选手骑在小红马的身上，夹紧了马肚子，飞快地奔着终点而去。

从起点到终点，总共两千米，小红马很快就赶上了赛加维纳王储下注的白马，薄织雾心里的石头骤然悬了起来，默念着加油。

陆沉舟倒是十分淡定，他还从没见过薄织雾这么聚精会神的样子。"你要是平时和我说话，也能这样，我会很高兴。"

薄织雾没看他，而是托腮紧张地盯着赛场上，她说："我和你天天都能说话啊，可是赛马三年才一次呢。"

而且这次下注还这么大，二百五十万啊，不知道她要写多久稿子才能挣回来。

赛马场里，两千米的距离她本来以为需要很久，可是参赛的马都是训练有素的。薄织雾看见骑手在冲向终点的那一刻，整个人兴奋得眉飞色舞，就差跳起来了。

"啊啊啊—小红马赢了！！"

她扑进陆沉舟怀里说道："资本家你是我的幸运神吗？"

整场比赛看下来，她都是提心吊胆，直到小红马跑向终点的那一刻，她悬着的心才彻底放了下来。

薄织雾抱着陆沉舟的动作有些紧，他唇角微微扬起，宠溺地垂眸看着怀里笑得天真烂漫的女孩儿，伸出手弹了下她的额头说道："你喊我什么？"

薄织雾现在心情非常好，自然是陆沉舟说什么就是什么了，她软软地喊着，"老公你真是我的幸运神！！"

温柔的声音里，带着些骄矜的意思。

陆沉舟很吃她这一套，伸手摸了摸她的头，宠溺地说道："乖。"

她还赖在陆沉舟怀里，抬起清澈的眸子看着陆沉舟问道："对了，赛加维纳的王储下了多少注你知道吗？"

陆沉舟说道："十注。"

薄织雾迅速地算了起来，她说道："那就是，五百万，五百万外加上二百五十万，那就是七百五十万！"

她眉飞色舞起来："我可以还你钱了！"

之前的五十万赌债，外加陆沉舟之前送她的那套房子，怎么算七百五十万都是够了的。

陆沉舟促狭地笑了笑："你想得倒美。"

薄织雾嘴角的笑忽然凝住了，她满头雾水地问道："怎么了？"

陆沉舟松开了她，"这七百五十万，会以你的名义，全都捐出去，给各个慈善机构。"

"哈？全都捐出去？"

薄织雾撅着嘴问道："什么时候的事情？我怎么不知道啊。"

陆沉舟瞥了她一眼："在来参加泸汀港湾的赛马比赛时，我签的字。"

薄织雾神色黯淡下来，本来还以为，可以凭借这一次，把钱都还给陆沉舟呢，没想到，居然被他摆了一道！

不过，既然是做好事，那就算了吧。反正，到时候《蜜恋》上映了，再还给他也是一样的。

陆沉舟的目光落到了薄织雾身上，纤长的睫毛掩去了他墨黑色瞳孔深处的狡黠。

他怎么可能就这么让她把钱还给自己。

薄织雾好一会儿才认真地说道："那，这笔钱可以一部分分给福利院，一部分分给渐冻症患者吗？"

福利院里条件不会特别好，她小时候待过，所以希望小朋友们的生活条件可以好一点。而渐冻症这种病，其实很让人绝望。就算富有如陆沉舟，也只能组建医疗队，研制新药，找人替薄绍钧控制病情。

陆沉舟眸光沉了沉，他静静地看着薄织雾很久，眼底的情绪十分复杂，最后化为了一丝心疼："好。"

门外，季秘书敲门进来了，他恭敬地颔首说道："总裁、夫人，赛加维纳的王储听说您和夫人赢了他，想见一见您。"

薄织雾傻了眼，她哭丧着脸说："啊，他不会真的要找我算账吧？"

陆沉舟觉得有些好笑，他无奈地摸了摸薄织雾的头："……陆太太，你觉得你的先生没有能力保护好你吗？"

薄织雾摇了摇头，陆沉舟的话打消了她心底的疑虑，很快，她就望着陆沉舟，唇角扬起了一抹笑。

陆沉舟看着她傻笑的样子，伸出大手拉起她的手说道："走了。"

赛马场的另一个VIP包厢门口，守满了特警与保镖。

陆沉舟身后跟着的黑衣保镖，在门口被拦了下来。

其中，一个身穿黑色套装，金发碧眼的女郎礼貌地说道："陆少、陆太太，有请。"

薄织雾在心底感叹着见王储程序的烦琐，不过也是可以理解的嘛，安全第一。

赛加维纳的王储在见到薄织雾的这一刻，眼神里闪过一丝惊喜，他用流利的英文笑着对陆沉舟说道："陆太太很漂亮。"

陆沉舟礼貌地点了下头，薄织雾大方地伸出了手，她说道："王储好。"

王储温和地笑了下，他说道："我玩赛马这多年，还是第一次输，而且还是输给了一个女孩子。"

薄织雾笑着说："没有没有，我就是运气好而已。"

王储很有礼貌，十分谦逊。他有着欧洲人特点，高鼻梁，五官深邃，浑身都散发着让人觉得优雅的贵族气息："陆太太过谦了。"

看得出来，王储今天十分高兴，陆沉舟偶尔和他搭着几句话，季秘书没翻译，但是薄织雾从几个熟悉的单词听出来了，大概是生意上的事情，她不懂，所以只是很乖地站着，没有多嘴。

王储忽然看着薄织雾说道："陆太太喜欢赛马吗？"

薄织雾对于王储忽然地发问感到奇怪，但是出于礼貌，她掀了掀唇瓣，打算回答王储。

"我夫人很喜欢，只是，骑马这一项技能，还在学习中。"

她满头问号地看着陆沉舟，她什么时候说自己对骑马感兴趣了？

王储一听十分高兴，他笑着说道："那正好，我在赛加维纳的马场里，刚好新出生了一批小马驹，血统纯正。陆太太要是喜欢，过段时间我让人专机运过来送到西山林语？"

陆沉舟礼貌地颔首："那就谢谢王储了。"他说着，还伸手搂住了薄织雾的腰。

陆沉舟强制性的动作让她有些不舒服，但是在外人面前，她还是得忍着。直到离开包厢，回到酒店，薄织雾才满头问号地说："我什么时候说我喜欢赛马了？你接受了王储送的马也没地方养啊，重点是我根本就不会骑马！"

陆沉舟淡淡瞥了她一眼："不会骑马可以学，西山林语有马场。你以为王储真的只是单纯想送给你马吗？"

薄织雾大脑空白了三秒，脑海里飞快地闪现一个念头："示好？"

她什么时候反应这么快了？

陆沉舟赞许地看着她："是的。"

朝城谁不知道，薄织雾是陆沉舟心尖上的宝贝。

在王储眼里，薄织雾高兴，说不定对于他们生意的促成也有好处。

薄织雾傻笑着说："那我这算是沾你的光了？"

陆沉舟戳了下她的额头："应该说，是我沾了夫人的光。"

薄织雾感叹着说道："果然，姜还是老的辣！"

陆沉舟不满地拧着眉头，他向薄织雾投去一道警告的目光："老？陆太太……"

薄织雾懂了他话里的意思，连忙结结巴巴地解释："我……你知道的，我不是这个意思！"

陆沉舟才不管三七二十一，他霸道又任性地说道："今晚，等着……"

参加完泸汀港湾的赛马会，陆沉舟还有个会议要去国外开，薄织雾只能先回朝城，晚上两个人经常打电话视频，倒也没有那么寂寞。

每晚睡前陆沉舟都会陪着薄织雾聊天，直到她睡着了，才会挂掉电话。

陆沉舟回国的航班定了下来，薄织雾知道后特别高兴。

上车后，她和司机说道："李叔，咱们先去一趟花店吧。"

司机点了下头，就把车子往花店开了。

沈妍心笑着说："怎么？你还打算送花给总裁呀！"

薄织雾说道："生活需要仪式感和小浪漫嘛！"

之前陆沉舟送给她那么大一捧玫瑰，她一直记着呢。

沈妍心笑了笑："这样也好。"

车子很快就开到了花店门口，薄织雾下了车，刚进花店的门，她就看见了个熟悉的身影。

薄织雾有些不敢相信，她错愕地看着那个背影，试探性地喊了一句："甄导？"

甄导回过头，看见薄织雾笑着喊了一句："织织。"

薄织雾一见真的是甄导，惊喜地说道："甄导您回国了怎么也不告诉我呀。"

甄导说道："回来参加电影协会的会议。开完会就打算走了。"

甄导这几年虽然定居在A国了，但是国籍一直没改，仍是电影协会的会员。

薄织雾点了点头，还是笑着和甄导说道："之前您寄给我的书我都看了，很有用，都没来得及当面谢谢您呢！"

甄导笑着说："看着陆太太觉得投缘，就送了。小事一桩而已。"

老板打包好了花，她递给甄导："先生，您要的花。"

薄织雾之前跟吴妈学过插花，也大概了解到了各种花的寓意和用途，白色的菊花，是用来祭奠逝者的。

她问道："您买花，是要祭奠您的女儿吗？"

甄导听见薄织雾提及甄卿好，神色黯然了几分，他笑着点了下头："是啊，她的生日还有一个月就到了，这次回国再走，也不知道什么时候能再回来了，就想着顺便来看看她。"

沈妍心听到生日两个字，她忽然笑着和薄织雾说道："织织，说起来你的生日也快到了呢，不知道总裁会给你什么样的惊喜呢！"

甄导听到薄织雾的生日和甄卿好的很近，目光一下子就落到了薄织雾身上，他有些惊喜地笑着说："你的生日？"

薄织雾拍了下沈妍心的手，妍心还真是傻乎乎的。

刚才才告诉她，甄导的女儿去世了，她还提自己的生日，这不是故意往甄导心口插刀子吗？但是甄导既然问了，薄织雾也不好不回答，于是笑着说："是呀。"

甄导又问道："可以问一下是什么时候吗？"

薄织雾笑着说："十月十五日。"

甄导点了下头，他笑了笑，喃喃说了一句："好近。"

薄织雾愣住了，她问道："啊，什么？"

甄导回过神来："没什么。提前祝你生日快乐。"

薄织雾点了下头："谢谢甄导，也希望，甄太太的病可以早日好起来。"

甄导点了点头："那我就先走了。"

薄织雾颔首，继续挑选着花店里的花，她第一次给陆沉舟送花，有些拿不准陆沉舟的喜好，于是问沈妍心："妍心，你知不知道资本家喜欢什么花呀？"

沈妍心摇了摇头："不知道呢，不过只要是你选择，总裁肯定都喜欢！"

薄织雾羞涩地笑了笑："哼！他敢不喜欢！"

挑来挑去，薄织雾最后根据花店老板娘的建议，选择了白色的马蹄莲。

她抱着包扎好的马蹄莲，期待地看向接机大厅里人群出来的方向。

没过几分钟，一个熟悉的身影就出现了。

薄织雾抱着马蹄莲，看见陆沉舟的身影后，飞奔着扑进了他的怀里。

薄织雾抱着他撒娇："你终于回来了。"

陆沉舟揉了揉她毛茸茸的小脑袋，季秘书在一边，替陆沉舟推着行李，他笑了笑。

薄织雾迫不及待地把马蹄莲塞到陆沉舟怀里，抬头用清澈的眸子看着他："怎么样？喜欢不？我选了好久的。"

陆沉舟宠溺地看着她："都好。"

她送的，他都喜欢。

车上，薄织雾笑着问了陆沉舟一句："有没有给我带礼物啊？"

陆沉舟面无表情地说，"没有。"

薄织雾的表情有点失望，陆沉舟见她这个样子，眼神里漾出一丝笑意，还是掏出来一个盒子，递给了薄织雾："随手选的。"

女孩儿见到礼物，一瞬惊喜起来，她笑着打开盒子看了一眼——居然是一条手链。

银色的细链子下面坠着一颗红色的心。很简约也很大方的设计。她的心里被蜂蜜似的甜填满。她将手伸到了陆沉舟的跟前，命令般地说道："你给我戴上。"

陆沉舟的眼神里带着点点笑意，听她的话，给她戴好了。

为了补偿薄织雾，他带着薄织雾去了Germy吃饭。

回到西山林语，已经是晚上九点半了。

今晚月色很好，玄月如钩，薄织雾穿着高跟鞋走了一天的路，已经有些累了。陆沉舟牵着她的手，在花园里踱着步子。

玫瑰开了满园，馥郁的香气在夜晚弥漫开来，红花绿叶相交映，煞是好看。

她脱了高跟鞋，拎在手里，赤脚踏在鹅卵石小路上，陆沉舟对她这种行为，早已见怪不怪。

四周清冷的白炽光落在她的身上，突然间，四周陷入了一片漆黑。

灯只暗了短短的三秒钟，接着亮起来的，是无数盏红色的蜡烛，铺满了一整条玫瑰花瓣组成的路。

四周的路灯，也被换成了小彩灯，一闪一闪的灯光，散发着暖黄色的光辉，像极了空中的星星。薄织雾错愕地看着陆沉舟。

陆沉舟只是扬了扬唇角："去看看。"

薄织雾心底的蜜罐子一下子被打翻了，满整颗心甜蜜柔软的一塌糊涂。

她迈着步子，从铺满花瓣的道路上一步步向前走了过去。

昏黄的烛光摇曳着，陆沉舟陪着她，一步步朝前走去。

花路上，有很多的礼盒。薄织雾蹲下身子，拿起礼盒包装看了一眼。

粉色的玫瑰包装纸上，有一张便利贴，上面熟悉的字迹薄织雾认出来了。

那是陆沉舟写的一段话："织织，很遗憾，你22岁之前的人生我没幸参与，但是从23岁开始，你的每一个生日，人生的每一个瞬间，我都会参与。——陆沉舟。"

薄织雾打开了盒子，里面是一对十分小巧的银手镯，里面还有一张纸条，一周岁生日快乐。

她看到字条的时候，心底有无数情绪翻涌而出，最终都化为了温热的泪珠。

玫瑰花瓣铺满的路直通门口，薄织雾踏着满地花瓣，一路向前，每隔几米，就会有一个礼盒出现，整条路上，一共22个礼盒，可是却有45份礼物。

薄织雾已经丧失了语言能力，心底无数反应的感动，全化作了生理性的泪水。

她呜咽地问陆沉舟："你干吗忽然这样啊……"

陆沉舟的唇角带着淡淡的笑意："生日快乐。"

薄织雾懵了："生日？"

陆沉舟略点了下头。今天，是她的生日。

薄织雾一瞬喜极而泣，心底又被满满的感动充盈着。

她自己都要忘记了，今天是自己的生日，可是陆沉舟还记得。

陆沉舟见她这副样子，唇角扬了扬，从西装口袋里，取出一个小盒子，他打开之后，深深地看着薄织雾。"陆太太，这是第 46 份生日礼物。"

心底的喜悦一下子化作了眼底晶莹的泪珠，她身子僵住了，愣愣地看着陆沉舟，他忽然单膝向薄织雾缓缓跪下，将戒指递到了她面前。

陆沉舟郑重其事地看着她，目光里写满了深沉的爱意，似乎要将她彻底淹没。

陆沉舟深深凝视着站在自己跟前的少女，唇角扬了扬，目光紧紧地盯在薄织雾身上："织织，很抱歉，我一直欠你一个求婚典礼。不知道，我能否有幸借你余生一程。"

薄织雾心底有无数情绪翻涌，胸口似乎有一颗石子，陡然一下，掉入了平静的深湖之中，掀起了一场惊天潮汐。

她幻想过无数次，陆沉舟向自己求婚，却怎么都没想到，会是在自己 23 岁生日时。

她以为，陆沉舟是数错了数字，所以才会只有四十五份生日礼物，却怎么都没想到，这第四十六份礼物，竟是这样叫她终生难忘！

薄织雾的眼底已经泛出了晶莹的泪花。喉头微微酸涩，薄织雾很想出声，可是大脑一瞬空白起来，什么都说不出来，只能用翻涌的泪花，表达自己内心的激动与喜悦之情。

她慢慢伸出了手，呜咽着，语不成调地说："……我答应你。"

话音落下，一束束耀眼的光线飞上天空："啪啪啪……"突然炸开，五彩夺目的星星般的花朵向四周飞去，似一朵朵闪光的菊花，光彩夺目。

整个西山林语的夜空，再次被照亮起来。

而所有烟花，构成了她的名字，组成了一句话："薄织雾二十三岁生日快乐。"

或许上天是公平的，她在五岁时被父母抛弃，却又在二十二岁时，遇见了会把她宠在手心的陆沉舟。

原来，你从前失去的东西，上天会以另一种方式，重新馈赠给你。

薄织雾吸了吸鼻子，她红着眼圈问陆沉舟："你知道走花路是什么意思吗？"

她一路踏着玫瑰过来的，陆沉舟到底知不知道这是什么意思，她很好奇。

陆沉舟捧起她的脸，深深地看着她。

他墨黑色瞳孔里，倒映出薄织雾的身影，温柔的声音在头顶响起，每一个音节都像是落在薄织雾的心尖。

"希望，我的笨蛋，以后无论遇到什么事情，都会一切顺利，一直有好事发生。"

"走花路"三个字，真实的意义正在于此。

薄织雾滚烫的热泪不断地落下，她伸手捂住了陆沉舟的唇瓣："你别说话了，我怕你再说下去，我会哭得不成样子……"

陆沉舟伸手，替她擦了下泪珠，低低的笑从喉间溢出："……你现在这样，还真像只兔子。"

薄织雾被他气笑了，她捏起拳头捶了下陆沉舟的胸膛："会不会说话啊，我刚刚还很感动的呢。唔……"

她瞪大了眼，陆沉舟温热的唇瓣已经覆了上来，酥麻的触感一瞬传遍全身。

薄织雾没有挣扎，她主动搂住了陆沉舟的脖子，开始回应陆沉舟。

筹备婚礼很忙也很烦琐，薄织雾写完《蜜恋》的本子后，总觉得自己还是不够专业，特意申请了去C大念书。

这天上完课，她抱着书走在回家的路上，耳畔忽然传来一阵熟悉的声音。

"你们听说了吗？纪教授要离职了。"

"离职？为什么呀，不是一直上课都上得好好的吗？我很喜欢他的课的。"

"难怪，这几天就没看见他来学校呢。"

"不知道，我听教务处的人说，好像是纪教授打算出国继续深造。"

薄织雾听到这里，愕然回头看着她们。她拧起眉头："出国？深造？怎么这么突然啊？"

想到这里，她掏出手机给纪嘉言打了通电话："喂，嘉言，我听他们说，你要出国了？"

纪嘉言听到她的声音有一瞬失神："嗯，打算继续出国深造。"

薄织雾问道："为什么这么突然啊？你之前都没告诉我。"

纪嘉言轻笑了下："你现在不是知道了吗？很早前就有这个打算了，只是现在才打算走而已。"

真正的告别，是不会说再见的。

薄织雾抿了抿唇，她有些失落，纪嘉言的课讲得挺好的，突然走了，换个老师换种风格，还需要一些时间去适应。

"那我和沉舟的婚礼，你也不打算参加了吗？"

听到这里，纪嘉言眉目间有一瞬黯然，他沉默了一会儿，轻声说："不去了，A 国那边开学早，我还有事情要去处理，祝你们，百年好合。"

他尽量让自己的语气听起来十分轻松。

薄织雾甜蜜地笑了下："谢谢，那你什么时候走？我去送你。"

纪嘉言云淡风轻地笑了下："你还是别来了，筹备婚礼很忙的。"

他怕她一开口，他真的会走不了。

薄织雾撇了撇嘴："那你什么时候回来啊？"

"或许三年，或许五年。"

薄织雾抿了抿唇："那，你一路顺风。我等你学成归来，继续做我的老师哦。"

她的声音里带着清晰的笑意，全部传到他耳朵里。

他扬了扬唇角，脸上是笑着的，可是眼神里，却写满了落寞："好，我还有些事情，就先挂了。"

薄织雾点了点头，便挂了电话。

病房里，纪嘉言靠在床头。

小护士走了进来："纪先生，该换药了。"

纪嘉言看了一眼自己手腕上的伤口，他点了下头。护士给他换了药，转身走了出去。

他前几天，抑郁症又复发了。医生说了，这次来势汹汹，恐怕要去国外换个环境，才能好好养病。

出国深造是真的，养病，也是真的。

纪嘉言看向窗外，树叶早已落光，可却又很好的阳光透过树枝照进来。但，却照不进他的心底。

朝城机场，响起了机场信息的播报，纪嘉言准备好了一切，转身登机了。

人潮拥挤，乔知夏拉着行李箱，低调地戴着墨镜从机场走了出来。

耳畔仿佛还在回荡着陆沉舟要和薄织雾举行婚礼的新闻，她唇角勾起了一丝笑，然后踩着高跟鞋，大步流星地离开了机场。

这天晚上，陆沉舟给薄织雾打了一通电话："织织，晚上我不回家吃饭了。你照顾好自己。"

薄织雾有些失落，但是陆沉舟工作忙，这点她知道，所以也不闹，乖乖地说道："好，那你早点回来。"

陆沉舟应了一声。

与此同时，Germy 的西餐厅内，烛光摇曳，水晶灯折射出迷离的光辉，优美熟悉的旋律在耳畔响起。

陆沉舟对面，正坐着一个身穿白色针织衫的女孩子，二十五六的模样，一张鹅蛋脸上，水灵灵的大眼睛摄人心魄，灯光勾勒出她高挺的鼻梁。

如果不是下午的时候，季秘书告诉陆沉舟，他真的不知道，乔知夏竟然回来了。

陆沉舟在听见她回来这个消息的时候，其实内心并没有特别大的波澜。

曾经他也以为，当初乔知夏不辞而别，如果再次回来，他一定会高兴得疯掉，再问清楚，当年她为什么要离开。可是没有。

他的内心，早已掀不起太大波澜。

乔知夏唇角勾起一抹酸楚的笑："沉舟，我听人说，你结婚了。"

陆沉舟沉默了片刻："嗯。你找我，有什么事情想说吗？"

他的语气一如既往温柔。

乔知夏抿了抿唇，心底有些失落，酸楚的感觉一点点从心底喷涌而出，她眉目间有一瞬黯然："沉舟，你怎么不问我，当年为什么要走？"

陆沉舟抬头看着她，真跟着她这句话问了一遍："好，你当年为什么要走？"

他的语气很平静，听不出太大的情绪起伏。真的只是一句简单的问候。

乔知夏的眼神紧紧盯着他的脸，想要解读出一丝其他的情绪，可是，什么都没有。

乔知夏抿了抿唇，低头说道："当年，是奶奶逼我离开你的。不是我真的想离开的，我……现在我已经有足够的实力可以配得上你了，我们……"

她的确有了足够的实力，在A国发展了八年，最终成功摘得最佳女主角桂冠。

陆沉舟打断了她的话："乔小姐，如果你是找我续旧情，那么很抱歉，我已经有太太了。"

乔知夏听见"乔小姐"三个字，只觉得无比刺耳，她眼神黯淡了几分："乔小姐……"

她错愕地看着陆沉舟，脸上满是失望："沉舟哥哥，你以前都是喊我知知的，为什么……是因为……"

陆沉舟抬眸看着她，听见"沉舟哥哥"四个字，这才抬眸看了她一眼："抱歉，你这样，会让我太太误会的。"

陆沉舟不想再跟她有过多纠缠，他喊来了服务生："Germy 的牛排味道不错，你可以尝尝看。时间不早了，我回家太晚，我太太会不高兴，知……"

乔知夏听见那一个"知"字，眼神一点点明亮起来，闪着期盼的目光。

陆沉舟似乎是意识到什么，最终把"知知"两个字吞了下去。他说道："乔小姐，我买单了，你慢用。"

乔知夏不甘心，她见陆沉舟要走，从背后抱住了他："沉舟哥哥我不信，我不信你心里真的没有我了……"

陆沉舟缓缓闭上了眼，他拧起了眉头："放手。"

乔知夏摇了摇头，声音呜咽："不，我不放！当年你已经放开过一次我的手了，难道这次还要我放开吗？"

"当年"两个字，让陆沉舟陷入了短暂的回忆，他很快回过神来，重复了一遍："我再说一次，放手。"

"不。"

女孩儿语气果断而坚定。

陆沉舟蹙起眉头，将女孩儿禁锢住自己腰的手指掰开，转身离开了西餐厅。

乔知夏追了两步，但陆沉舟走得很快，也很果断。她看着陆沉舟离开的背影，脸上浮起了一丝不甘心的笑。双手紧握成拳。

回家这么晚，西装上留下其他女人的口红印，还有香水味儿，傻子才会不起疑心。

陆沉舟回家的时候，薄织雾刚睡着，卧室里亮着台灯，陆沉舟脚步很轻，但薄织雾还是被惊醒了。

她翻了个身，陆沉舟刚脱下身上的西装外套，薄织雾睡眼惺忪地看着他：

"你回来了？"

陆沉舟抬头看着她，这副睡眼惺忪的模样，着实可爱。他扬了扬唇角："嗯，吵醒你了？"

薄织雾摇了摇头："最近睡得浅，不是你的原因。"

陆沉舟说道："我去洗澡，你先睡。"

薄织雾点了下头："好。"

陆沉舟转身拿睡衣，进了浴室。薄织雾坐了起来，打算替他把随手扔在沙发上的西装挂起来。

拿起西装的那一刻，薄织雾的鼻子敏锐地嗅到了一丝不寻常的香水气息，不像是陆沉舟常用的牌子，更像是，女性的香水。

是Chanel 五号。她对香水本来没太大研究，后来因为陆沉舟，多多少少也了解了一些。

她皱了下眉，拿着西装轻轻抖了下，打算挂起来，又发现了一丝不同寻常的痕迹。

薄织雾怕自己眼花，特意在灯光底下仔细看了看，这是……女人的口红印！

"怎么会有口红印？"

薄织雾费解地将西装挂了起来。陆沉舟洗完澡转身出来了。薄织雾坐在床头，紧紧抿着唇瓣。

陆沉舟看她没睡，皱眉问道："怎么不睡？"

薄织雾没回答她，低头抿着唇瓣，问道："你今晚去哪儿了？"

陆沉舟对于她这个提问，有些愣住了。很快，他的眼神又平静下来："应酬。"

薄织雾也没掩盖自己内心的问题，她问道："可我在你西装背后，看见了口红印。"

陆沉舟怕她误会，撒谎说："不小心蹭到的。"

他顿了顿，盯着薄织雾的脸看了好一会儿，挑眉看着她说道："你不会是怀疑我出轨了吧？"

薄织雾努了努嘴，她傲娇地哼了一声："哼，你要是敢出轨，我就敢离婚！"

陆沉舟微微眯眼，眼神里闪现出一丝暧昧危险的气息，他将薄织雾嘴里的那两个字，复述了一遍："离——婚？"

陆沉舟顺势将她压在身下，在她耳畔邪笑了下："我不会给你这个机会的。"

薄织雾脸色唰的一下就红了，陆沉舟的吻落了下来。

窗外，冷风呼啸，卧室里，春意正浓。

薄织雾皮肤薄，早起的时候，脖子痕迹特别明显。还好是冬天，穿一件高领毛衣就能遮住了。

陆沉舟也没好到哪里去，眼角不小心被薄织雾给抓了一下，留下了一道很明显的红痕。

两人坐在楼下吃早餐，都没说话。

吴妈看见两人这个样子，还以为是吵架了。她拉着薄织雾问道："织织，你和总裁这是怎么了？"

薄织雾的脸唰地红了起来，她盛了一碗小米粥，结结巴巴地说："没……没什么……"

陆沉舟意味深长地看着她扬了下唇角，薄织雾现在囧得恨不能找个地缝钻进去。她羞赧着脸色，踢了一下陆沉舟的小腿。

吴妈看他俩没剑拔弩张，谁也不搭理谁的气势，这才点了点头，下去了。

陆沉舟出门后，薄织雾练完瑜伽正坐在浴缸里洗澡，她手里拿着手机在刷微博，忽然之间，一个熟悉的名字闪现在了她的眼前：

微博热搜Top1: 乔知夏回国

看见这五个大字的时候，薄织雾不知道为什么，眉心猛然了下，心底有说不出的复杂滋味交织在一起。

有失落，有泛酸。但最终，化为了逃避。她心里有些难受，干脆把手机放在一边，整个人滑进了铺满花瓣的浴缸里。

洗完澡后，薄织雾接到了一通电话。

"喂，请问是薄小姐吗？"

薄织雾听着陌生的声音，感到有些奇怪，出于礼貌，她应了一声："我是，请问您是？"

乔知夏温柔地笑了下："我是乔知夏，沉舟的前女友。不知道你方不方便出来，我们谈谈？"

前女友？薄织雾的大脑顿时一片空白，心底，很快就被一片乌云掩埋，满腔的酸涩从心头升腾而起。酸得要命。

她轻笑了下："不了吧，乔小姐，我觉得我们没什么好说的。"

乔知夏对于她这个态度，倒是一点都不意外，她激薄织雾，语气里带着玩味的笑："你该不会是……怕了吧？"

薄织雾向来讨厌别人挑衅她，她冷笑一声，怕？她为什么要怕乔知夏？

"地址给我。"

乔知夏得到满意的答案，把地址告诉了她："拾光咖啡厅。下午三点，我等你。"

薄织雾没回答她，直接挂了电话。

第5章　生变

接完电话后，她望着镜子里的自己，眼神里的失落是一眼就能看出来的。

薄织雾做了个深呼吸，她倒出护肤品，一点点地抹到脸上，将头发吹干后，坐在电脑跟前看乔知夏的资料。

她以前怎么就没想到要去查一查乔知夏的资料呢。

不过，现在还不算太晚。

百科上她的资料，写得十分详细。

乔知夏，25岁。C大表演系肄业。刚在这届电影大奖中，摘得最佳女主角桂冠。

百科的右边，附上了一张她的照片，是个笑起来让人觉得很明媚的女孩子。薄织雾不置可否，她的履历很漂亮，除了，肄业这一项之外。

粗略了解到了乔知夏的资料，薄织雾心里有些烦闷。倒头就睡到了下午两点半，才不情不愿地爬起来，往拾光咖啡厅去了。

她特意挑了件让自己看起来气质不错的衣服，想要强行撑一撑气场。

薄织雾到的时候，乔知夏已经在等着她了。

她看见薄织雾来了，低头看了眼手表，玩笑似的说了一句："你迟到了半小时。"

薄织雾礼貌地说了一句："抱歉。"

她话音刚落，乔知夏就跟着补了一句："沉舟是一个时间观念很重的人。"

时间观念重？乔知夏这是在暗示她，自己很了解陆沉舟？她眸光深处有一瞬失落，但很快就笑了起来。

薄织雾坐在椅子上，笑得单纯，端起咖啡抿了一口，淡淡地说道："见重要的人，我会守时的。"

言外之意，乔小姐，你根本就不重要。

乔知夏也不生气。薄织雾看了眼窗外的景色，她问道："你找我有什么事情吗？"

乔知夏轻笑了下："找你叙叙旧，聊一聊沉舟。"

薄织雾轻蔑地笑了下，她低头搅了搅咖啡："叙旧？我不觉得，我跟你有什么旧事可以说，至于沉舟，那就更没有什么好说的了。我和我老公之间的事情，轮不到一个外人来过问。"

乔知夏看着她自信地笑了下，油盐不进，看来不好对付。

她问道："沉舟有跟你说过，我和他之间的事情吗？"

薄织雾嗤笑出声，她大概猜到了乔知夏今天的目的。

来说自己跟陆沉舟的旧事吗？然后劝自己离婚？

她没反驳，也没说话，从容地说："你和他之间的事情，他跟我说过的。"

乔知夏眼神里有一丝讶异，薄织雾看出来了，她抿唇笑了下："你们是从C大就认识的，后来你跟沉舟说了分手，选择了出国。"

乔知夏听到"分手"两个字，下意识想要开口反驳："不是分手，是奶奶逼我离开的。"

薄织雾放下咖啡杯，目光明亮起来，她淡定地看着乔知夏："乔小姐，我对你们是怎么分手的，一点兴趣也没有。"

乔知夏望着她挑衅地笑了下："怎么？怕听到自己不愿意听到的东西？"

薄织雾摇了下头，她自信地笑了下："不，我一点儿也不害怕听到你们的情史，只是觉得没必要。"

她顿了顿，看着乔知夏说道："我想你要搞清楚一点，你已经是沉舟的过去式了，现在我才是他的太太。抱着回忆停滞不前，把回忆织成茧，困在自己编织的梦境里的人很可怜。"

可怜？她竟然说自己可怜？

她不可置信地瞪着薄织雾："你知道你在说什么吗？你真的觉得，自己很厉害吗？"

薄织雾觉得好笑，她看出了乔知夏眼神里的怒意："厉害？能成为陆沉舟的老婆，能和他每晚躺在一张床上，我也觉得自己很厉害。"

乔知夏摊牌了，她看着薄织雾，眼神里的敌意丝毫不加以掩盖："我很爱他，你觉得，你和他在一起一年的时间能抵得过我们以前的时光吗？薄小姐，我劝你放手，不要到最后摔得鼻青脸肿才知道后悔。"

薄织雾不急不慢地看着她，听完她的一番话，冷静地反驳说道："能够用一年的时光，做到你几年才做到的事情，难道乔小姐没发现问题所在吗？这说明，你们不合适啊，所以才会分手。真正对的人，是一眼就能够认定的。"

她顿了顿，又说了一句："乔小姐，我一点也不介意沉舟有前女友这件事。相反，我要感谢你，感谢你让他现在变得这么温柔体贴。"

乔知夏教会陆沉舟对女孩子要温柔体贴，可是陆沉舟却把她教会他的，全都给予了薄织雾。

虽然很残忍，可是也很现实。

薄织雾说完了之后，转身离开了咖啡厅。

乔知夏的手紧握成拳，不甘心地看着薄织雾离开的身影。

她现在深深后悔，当年自己被秦明珠那个老女人威胁后选择离开，就是个天大的错误！

谁能想到陆沉舟放弃了继承陆氏，选择自己打拼。还用了八年的时间，走到了今天这个地步！

她望着薄织雾的背影，轻蔑地笑了下："我是不会放手的。"

因为她知道，陆沉舟这辈子都放不下当年那个女孩儿。

离开了咖啡厅，薄织雾随手拦了辆车："去白日梦书店"

司机发动车子，往目的地驶去。

薄织雾坐在后座的那一刻，忽然像是失掉了浑身的力气，瘫软在那里。如果说一点都不介怀，是不可能的。

想起陆沉舟衣服上的口红印加上香水味儿，她心里对陆沉舟昨晚去哪儿，猜了个七七八八。

他应该不是应酬，而是见了乔知夏。

恋爱中的女人都是福尔摩斯，这句话倒是一点都没错。

胸口像是有什么正压得她喘不过气来。

到了苏恬的书店，薄织雾坦白了这件事情。

薄织雾脸色凝重，苏恬给薄织雾倒了杯热水："你别乱想呀，乔知夏就是陆少的前女友，你要自信一点，你可是正牌陆太太，要是你答应和陆少离婚，那就是让她乘虚而入了！"

薄织雾抿唇笑了下："我当然知道。"

只要陆沉舟不动摇，她就不动摇。

苏恬又絮絮开导着她，转眼到了要吃晚餐的时候，薄织雾心情不好，想起昨晚陆沉舟欺骗她，她就不是很想回家，拉着苏恬一起去了烤肉店。

冬天喝酒吃烤肉，别有一番滋味。

窗外，是昏黄的路灯与呼啸的寒风。

屋子里烤肉锅里的五花肉与培根滋滋流油，散发着诱人的香气。

薄织雾用夹子将肉翻了个面，拿起孜然粉撒了上去。

她喝了不少清酒，已经有些晕乎乎的了。清酒初入口味道淡，但是后劲很大。

她的脸上泛起了不健康的红晕，苏恬看她醉了，轻声说：“我去打电话。”

薄织雾喝得醉醺醺的，不告诉陆沉舟不太好。

她趴在桌子上，沉沉地睡着。

陆沉舟过来的时候，薄织雾委屈地扑进他怀里：“陆……陆沉舟你来了啊。”

陆沉舟看见她这个醉醺醺的样子，拧紧了眉头，眸光略沉了下，还是抱着她，轻声说了句：“嗯。”

苏恬见机溜了。

陆沉舟抱着薄织雾，开车回到了在市区的公寓。

他把薄织雾放在沙发上，刚准备去给她倒杯茶醒酒，手腕上一阵温热的力道传来了。

她说着醉话，声音软软地嘟囔着：“陆沉舟，乔知夏回国了，你知道吧？”

陆沉舟听到这里，神色微微一滞，他坐了下来。薄织雾歪着头，靠在了他的肩膀上，又往他怀里蹭了蹭。

他沉默了一会儿，薄唇微启：“你见过她了？”

薄织雾昏昏沉沉应了一声：“嗯。她让我和你离婚。”

喝醉了的薄织雾，跟个小朋友似的，那句离婚，更像是在告状。

陆沉舟顺着她的话问了一句：“那你会和我离婚吗？”

薄织雾傻笑着扑进他怀里，靠在他胸口说道：“只要你不动摇，我就不动摇！”

陆沉舟听到这里，唇角微微扬了下。

“你给我讲讲，你和她的故事呗。”

与其以后从乔知夏嘴里听见，被她当成拿来炫耀的资本，她更愿意听陆沉舟亲自说。

陆沉舟看着怀里的女孩儿，一瞬间各种情绪翻涌交织。

当年那件事情太过复杂，他一直想找个机会，跟薄织雾说清楚。可是却没有合适的机会。

今天，她终于主动开口了。

陆沉舟嘴唇翕动，开了口："我很小的时候，被绑架过……"

他说完这话，听见久久没有回应，垂眸看了一眼躺在自己怀里的女孩儿。

温柔的灯光照在她安静的睡颜上，白净的脸上还有着余醉的红晕。

陆沉舟伸手摩挲了下她的脸庞，她睡着了。

明明是她自己提出来要听的，却又睡着了。陆沉舟失笑，看着她自言自语了一会儿："……笨蛋！自己说要听却又睡着了。"

陆沉舟温柔地揶揄她，横抱着她进浴室，替她洗完澡，又重新把她放在了床上。洗完澡，自己也跟着躺在了旁边。

初冬的暖阳照进屋子里，薄织雾醒的时候，陆沉舟正在厨房里做早餐。宿醉醒来，整个人的脑袋都是昏昏沉沉的。

她赤着脚走进了客厅，陆沉舟见她醒了，下巴朝着料理台上一扬："醒酒汤，喝了吧。"

薄织雾整个人头重脚轻的，她慢慢走到厨房，拿起醒酒汤喝了。

陆沉舟在煮小米粥，垂眸时，余光无意间瞥见了她白皙的脚。

他转过身来，不由分说地横抱起薄织雾，放在沙发上："怎么又不穿鞋子？"

薄织雾抿唇，靠在她怀里笑了笑："忘了。"

陆沉舟伸手敲了下她的额头，语气里满是宠溺地说道："你啊。"

她闻到香味儿了："煮了小米粥？"

陆沉舟应了一声："你昨晚喝了太多酒，早起应该吃点清淡的。"

他说完，又捏着薄织雾的下巴说道："以后，不许喝酒了。"

薄织雾撅着嘴，没有回答他。陆沉舟眸光渐深，他捏起了薄织雾的下巴："听见没有？"

薄织雾软萌地嘤咛了一声，推开陆沉舟的手，扑进他怀里："让我靠会儿，我难受。"

陆沉舟听见她说难受，心也跟着软了下来，伸手将她搂进怀里，揉了揉她的发丝："明知会难受还喝？笨蛋。"

薄织雾抿了抿唇，肚子这会儿咕噜咕噜叫了起来。陆沉舟瞥了她一眼。

薄织雾不好意思地笑了笑："我饿了，想吃小米粥。你去看看好了没有？"

陆沉舟应了一声，她坐着刷手机，忽然，一通陌生来电响了起来。

她愣了一会儿，还是滑向了接听键。是医院那边打过来的。

那头传来温柔的女声："请问是薄小姐吗？"

薄织雾答了一句："我是，请问怎么了？"

"是这样的，您之前签了一份无偿献血的协议。我们这边目前有个手术，需要您的血型。但是医院的库存不足，整个朝城也……恰好您定期献血的时间要到了。需要您下午来一下，您看方便吗？"

她爽快地答应了："好啊。"

自从薄绍均患上了渐冻症，薄织雾就开始在医院定期献血。

自己是重病患者的家人，所以更懂那些人的绝望。

研制医药类的事情她做不来，但是这些能为社会做贡献的事情，她还是做得来的。

薄织雾一口一口吃着早餐。温软可口的糯米粥里点缀着几颗红色的枸杞和红枣，闻起来香味十足，配上一小碟酱菜，宿醉后吃这个，再合适不过。

陆沉舟吃完想送她回家。献血这种事情，她怕陆沉舟不答应，便撒了个谎，笑着说："不用了，我等下找苏恬有点事。"

陆沉舟没有怀疑，叮嘱了一句："外面天气凉，多穿件衣服。"

薄织雾轻笑着点了下头，吃完早餐，转身去了医院。

一袋又一袋的血抽下去，薄织雾觉得有点头晕。

走道里传来一阵熟悉的男声。

"整个朝城只有薄小姐的血型跟老夫人相匹配，虽说她是自愿献血的，可是您看？咱们是不是还是需要给她一点报酬？"助理走在耿泽的身边，低声说了一句。

耿老太太心脏一直不好，下午要做手术，医院供血不足，血库也没有同血型的库存了。医院只好打电话通知薄织雾过来。

耿泽略应了一声，唰的一声，医院病房的帘子拉开了。

薄织雾一抬眸，便看见了站在自己面前的耿泽。她的表情瞬间凝住了。"耿泽？你怎么会在这里？"

耿泽看见她，神色也跟着震惊起来："薄——织——雾？"

站在一旁的护士看见他们这副样子，不由得微微有点惊讶，耿爷和陆太太是认识吗？

出于礼貌，她还是解释了下："耿爷，这位就是给老夫人献血的薄小姐。"

医院的走道里。

耿泽面无表情地说道："虽然我很讨厌陆沉舟，也讨厌跟他有关系的人，但是你救了奶奶。我欠你一个人情，这个给你。"

说着，他就取出支票给薄织雾。

薄织雾瞥见支票，不由得一愣，她似笑非笑地看着耿泽："就这个？"

耿泽以为她不满意，神色微变："不够吗？"

她摇了下头："我不要。"

她给耿老太太献血不是为了钱，只是想在自己的能力范围内，做一些对社会有用的事情而已。更何况，她也不缺钱用。

虽然耿泽这个人平时嘴巴讨厌了点，但是这么孝顺的他，薄织雾还是第一次见到。

耿泽强制性地把支票塞到了她的口袋里，语气有些不耐烦了："给你就拿着，我不想到时候别人说我耿泽欠陆沉舟的女人人情。"

他知道，薄织雾可能不要钱，便又说道："君子一言驷马难追，如果以后你有什么事情需要我帮忙，尽管开口。能力范围内的，我一定帮你，这是我耿泽的承诺。"

薄织雾轻笑了下："好。"

不远处，刚从医院做完体检出来的乔知夏，目睹了整个场景。

她放下手机，检查了下照片，这才满意了。女人眼神中闪过一丝算计。

薄织雾，你猜，如果陆沉舟知道，你跟他的死对头在医院里有说有笑，会怎么样呢？

天气越来越冷，薄织雾畏寒。西山林语早供起暖气。

随着冬天临近的，还有陆沉舟的生日。

这天，薄织雾给陆沉舟拨了通电话："沉舟，你今晚，有空回家吃饭吗？"

电话那头的陆沉舟接了电话，他看了一眼日历。知道是自己的生日，也不禁有些期待，薄织雾到底会准备些什么，便应了一声："嗯。"

薄织雾松了口气，她声音变得格外温柔："那我等你回来。"

陆沉舟听着她的声音，唇角不自觉扬了起来："好。今天下班前有个会议，可能会回来得晚一些。"

薄织雾点了下头："好。"

她挂了电话，转身去了蛋糕店。从蛋糕胚到蛋糕，都是她自己做的。

不是很大的蛋糕，主要是因为，陆沉舟好像不是很喜欢甜食，太大了浪费，而且她一个人也拎不动。

第一次做这些，难免有些不熟悉，做出来的东西有点丑，但是胜在心意，她相信陆沉舟不会介意这些。

做完蛋糕，她自己开车回了西山林语。

薄织雾拎着蛋糕回到家里，吴妈注意到了，笑着说："织织是要给先生过生日吗？"

她笑着点了下头，她跟吴妈说："吴妈，今天我来下厨好了。"

吴妈笑眯眯地点了下头："好好好，蛋糕我帮你放进冰箱吧，不然化了就不好了。"

薄织雾掐着时间，让人从冰库里取出了牛排，时间太久了影响味道。

她做西餐的技术已经比较熟练了，很快便做完了西餐，又到酒窖里去拿了瓶红酒。

她等了一会儿，盯着钟看了会儿时间，已经是九点半了。陆沉舟还没回来，她不禁有些心慌起来。

心底忽然有乌云压境一样的坏情绪，慢慢占据了她的心头。

陆沉舟处理好一切，打算回家的时候，忽然收到了一条短视频，照片里的，是乔知夏的手腕。

她的手腕上有一道红色的痕迹，正在汩汩流着鲜血！

很快就又有一条新消息发过来了。

"沉舟，很抱歉，我是个很懦弱的女人，我以为我可以听奶奶的话，乖乖消失在你的世界里，看着你幸福地生活，可是直到我看见你和薄织雾出双入对，我才发现，我根本就无法放下。再见了，希望下辈子，我还能遇见你，和你在一起。"

　　陆沉舟看见视频里乔知夏的手腕，瞳孔猛然一缩，胸口像是被什么狠狠撞了一下。

　　她想做什么？

　　陆沉舟心中警铃大作，顿时抓起西装外套就往外赶。

　　薄织雾站在客厅里，已经转来转去，走了很多圈了。

　　桌子上点燃的蜡烛，蜡油一点点顺着烛台凝固下来，烛芯也一点点燃尽了。

　　跟着冷凝下来的，除了蜡油与西餐，还有薄织雾的心。

　　"什么会啊，要开这么久？"

　　她不禁有些沮丧，泄气地坐在沙发上，愣愣地看着那一桌子菜出神。

　　吴妈看见她这样，有些不忍，开口说："不然，再给先生打一通电话试试看？"

　　薄织雾撇了撇嘴，她已经打了好几次，都是"您所拨打的电话已关机"。

　　虽然心底不抱希望，但是手却还是从口袋里掏出手机，怀着忐忑的心情拨出去了那通电话。

　　熟悉而又机械的女声再次响起："您好，您所拨打的电话已关机。"

　　吴妈抬头看了眼时间，已经十点多了。薄织雾一个人坐在客厅，瘦弱的身影坐在沙发上，看起来有些孤寂。

　　她抱膝坐在沙发上，眼神里写满了失望，心也跟着一点点凉下来。

　　无数酸涩涌上心头。

　　吴妈看见她这个样子，有些不忍，开口说道："织织，不然你先吃吧。说不定先生临时有什么急事呢？"

　　薄织雾勉强扯出一丝笑："算了，吴妈，你先去休息吧，我再等等。"

　　吴妈见她这个样子，满脸都是心疼，抿了抿唇，最终没说什么，只是叮嘱她："那我给你煮碗粥，你多少吃一点，好不好？"

　　她朝着吴妈笑了下："好。"

　　吴妈这才放心，转身给她煮粥去了。

　　薄织雾本来只想躺在沙发上眯一会儿，可是这一眯，就真的沉沉睡去了。

　　吴妈在小炉子上，慢慢地用小火熬着粥，等到出来的时候，只看见薄织雾蜷缩成一团，躺在沙发上的样子。她皱眉看着薄织雾的身影，喃喃说了一句："怎么在沙发上睡着了？"

要是着凉了，先生又该怪他们没有照顾好她了。

吴妈看她睡得沉，又想着，今天陆沉舟一直没接她的电话，叫醒了她，怕她失落，叹了叹气，只好上楼给她取下来一条被子给她盖上。家里有暖气，倒是不会冻着她。

吴妈给她盖上被子，将客厅的灯光调暗了一些，这才放心转身离开了。

沈妍心从楼上下来，好奇地问了一句吴妈："织织呢？怎么没看见她人啊？"

吴妈又是一阵唏嘘："先生没回来，她坚持要等，我说去厨房给她煮点小米粥垫垫肚子，她答应了，结果我粥煮好了，出来就看见她睡在了沙发上，知道她因为这件事情心情不好，就没敢喊醒她。你小点声儿，别把她吵醒了啊。"

沈妍心这才瞥见沙发上那一抹瘦小的身影，她抿唇看着她，不禁有些心疼："知道了。"

陆沉舟回来的时候，已经是凌晨两点了。

吴妈和沈妍心都睡了，他看见客厅的灯还亮着，刚准备上楼，就看见沙发上窝着一道熟悉的身影。

她为了等他，在沙发上睡着了？

想到这里，陆沉舟眼神中闪过一丝愧疚的神色。

他放轻了步子，走到薄织雾身边，望着灯光下她的睡颜，伸手揉了揉她的发丝，轻声说道："怎么在这里睡着了？"

略带薄茧的温热指腹触及脸颊，薄织雾忽然就醒了过来。

她睡眼惺忪，灯光微微有些刺眼，照得她眯起了眼。

刚醒，声音有些喑哑："你回来啦……"

语气里有些委屈，陆沉舟把她抱在怀里，搂着她道歉："抱歉，现在才回来。"

他扫了眼餐桌上的西餐与蛋糕，大概是她用心准备的，只是等到他回来，菜都凉了。

薄织雾顺着他的目光看过去，失落地说："都凉了。你吃过晚餐了吗？"

陆沉舟笑了笑，准备走到餐桌边拿起刀叉，切着牛排吃。

薄织雾连忙从沙发上站起来，拉着他说："别吃了，都凉了。"

陆沉舟还是尝了一口，笑着说："你做的，我当然要吃。"

他放下手里的刀叉说："凉了也好吃。"

薄织雾心底一阵感动，眼底泛着晶莹。

陆沉舟看见了蛋糕，不是很精致，应该是她自己做的。

他望着蛋糕上的裱花："你做的？"

薄织雾抿了抿唇，讪讪地笑了笑："嗯，有点儿丑。"

陆沉舟望着蛋糕，凝神好一会儿才说道："不会。"

薄织雾给他插上了蜡烛，笑着说："许愿吧，虽然，已经过了你的生日。"

陆沉舟依照她的话，将蛋糕上的蜡烛插上了，她走到客厅关了灯。

烛光亮起的那一刻，薄织雾笑着轻声唱道："祝你生日快乐，祝你生日快乐，祝你生日快乐，祝你，生日快乐。"

陆沉舟看着她脸上温柔的笑，心底忽然蓦地一疼，生生扯出一抹笑："谢谢。"

薄织雾有些好奇地问他："许的什么愿望？"

陆沉舟望着她的脸好一会儿，神秘兮兮地说："不告诉你。"

薄织雾撇了撇嘴，有些黯然地问他："我给你打电话，为什么不接？"

陆沉舟说道："手机没电了，不是故意不接你电话的。"

她看着陆沉舟眉目之间一片疲倦，问道："开会忙到现在，所以才回来的吗？"

陆沉舟愣了愣，沉默了一会儿："嗯。"

薄织雾抿了抿唇："那你早点睡吧。"

陆沉舟答应了一声，抱起她："以后别在沙发上睡了，容易着凉。冬天生病了麻烦。"

薄织雾乖乖点了下头，靠在陆沉舟怀里，任由他把自己抱回了房间。

她本来就没睡好，这下子更是沾床就睡着了。

陆沉舟见她安稳睡下了，这才转身去浴室洗澡。

陆沉舟进浴室洗澡的时候，忽然在房间的桌子上发现了一个黑色的盒子，上面系着蝴蝶结，他望着盒子沉默了一会儿。

是给他准备的生日礼物吗？

陆沉舟盯着盒子仔细看了好久，然后慢慢把盒子拆开了。

里面放着的，是一条大红色的围巾。图案并不精致，可是却是她的心意。

陆沉舟取出这条围巾，心底一阵暖意静静流淌着，他慢慢扬起了唇角。

拿起了围巾上的那张粉色小纸条，上面赫然写着几个大字，"陆沉舟生日快乐"下面还有一个笑脸。

陆沉舟望着纸条，唇角扬起了一丝愉悦的笑，将围巾收了起来。

早起的时候，薄织雾看陆沉舟还在睡觉，想着他昨晚开会到凌晨两点才回来，就没忍心打扰他。自己轻手轻脚地起床了，打算下楼去给他准备早餐。

谁知刚一下楼，就撞见了沈妍心慌张的样子，她手里正拿着手机，看见薄织雾下楼了，吓了一跳："织织你走路怎么没声音，差点吓死我了！"

薄织雾有些好奇："我倒是想问你啊，怎么看个手机都鬼鬼祟祟的。"

沈妍心心底警铃大作，她脸上浮起一丝心虚的笑，岔开话题说："没什么，你怎么这么早就醒了？"

薄织雾笑着说："昨晚沉舟不是开会到凌晨两点才回家吗？我想给他准备下早餐。"

沈妍心脸色微变，很快就笑了笑："好，那你去吧。"

薄织雾应了一声，转身进了厨房去给陆沉舟准备早餐了。

煎完鸡蛋后，薄织雾把粥放在了小炉子上慢慢炖着，咕咕的声音从厨房里传出来，薄织雾坐在厨房的料理台边刷微博。

当她打开微博的时候，整个人的表情，如遭晴天霹雳。

陆沉舟和乔知夏，又上热搜了。

而这一次的标题则是：乔知夏为旧爱陆沉舟割腕自杀。

薄织雾看到这条新闻的时候，心底猛然一惊，像是被什么狠狠撞了一下。

她睁大了眼，目光落在了照片里的男人身上，眼神里满是不可置信。

她生怕自己看错了，又放大照片，反复看了好几次，照片里那模糊而又熟悉的身影，不断在提醒着自己。她没有看错，那个人，就是陆沉舟。

心底忽然有一阵尖锐的疼痛划过，刀刀见血，薄织雾苦涩地笑了下，喉头微微有些发涩，眼眶里泛着晶莹，眼泪却久久没有落下。

薄织雾握住了手机，她自嘲地笑了下。她是不是很傻，竟然相信了陆沉舟的话，开会开到凌晨两点。

明明是去见了乔知夏啊，他却骗自己是在公司开会。

心底不断地抽疼起来，叫她喘不过气来。

酸楚涌上心头，陆沉舟曾经问过她的话，不断在耳畔回荡着，仿佛就是在讽刺她的傻。

"只要你不动摇，我就不动摇。"

胸口一阵剧烈的恶心传来，薄织雾连忙跑进洗手间，站在洗脸池边，一阵干呕，却什么都吐不出来。

薄织雾定定地看着镜子里的自己很久，她伸出手抚上了镜子里自己的脸，是自己不如乔知夏漂亮吗？是不如乔知夏温柔吗？所以，他才一直无法忘记乔知夏。她一回来，他就开始骗自己？

她不知道自己在洗手间待了多久，或许很久，或许没多久。

吴妈和沈妍心在外的对话声，慢慢拉回了她的思绪。

薄织雾撑着墙壁站了起来，她装作什么都没发生，走出了屋子。

沈妍心看她脸色不是很好，皱眉问道："织织，你没事吧？"

薄织雾笑了笑："我能有什么事。"

沈妍心看着她嘴角的笑，心底更是有些害怕，可是，薄织雾现在这个样子的情绪，着实叫人捉摸不透。

她走进了厨房，什么也不说，只是安静地将火关掉，然后将锅里的粥，全都倒掉。

既然他那么在乎乔知夏，她又怎么好不成全他呢。

如果一段关系会让自己一再痛苦，哪怕自己再不舍，她都要尽快斩断，这叫及时止损。

她承认，她是个懦夫，也伤不起这个心了。

倒掉了粥后，薄织雾转身要离开家里。

她漫无目的地走在大街上，入眼都是繁华的景色。可是她却与繁华格格不入。

身后传来车辆的鸣笛声，起初，她没在意。直到第三次响起。

薄织雾才烦躁地转过头厉声骂了一句："有病吗？大白天的在马路上不断地鸣笛？"

车窗缓缓降了下来，一个熟悉的男人的侧脸出现在自己的眼前。

薄织雾望着他的侧脸，一瞬间神色跟着凝滞住了，是耿泽。

他依旧是那副面无表情的样子，问了薄织雾一句："想知道，为什么陆沉舟对乔知夏念念不忘吗？"

昨天的新闻，他看了。

薄织雾的眸光一瞬间黯然了起来。她逃避般地别过头："跟你没关系。"

耿泽似笑非笑地看着她："算了，你不想知道就算了。逃避虽可耻但有用，是吧？"

这句话，陡然戳中了她心底的痛楚。

沉默了很久，薄织雾终于鼓起勇气，抬起眸子，看了一眼眼前的男人，问了一句："为什么？"

"上车。"耿泽撂下这么一句话，坐在副驾驶的助理，下车给她开了门。

薄织雾没有犹豫，跟着上了车。

一路开到"摩天轮旋转餐厅"，车子才停下。

那是朝城新开的一家"网红"情侣餐厅。

苏恬前两天倒是在自己面前念叨过，只可惜薄织雾对这些网红餐厅真的没兴趣。

薄织雾没空跟他说废话："耿先生，如果你是叫我来吃饭的，那么我没心情。"

耿泽语气里带着一丝不屑："呵，你这是求人的态度吗？让你来就来。"

薄织雾抿唇，她紧了紧拳头，语气里带着一丝沮丧："不说算了。"

耿泽怕她不来，连忙说道："好了不逗你了，就是想找个地方吃饭而已。"

餐厅的老板一路领着二人到了包厢里，很快菜就上齐了。耿泽在一旁慢条斯理地吃饭。

薄织雾低着头，暗暗做了个深呼吸，眼神有些闪躲："说吧。他们之间的过往。"

耿泽没说话，只是从手边抽出个牛皮纸袋递给她："自己看吧。"

从他人嘴里得知陆沉舟和乔知夏的往事，他怕薄织雾会受不了，还是让她自己看吧。

耿泽把档案袋递给了薄织雾，薄织雾盯着牛皮纸袋看了好一会儿，却始终没有勇气伸出手接过那个牛皮纸袋。

心底忽然有一阵尖锐的疼痛划过。

在薄织雾心里，那不是普通的一个档案袋，而是，陆沉舟和乔知夏的过往。

她不知道的过往。

薄织雾的眸光深处闪过一丝哀痛。

耿泽看着她这样子，开口说道："不想看可以不看。"

他说着，就要把手收回去。薄织雾恍惚回过神来，她接过档案袋，拆开了缠在纸扣子上的线，心底五味杂陈，盯着档案袋出神半晌。

几张A4纸上，写满了陆沉舟和乔知夏之间的事情。

档案里的事情十分详细，还牵扯到了十六年前那一起绑架案。

薄织雾有些疑惑地喃喃出声："十六年前的绑架案？"

耿泽应了一声："嗯。乔知夏和陆沉舟并不是在大学认识的。"

他顿了顿，盯着薄织雾的脸看了好一会儿，才问出声："我说给你听，还是你自己看？"

薄织雾脸色一点点难看起来，她收起了档案袋，故作轻松地笑了下："你说，我听。"

耿泽沉默了会儿，慢慢开口："陆沉舟十二岁那年被绑架过，这件事情是朝城的一桩秘闻，秦老太太把媒体那边全都打点好了，所以这件消息没有泄漏出来。为的就是怕对陆沉舟造成伤害。"

第6章 绝望

"当年朝城发生了两起绑架案，除了绑架陆沉舟，还绑架了一个女孩儿，那个女孩儿就是乔知夏。"

"陆沉舟带着乔知夏逃跑的时候，犯罪团伙的人追了上来，事发地点在城西，那里靠海，在警察赶到的时候，亲眼看见了这样一个场面。"

"海边的悬崖上，犯罪分子看见警察来了，知道自己穷途末路了，想在死前拉个垫背的，准备将陆沉舟和乔知夏推进海里。乔知夏为了救陆沉舟，在他们动手之前，抓着其中一个男人的手咬了一口，同时，将陆沉舟反手推了回去。犯罪分子气急之下，将乔知夏推进了海里。"

"后来警察在整片海域都搜过，没找到尸体。陆沉舟表面上沉默着什么都没有说，可是暗地里的十年，却一直没有放弃找她。"

"他其实在高考完那年，收到了全球排名第一的大学入学通知书。秦老太太也有意让他去，毕竟陆疏南去世后，陆沉舟是第一继承人。但是他为了查乔知夏的下落，选择了在国内念C大。直到他大三那年，才遇见了乔知夏，找到了她。"

耿泽说得云淡风轻，可是每一个字都重重地砸在薄织雾心尖上，字字见血。

她曾想过很多种得知陆沉舟和乔知夏过往的方式。陆沉舟亲口告诉她，或是乔知夏以炫耀的口吻告诉她。却独独没想过，自己会从耿泽嘴里得知这件事。

她以为，自己可以不在意的。

可是听着他们的过往，薄织雾却觉得心口有个窟窿，正在汩汩地淌着温热的鲜红的血。

她疼得喘不过气来。

原来，他放弃出国留学是为了乔知夏，创立华娱是为了乔知夏。

原来，这十年的寻找，也是为了乔知夏。

他做的一切，都是为了乔知夏。

她忽然开始明白，为什么乔知夏可以在她面前有恃无恐地劝她放手，不要等到摔得鼻青脸肿才知道后悔。

原来，是因为这个。

的确，幼年时期的患难相逢，数十年从未放弃过的找寻，大学时期纯粹美好的恋爱，永远会是陆沉舟无法忘却的事情，而这些加在一起，足以构成乔知夏有恃无恐的资本。

她第一次觉得，自己当初在乔知夏面前的自信，就是个笑话。

在陆沉舟心里，恐怕，自己怎么都比不上乔知夏吧。

薄织雾不记得自己是怎么离开的餐厅，她没打车，只是宛如一个没有归属的灵魂，漫无目的地飘荡在街头。

回到西山林语，已经是晚上九点。

屋子里气压极低，压抑得要命，让人喘不过气来。

沈妍心和吴妈噤若寒蝉，瞥见她的身影，沉默再三，还是开了口："织织，总裁有事找你，说是让你去书房一趟。"

薄织雾被他们的话拉回神来，转身朝着书房去了。

从前她也曾满心欢喜雀跃地走进他的书房，等着他处理完工作上的琐事，一起吃晚餐，可如今，站在门前，双腿竟是如此的沉重。

她的声音冰冷："你找我什么事？"

屋子里灯光有些暗，陆沉舟坐在办公桌前处理邮件。半明半暗的灯光，越发显得他的五官深邃立体，表情让人捉摸不透。

陆沉舟慢悠悠地抬起眸子，目光落在薄织雾的身上，他开了口，声音里却带着寒意："你最近跟耿泽接触很密切？"

薄织雾心底咯噔一下，一阵苦涩泛上心头，沉默了一会儿，她坦然承认了："是。"

新闻他全都看了，薄织雾和耿泽出现在医院，薄织雾和耿泽一起去情侣餐厅吃饭。

陆沉舟眸光微沉了几分，心底的醋意跟着提了起来，

他望着薄织雾，声音里带着警告："我提醒你一句，你是我的太太，别忘了自己的身份。频繁跟耿泽接触，外界会怎么想？怎么写？"

身份？外界会怎么想？怎么写？

乌云压顶般的悲伤向薄织雾的心底袭来，所有藏在心底，无法宣泄的痛苦与难过，在这一刻，彻底爆发了出来。

她抬起眸子，看着坐在自己跟前的男人，唇角勾起了一丝凄楚的笑意。

晶莹的泪珠，不断从眼眶里滑落。

薄织雾的声音十分激动："身份？陆沉舟！你质问我的时候有没有想过，你背着我去见乔知夏的时候，媒体会怎么写我，怎么议论我们的婚姻关系？"

陆沉舟面对女孩儿突如其来的质问，一瞬失语。望着眼前少女这副激动的模样，他努力控制着自己的脾气。

沉默了半晌，他深沉的眸光落在少女的脸上，语气里带着质疑："你别转移话题，我说的是你跟耿泽的事情。你为什么会跟他出现在医院，又为什么会出现在那种情侣餐厅。我要的，是你的解释，薄织雾。你应该给我一个解释。"

解释吗？薄织雾不由得觉得有几分可笑。

他背着自己跟乔知夏在一起的时候，骗自己的时候，有没有想过要跟自己解释？

自己不过只是跟耿泽偶然遇见了，一起吃了一顿饭，他就这么大的反应。那他跟乔知夏在一起待到了凌晨，有没有想过自己的感受呢？

薄织雾望着他这副理直气壮的模样，报复般地扬起一丝笑，无所谓地说："你觉得我跟耿泽之间有什么，那就是有什么啊。"

既然他问了，那就代表，他不相信自己。不相信，那么她解释什么都会是错的。

陆沉舟锐利的目光落在她脸上，像是要把她看穿一样，周围的气氛也跟着他的眼神变得令人窒息起来。

他步步逼近薄织雾，每向前一步，眼神里的怒火就更多一分。陆沉舟几乎是咬牙切齿地，从牙缝里挤出来那几个字："薄、织、雾！你再说一遍！"

薄织雾见着他这副模样，倔强地抬起眸子，唇角带笑地说道："我说陆总您觉得我跟耿泽之间有些什么，那就是什么。"

陆沉舟怒极反笑："好，很好。"

"陆沉舟，你想干什么？你放我下来！"不等薄织雾反应过来，陆沉舟就满怀怒火地扛将她扛在肩头，狠狠地扔到了床上。

他欺上她身，熟悉的重量压了过来，床幔随着陆沉舟的攻势与薄织雾反抗的动作滑落下来。

床幔的顶上，薄织雾之前从网上买来装饰用的铃铛，在寂静的夜里发出了清脆的声响。

她的睡衣落在了地上，窗外夜色似墨，乌云蔽月。

薄织雾现在才体会到了别人口里的那个陆沉舟，凶狠，无情，冷漠。

身后男人的大掌搂在她的腰间，下巴搁在她的肩膀上，温热的呼吸落在她的背上。

声音低沉性感，撩拨人心，"织织，告诉我，你的心底只有我一个人。"

他的薄唇落在了女人白皙的肩膀上，撩起一阵鸡皮疙瘩。

如果是从前，或许，薄织雾会很乐意哄着陆沉舟。可如今，回不去了。

她清澈的眼神变得空洞迷茫，温热的泪水不断从眼角滑落。

陆沉舟从来不会强迫她，可是昨晚，颠覆了她对陆沉舟的印象。身上的疼痛还没散去，但是这跟心底的伤比起来，微不足道。

她幽幽地开了口，声音平静。"陆沉舟。"

"嗯？"他温柔地应了一声。

"你应该知道，婚内强奸，也算强奸吧。"她波澜不惊地说出了这句话。

陆沉舟的神色一瞬凝住，眸光微沉。周身的寒意跟着蔓延开来。

婚内强奸，也算强奸？

他该猜到的。该猜到，她不会说出如他所愿的话。

其实薄织雾很少连名带姓这样喊自己，但凡她这么喊自己了，那就多半是生气了。可笑他刚才还以为她要跟自己说什么，结果却是这个。

心底的那点好不容易被压下去的怒火，此刻又跟着再次升腾而起。

骨节匀称的手指紧握成拳，被捏的咔嚓作响。就连指节都泛起了青白色。

陆沉舟掀开被子，居高临下地看着躺在床上的少女，一字一顿地质问她，声音里带着微凉的寒意，每一个字，都像是从齿缝里挤出来的："薄、织、雾。你到底有没有心？"

心吗？曾经是有的，可是，随着乔知夏的回来，随着他欺骗自己，早就跟着凉了。

薄织雾心底轻笑，没有回答陆沉舟，只是拉了拉轻薄的蚕丝被，然后，将眼泪收了起来。

他的手机忽然响了起来，看了眼来电提示，是季秘书。

他烦躁地接了电话："什么事？"

季秘书听出来了陆沉舟语气里的不耐，心跟着悬了起来，他小心翼翼地说道："呃，总裁，乔小姐说有急事找您，您有空见一下吗？"

听到这里，陆沉舟又看了一眼背影淡漠的薄织雾，最后说了一句："你说，我就不走。"

薄织雾心底轻笑，这算什么，威胁？

她沉默着，唇角忽然扬起一丝恍然的笑，语调平静又哀凉："陆总您这么大能耐，就会威胁女人啊？你这样威胁我，欺辱我，就不怕我报复你？"

陆沉舟见着她这副样子，强忍着心底的怒火才没有动手掐她的脖子。

电话那头的季秘书也不敢说话，过了三分钟，他才壮着胆子，问了一句："您要见吗？"

陆沉舟看着薄织雾这样子，报复性地冷哼了一声："知知找我？当然有空。让她在公司等我。"

薄织雾听见"知知"两个字的时候，有一瞬出神，很快却又反应过来了，他说的知知，不是自己，而是乔知夏啊。

可是，他也曾经亲昵地喊过她"织织"啊。

失落与酸楚轰然落下，笼罩在她的心头。她唇角扬起了一丝自嘲的笑。

季秘书松了口气，他应了一声："好。"

窗外的暖阳照在她脸上，反射出一道泪痕。

陆沉舟心口又是蓦地一疼，紧接着一阵烦躁，转身摔门而去。

门"咔嗒"一声被带上了，薄织雾望着他离开的背影，心底有无边酸涩翻涌而出。

乔知夏……

他去找乔知夏了。

一想到这个名字，薄织雾心底就一阵哀凉。

胸口似乎有一张网，紧密地将她的心收成一团。

陆沉舟一路离开了西山林语。

薄织雾一直没起床，直到下午肚子饿了，才磨磨蹭蹭地起床。

洗完澡后，她下楼喊吴妈给自己准备吃的。

楼下的餐厅里，播放着新闻作为背景音乐。

薄织雾漫不经心地吃着午餐，电视机里，主持人播报的新闻，忽然吸引了她的注意力。

"今日,华娱官微爆出,国际电影大奖最佳女主角得主乔知夏,即将签约华娱。"

电视上面正在直播,乔知夏和陆沉舟在希尔顿酒店签约的场面,乔知夏一身黑色吊带礼服,烈焰红唇。镁光灯在她的脸上不断闪烁着。

她拿着话筒站在一边,举止大方,温柔得体。对于记者所有的提问,也是有问必答。有些刁钻的问题,乔知夏依旧能够处理得很好,给了记者面子,也不至于让大家尴尬。

陆沉舟则是冷峻着一张脸站在她旁边,季秘书偶尔替他回答几个问题。

在场的记者丢出来的关于陆沉舟和薄织雾的感情问题,不知道是记者刻意为之还是巧合。他今天身穿着一身黑色的西装,里面搭了一条条纹领带,白衬衣越发衬得他气质矜贵清冷。

远远看着,他们仿佛才是天生一对,金童玉女。

胸口有钝钝的疼意传来,一下一下,锥心刺骨。

薄织雾缓缓垂下了眸子,没了心情继续吃饭。

吴妈察觉到她的不对劲,连忙关了电视机,笑着哄薄织雾说:"哎呀,这些媒体也真是的,一天到晚没事就喜欢乱报道。"

薄织雾云淡风轻地笑了下,没说话。

她下午没出门,一个人窝在家里写稿子。心情不好,写出来的东西,怎么都不满意。

一个人披着披肩在花园里散步。手机的铃声忽然响了起来,薄织雾反应慢了半拍,还是身边的一个佣人提醒她,她才知道,自己的手机响了。

她从恍惚中回过神来,接了电话才发现,是奶奶打过来的。

薄织雾怕奶奶担心,努力平复了下自己的情绪才接了电话,她笑着问奶奶:"奶奶,怎么了?"

奶奶怎么可能听不出她是在故作高兴的呢。

她长叹了口气,慢慢开了口:"织织啊,奶奶知道乔知夏回来了,那些消息我也都看见了,你放心,奶奶会替你收拾乔知夏的。奶奶也会替你教育沉舟的,只要我在一天,陆家的孙媳妇儿就只能是你!奶奶给你撑腰!"

薄织雾不知道为什么,听着奶奶安慰她的话,眼泪忽然就落了下来。

"我给你撑腰"这句话，在薄织雾的心尖耳畔盘旋着。

薄绍均常年住在医院里，沈碧清去年就去世了。

她已经记不清，自己到底有多久没有体会过这种有亲人直击心灵的安慰了。

薄织雾喉头发酸，声音有些呜咽："谢谢奶奶。"

奶奶轻笑了下，又安慰着她："晚上回来陪奶奶吃饭吧。"

薄织雾略点了下头，她轻笑着答应了奶奶："好。"

办公室里，陆沉舟接了一通电话，是家里打过来的。

"奶奶。"

他规规矩矩地喊了一句，电话那头的奶奶冷笑一声："你还知道有我这个奶奶啊？今晚给我回来，我有事情要说。"

奶奶的怒意隔着电话都能感受到，她年纪大了身体不好，陆沉舟不知道她到底要说什么事情，所以答应了："好。"

奶奶挂了电话。

陆沉舟低下头烦躁地揉了下眉心。

乔知夏看见他这个样子，温柔地问道："怎么了？是有什么烦心事吗？我刚回国，晚上自己一个人做了饭吃，挺冷清的，你要不要来我家，尝尝看我做的菜？你放心，比起在大学的时候，肯定有进步！"

她知道，这是陆沉舟的软肋。只要她一拿从前的事情说事，陆沉舟就一定会答应。

可是这一次，她失算了。

陆沉舟开口拒绝："不了，晚上我要回家一趟。"

乔知夏应了一声，她的声音里有些黯然："那，好吧。"

陆沉舟听着她暗哑的声音，顿了顿说道："软软，以后我们还是少来往吧。"

乔知夏听见陆沉舟这么说，心底忽然一紧，她苦涩地笑了下，语气里有些难过："我明白，你结婚了。这样下去，媒体和薄织雾都会误会。可是，我们就真的连朋友都做不成了吗？"

陆沉舟听着她的话，沉默了半晌才说道："你以后有事，还是可以找我。我会帮你，但是其他的东西，我没法再给你了。你能明白我的意思吗？"

除了在事业上的帮助，其他的，他没法再给乔知夏。聪慧如乔知夏，她应该懂他到底是什么意思。

乔知夏眼眶微微有些湿润，故作轻松地嗤笑一声："好。那就多谢陆少这段时间以来的照顾了。"

陆沉舟抬头看着她，乔知夏眼睛微红，但是在极力忍着，不让眼泪落下来。

陆沉舟低头避开了她的目光。

乔知夏转身离开了陆沉舟的办公室。

她"咔嗒"一声带上了房门，目光中闪过一丝阴狠的神色。

薄织雾，看来陆沉舟对你，是真的动了心了。不过你放心，我是不会让你们和好的。不属于我的，只要我看上了，就一定会想尽一切办法夺过来！

薄织雾回到了老宅，奶奶正在花园里晒太阳，怀里抱着猫，坐在椅子旁边修剪花枝。

"奶奶。"

熟悉的声音从耳畔传来，奶奶回过头，看着薄织雾，这么久不见，她瘦了很多，也憔悴了很多。

她心下有些难过，笑着应了一声："嗯。"

拉着薄织雾在自己身边坐下，伸手轻轻揉了揉薄织雾的头，用略带嗔怪的语气说道："没好好吃饭吧，瘦了这么多。"

薄织雾苦涩地笑了笑，怕奶奶担心，她扯谎说："我……没有，年底了，各种活动有些多，天冷我又不想运动，所以只能少吃一点了。"

奶奶拍了拍她的手："你们年轻人啊，就想着瘦一点，再瘦一点。在奶奶眼里，咱们家织织最瘦最好看，比圈子里什么所谓的小花旦好看多了。"

薄织雾知道奶奶话里说的花旦指的是谁，只是轻笑了下，没有再说话。

晚上七点，陆沉舟回到老宅。

薄织雾最近没怎么休息好，正躺在陆沉舟的卧室里休息。

陆沉舟回到家里，看见奶奶坐在沙发上，喊了一声："奶奶。"

奶奶见他回来了，关了电视机，冷淡地应了一声："你和乔知夏之间，什么时候断干净？"

陆沉舟听了这句话，怔了一会儿。

断干净？她跟奶奶说了什么？

奶奶看出了他的心思，她开口说道："你不要怀疑织织，她什么都没跟我说。这些都是我在网上看见的。"

陆沉舟沉默了一会儿，开口说道："以后不会了。"

他不傻，自然知道奶奶这句话背后是什么意思。

他也承认，怄气，他的确怄不过薄织雾。

公司里的事情，偶尔也会传一些到她的耳朵里。

季秘书天天暗地里抱怨，陆沉舟跟薄织雾一吵架，他们这些做下属的就倒霉。

得到了自己想要的答案，奶奶半天才说了一句，似是在警告他："孙媳妇，除了薄织雾，我谁都不认。除非我死。"

他怎么可能答应跟她离婚，他这辈子都不可能跟她离婚。

陆沉舟沉默了很久，才终于说道："我这辈子都不会跟她离婚。"

这句话像是一颗定心丸，让奶奶放心下来。

她叹了口气："织织在你房间休息，你去叫她下楼吃饭吧。"

陆沉舟应了一声，转身上楼去了。

房间里只开了一盏台灯，薄织雾蜷缩在他的床上，整个人睡颜安静，像只乖巧的小兔子。灯光勾勒出她完美的脸颊，陆沉舟很久没有见到她这个安静乖巧的模样了，一时之间，不由得心头有些微动。

他伸出手，轻轻拨了下薄织雾的发丝。奶奶的话仿佛还萦绕在耳畔。

陆沉舟对乔知夏，是愧疚。当初她为了救自己，坠入海底的愧疚。当初在不知情的情况下，奶奶让她离开的愧疚。

他比谁都清楚，想要共度一生的人是谁，他就是生气就是吃醋，薄织雾有事情为什么不肯跟自己说，一定要跟耿泽扯上关系。

她明知道，耿泽跟他，势不两立，却还是要一再地刺激自己。到头来，两败俱伤。

"不……不要！"

薄织雾突然眉心拧成一团，猛然间睁开了眼。

胸口还因为噩梦惊吓，在微微起伏着。

陆沉舟看见她这个样子，拉住了她的手。

她躺在床上，望着陌生的天花板，愣了好一会儿，这才慢慢反应过来，手腕上有一阵温热包裹着自己。

薄织雾慢慢顺着手腕上的那一阵温热望过去，陆沉舟正在静静地看着自己，目光波澜不惊，却又炽热无比。

她不着痕迹地将自己的手从陆沉舟手里抽离，陆沉舟意识到了她的抗拒，也尴尬地收回了手："吃饭了。"

薄织雾没说话，只是点了下头，从床上坐起来，穿上鞋子下楼去了。

楼下餐厅里，奶奶特意让李嫂炖了雪梨甜汤。

她亲自给薄织雾盛了一碗，笑眯眯地说："织织多喝一点，冬天容易生病。雪梨润肺。"

薄织雾笑着点了下头："谢谢奶奶。"

李嫂笑着说："老夫人怕织织觉得鸡汤油腻，特意让我煮的雪梨汤呢！"

薄织雾笑着跟奶奶说："谢谢奶奶。"

奶奶慈祥地笑了笑："谢什么，应该的。"

陆沉舟慢条斯理地吃着饭，看见薄织雾碗里的饭没怎么动过，问道："饭菜不合胃口？"

薄织雾不想让奶奶觉得她跟陆沉舟不和，笑着说了一句："没什么胃口。喝点甜汤就好了。"

他听到这里，沉默着给薄织雾夹了一筷子："别只喝汤。"

薄织雾礼貌而又疏离地笑了下。

一顿饭下来，两个人难得没有吵架，只是，也没什么话好说。

晚餐过后，因为薄织雾午睡过，精神挺好的，坐在沙发上陪着奶奶看电视剧。

陆沉舟看她没怎么吃饭，怕她饿着，进厨房又亲自给她煮了碗陈皮粥。

他煮完粥，端着出来了，递到了薄织雾手边："喝点。"

薄织雾瞥了眼粥，奶奶看见陆沉舟煮了粥端过来，笑着跟薄织雾说道："陈皮粥开胃，织织你最近不是没什么胃口吗？"

薄织雾知道奶奶什么意思，奶奶对她好，她不想让奶奶失望，可是一看见陆沉舟现在对自己温柔的这个样子，她就会不受控制地想到乔知夏。

他是不是也曾这样温柔对待过她？

她的目光微垂，落在那碗粥上很久，最终端起来尝了两口就放下了。

奶奶看了眼时间："不早了，你和沉舟是回西山林语还是住在家里？"

陆沉舟怕她不肯跟自己回去，抢先一步开口说道："回家吧，正好，织织说有事情想跟我说。"

薄织雾掀了掀唇瓣，本来想说留在老宅的，陆沉舟却抢先她一步开口。

她心中虽然有些不悦，但还是答应了，慢慢点了下头，也不说话，只是"嗯"了一句。

陆沉舟眸子里闪过一丝惊喜，唇角也跟着上扬起来。

薄织雾跟奶奶道了别，转身出了门，奶奶跟着送了出来。

冬天的风有点儿冷，她笑着跟奶奶说："奶奶别送了，外面风大，生病了就不好了。"

奶奶应了一声，她站在车子门前，盯着副驾驶的门看了好一会儿，最终坐到了后排。

她难得这样安静，陆沉舟倒是有些不习惯了。

离开了老宅，车子里的气氛更是安静得怪异，薄织雾这样不哭不闹，甚至不跟自己吵架，让陆沉舟真的很不习惯。

他从后视镜看了一眼薄织雾，她正戴着耳机在听歌。陆沉舟倒是很想问，为什么薄织雾下午不来公司，可是见她这个样子，丝毫不给自己开口的机会。

就这么一路回到了家里，吴妈见着薄织雾不吵不闹地跟着陆沉舟回来，又惊又喜。

她笑着跟薄织雾说道："织织回来了。"

薄织雾应了一声，上楼去了。沈妍心看她回来了，笑着说："织织你回来啦，我去给你放洗澡水！"

她笑着说："嗯。"

沈妍心笑着转身，去衣帽间给她拿了衣服。

薄织雾洗完澡从浴室里出来了。陆沉舟见她出来了，这才进了浴室。

她依照平时的习惯，坐在梳妆台前做睡前保养。

女孩子就这点麻烦，瓶瓶罐罐的护肤品，睡前得抹完。

等她一套护肤品快要抹完的时候，陆沉舟洗完澡出来了。

面霜打开一看，已经没有了。她打开梳妆台的柜子，打算再拿一罐出来。

打开的时候，没看见面霜，反倒是看见了卫生巾。

薄织雾似乎想起来什么，目光落在那儿好久，突然有些心慌。

她好像，这个月没有来过。

难道是，有了吗？

这个想法越来越沉重，排山倒海一样朝她压过来。

很快，她又否认了这个念头。

她因为体寒，例假一直不大准，一定是这个原因，等过段时间再去看看吧。

"在找什么？"

低沉熟悉的声音在头顶传来。薄织雾眼神里的慌乱落在他眼底。

她神色呆滞了一会儿，慌乱地翻出一瓶面霜："面霜没了。"

陆沉舟觉得她有些奇怪，面霜没了慌什么。他想了好一会儿，将目光投向了柜子里。

眼神慢慢变得明亮了起来。

薄织雾对着镜子抹面霜的时候，看到陆沉舟深深陷入思绪的目光，心不知道为什么，一点点就跟着悬了起来，心底下意识地在逃避这件事情。她匆匆抹完面霜，乖乖上床了。

陆沉舟倒是没有再看她，唇角转而扬了起来。他坐在床头看书。

她不是很想搭理陆沉舟，翻了个身侧躺着。被子里窸窸窣窣的声音传来，腰间忽然一阵温热的禁锢。

薄织雾垂眸，她知道是陆沉舟。心底很抗拒他这样子："放手。"

陆沉舟没有听她的，反倒是更亲昵地凑了上去，下巴搁在她的肩膀上，微微暗哑的声音，听起来宛如清酒般醉人："不放，让我抱一会儿。"

嘴上这么说着，他的手却已经越过她的腰，想去解开薄织雾睡袍的带子。

薄织雾心底登时警铃大作，她不着痕迹地推了他一把。

她现在，是打心眼儿里抗拒和陆沉舟有任何的亲密行为。因为一想到陆沉舟这样对自己，就会不由自主地想到，他是不是也这样对过乔知夏。

薄织雾掰开他的手："我累了。"

陆沉舟听出了她话里抗拒的意思，愣在那里的手，没有进一步的动作，反倒是将她抱得更紧了一些。

"我跟乔知夏之间什么都没有。"

薄织雾听见乔知夏三个字就觉得心累，她不想跟陆沉舟提到乔知夏："哦。"

哦？

她这是什么意思？明白了自己只是在怄气吗？

薄织雾又往床边蹭了蹭，陆沉舟见她这样，刚准备贴过来，薄织雾就说道："你要是再过来，我就去睡沙发。"

陆沉舟听到她这么说，慢慢收回了自己的手。

两个人背对背，再没有说一句话，各自想着心事，直到凌晨才睡着。

早起后，薄织雾没敢耽搁。昨晚的疑虑一直存在她的心里。她去了医院做了一系列的检查后，终于来到了医生的办公室。

她坐在屋子里，神色看起来有些紧张："医生，请问我是不是，怀孕了？"

医生拿着她的报告仔细看了看，很快就扬起唇角笑了笑："恭喜你，陆太太，你的确怀孕了。已经有一个月了。"

一种无名的喜悦与忐忑充盈在心里，她慢慢扬起了嘴角。

她道了谢后，离开了医院。

车子一路驶回西山林语，她心底一直在盘算着，到底要不要告诉陆沉舟自己怀孕了。

陆沉舟最近回来得很早，晚餐都是他亲自下厨，按照薄织雾的喜好来，挖空心思地讨好她。

晚餐的时候，陆沉舟给她做了水煮鱼片。他给她夹了一筷子，温柔地说道："尝尝看。"

薄织雾闻到鱼片的味道，条件反射就犯恶心。她的胸口一阵不适，放下筷子，赶紧跑进了洗手间。

陆沉舟瞥见她这副样子，一瞬间怔住了，连忙跟了进去："怎么了？"

干呕了好久，薄织雾这才掬起一捧水漱了下口，淡淡说道："没什么，应该就是最近身体不舒服。"

陆沉舟听她这么解释，一瞬间紧张起来，他拧眉问道："我现在陪你去医院看看？"

薄织雾心底咯噔一下，她连忙说道："不用了。饮食清淡点就好了。"

陆沉舟稍微放下了心，又叮嘱了一句："不舒服别忍着，告诉我，我带你去医院看看。"

刚出洗手间没多久，家里的电话就响了起来，吴妈喊了一句："织织，老夫人有话要跟你说。"

薄织雾愣了一瞬，放下手里的筷子，走到客厅接了电话。那头传来奶奶温柔亲切的声音。

她笑着说："织织啊，明天有空陪着奶奶一起去趟普慈寺吗？"

奶奶每年都会去庙里祈福，雷打不动的。

"好。那到时候奶奶再通知我。"薄织雾在家里待得太久，的确也觉得有些无聊了。

她顿了顿，又问薄织雾："最近，你跟沉舟怎么样了？"

怎么样？还能怎么样？

薄织雾沉默了一会儿，有些不想提这个话题。她说道："就那样吧。奶奶，没事的话，我就先挂了。"

奶奶应了一声："好，那我挂了。"

挂了电话，薄织雾坐在沙发边，打开了电视。陆沉舟问道："谁的电话？"

薄织雾说道："奶奶打来的。"

陆沉舟问了一句："奶奶怎么会忽然打电话过来？"

"喊我一起去庙里上香。"薄织雾简单地解释了一句。

陆沉舟没再多问了。

去寺庙上香那天，天气很好。

沈妍心陪着她，李嫂陪着奶奶，四个人慢悠悠地上了山。山顶空气不错，艳阳高照。今天来的香客也很多。

人运动起来，没一会儿，身上就出了一身薄汗。

沈妍心看她额头上渗出不少的汗珠子，问了句："累不累？"

薄织雾摇了摇头："还好。"

还有几步路就到庙里了。

不知道为什么，薄织雾今天心底有一种不祥的预感，总觉得有什么大事要发生，可是思来想去，最近也没事发生。

而且，她从上山开始，就总觉得，背后好像有一双眼睛正在盯着自己。可是，回头去看，却又什么都看不见，着实让人觉得奇怪。

奶奶看她出神，皱眉问道："织织，怎么了？"

薄织雾笑着摇了摇头："没事，应该是我神经敏感了。"

奶奶笑着说："不能乱想的，你放心，有奶奶在一天，乔知夏就别想有翻水花的一天。我认定的孙媳妇，只有你一个。"

薄织雾心底感动，脸上流露出一丝笑："谢谢奶奶。"

奶奶笑眯眯地说："谢什么。"说罢，便拉着她的手，进了庙里。

庙里的梅花开得正好，远远地就能闻见一股清冽的香气，让人心情都好了不少。

奶奶拜完佛后，去找大师了。薄织雾有些累，就坐在亭子里边喝茶赏花。

与此同时，寺院寂静无人处。

乔知夏站在奶奶面前低垂着头，一股无名的气场，在乔知夏面前展开。

奶奶锐利的目光落在乔知夏脸上，她有些不敢直视奶奶。

"乔小姐，顶替另一个女人，待在沉舟身边的感觉很好？"

乔知夏听到这里，眼神深处闪现一丝恐惧，她紧了紧拳头，心口骤然一惊，像是被什么狠狠地撞了一下，脸色紧张起来。

秦明珠是怎么知道这件事情的？

奶奶让人去查过乔知夏的资料。她的确是在孤儿院长大的没错，可是，她根本就不是孤儿！

她有养母。

只可惜，乔知夏嫌弃养母给不了她想要的生活，所以毅然决然地和养母断绝了关系，再没有回过T市！

她想要的，是在灯光下熠熠生辉，成为万众瞩目的大明星。而不是按照养母的意思，大学念完汉语言，考完教师资格证，待在那个小地方过完后半生。

她想要荣华富贵、锦衣玉食。可是这些，养母都无法给她。所以，她就拼了命地想要往上爬。为了凑齐学表演的学费，她不惜出卖自己。这才换得了进入C大表演系的机会。

第7章 逝世

知道有软软这么一个人在，是乔知夏刚进大学的时候，无意间在某个娱乐八卦论坛，看见了关于当年那件事情的帖子。

帖子的楼主，是当初参与救援活动的某个警员的孙女写的。

她看完了整个帖子，心底顿时就萌生出了一个不该有的念头——顶替软软。

反正帖子里有人追问的时候，楼主提到过，当初并没有找到尸体。

这种富人家的秘闻，向来是不允许向外透露的，果不其然，这个帖子第二天就不见了。还好，当时的她，细心地拍照，将那些可能触动到陆沉舟的细节，全都记录了下来。

然后，在社团招新的时候，进了陆沉舟所在的社团，一步一步去试探陆沉舟，最终，成功成为陆沉舟心头那个所谓的白月光——软软。

陆沉舟一开始，会旁敲侧击地问一些当年的事情。她当然不清楚这些事情，所以，也只是以时间太久她忘了为理由，一笔带过。

陆沉舟或许是怕伤害到她，对于过去的事情，没有再多问。甚至再也没有提起过，对她照顾得无微不至。

她在一个月后，就去找了养母，把关系斩断得一干二净。

失而复得是怎样的喜悦？她清楚地体会到了。

两人约会的时候，只是因为，她多看了一眼专柜里的某对耳钉，第二天，陆沉舟就送到了她的面前。

吐槽学校食堂某样食物不合心意，第二天菜单更新，全都变成了她喜欢的食物。

参加舞会前，提及自己没有合适的礼服，次日就有人专门将国际大牌送到寝室门前。

一瞬间，她成了学校的风云人物，无论和陆沉舟走到校园的哪个地方，都会有女人对她投来艳羡的目光。

表演系里的某些考试剧目。女主角的角色，自然而然地也落在了她的头上。

她享受着"陆沉舟女朋友"这个头衔带给她的一切荣耀。

就在她以为自己嫁入豪门有望的时候，陆沉舟和奶奶却给了她当头一棒。

陆沉舟在参加陆氏股东大会的时候，放弃了继承权。

回来后，她先是震惊，继而不敢相信，陆沉舟居然会蠢到这个地步，放弃陆氏的继承权！

她问过，可是陆沉舟什么都没有告诉她。

她害怕，害怕自己这么久努力所得到的一切，全都会打水漂！

其实，在陆沉舟放弃陆氏继承权的时候，她有想过攀上其他男人。

可就在这时候，秦明珠不知道是从哪里得知，乔知夏拿着陆沉舟的信用卡，一天之内，将两百万刷到透支的事情。也知道她以陆沉舟的女朋友的身份，在学校里挤兑其他她不喜欢的女孩子，甚至害得那个女孩子闹自杀的事情。

秦明珠秘书找她谈话的时候，用录音笔录下了全部的对话过程，并威胁她做选择。不跟陆沉舟分开，可以，那就将这些消息全部告诉陆沉舟；要么，拿着五百万离开。

这些录音文件，一旦落到陆沉舟那里，恐怕就没有秦明珠给她的五百万了。她不傻，自然就选择了后者。

她不得不承认，她真的低估了陆沉舟的能力。陆沉舟竟然在八年内，将华娱做到了今天这个地步。

乔知夏唇角绽起一丝心虚的笑："我，不是很懂你的意思，什么顶替身份待在沉舟身边？"

秦明珠冷笑一声："需要我把事情说得更清楚一些吗？你在七岁那年被孤儿院收养，比沉舟要找的女孩儿，大了整整两岁！不仅如此，你还利用沉舟对你的愧疚，一而再再而三地破坏他和织织的感情！"

乔知夏顿时慌乱起来，她脸色越来越难看。

秦明珠望着她说："你还有脸回来？当初我不告诉沉舟，是怕他受到伤害！可是你呢？竟然还敢回到朝城！"

奶奶说到这里，转身便要离开。

乔知夏望着她要离开背影，内心只有一个想法——绝对不能让秦明珠离开，如果陆沉舟知道这一切！她就完蛋了！

她慌乱地抓住奶奶，哭着慌乱地说道："对不起，奶奶，我错了，我不该欺骗沉舟，可是我是有苦衷的！"

薄织雾在禅房门口找了一圈，都没有看见奶奶，心底起疑。她皱眉问道："奇怪，不是说奶奶在这里吗？"

沈妍心回来了，她笑着跟薄织雾说道："织织，我打听到了，奶奶在西边呢！"

薄织雾笑着说："我就说，一个大活人，怎么会说不见就不见了。"

沈妍心转身就往厕所里走，她说道："我先上个厕所，等下再去找你！"

薄织雾应了一声："去吧，我先过去了。"

沈妍心转身去了洗手间。薄织雾七绕八绕，终于到了月洞门前，刚过去，便看见了这样一个场景。

乔知夏拉着奶奶不让她走！

奶奶站在山坡边，乔知夏正在拉着她的手。这个位置很危险，附近没有栏杆，如果不小心，是会滚下去的！

薄织雾心底陡然一惊，她连忙走到乔知夏身边，想要把乔知夏推开，拉着奶奶的手离开。

乔知夏脑海中忽然闪过一个念头，时间仿佛在这一刻，像是电影里的镜头，忽然慢了下来。乔知夏趁机将奶奶推了下去！

薄织雾伸出了手，想要拉住奶奶，可是，终究还是慢了一步，她的指尖和奶奶的手，就那样错过。

事情发生得太突然，薄织雾身体停止了所有的动作，胸口有什么重重地撞了一下，她的眼神里写满了震惊，忘记了思考，忘记了做出反应，下意识地喊了一句："奶奶！"

"织织……"

沈妍心在外喊人的声音，同时响起。乔知夏心一横，眼神中闪过一丝阴狠，她抓着薄织雾问道："你为什么要推奶奶？"

她纠缠着薄织雾。薄织雾条件反射地推了她一把："别碰我！"

乔知夏等的就是这一刻，她眼神里闪过一丝得意，顺势松开了薄织雾，脚一滑，跟着滚了下去！

陆沉舟赶到医院的时候，医生正推着奶奶进了手术室。眼下，手术已经过去了五个小时。

时间越长，薄织雾的心底，就越是紧张。

冬天天黑得早，窗外是晦暗的天色，连带着人的心情都变得抑郁起来。

走廊里的灯光有些暗，陆沉舟的身影，被这道光拉的颀长伟岸。四下的气氛，都随着这道身影，变得紧张起来。

薄织雾在手术室外待了五个小时，脸上的泪痕早就风干，皱巴巴地黏在脸上。

她已经冷静下来了，安静地坐在椅子上，沉默着，心底在不断地祈祷奶奶没事。

手术室的灯，突然从红色，跳成了绿色。

"哗啦"一声，手术室的门被打开了。这道声音，将她的思绪拉了回来。

医生望着薄织雾的神色，一瞬有些不忍心。沉默了好一会儿，才用微弱的声音说道："很抱歉，我已经尽力了……山坡虽然不高，但是陆老夫人年纪大了，滚下来的时候，太阳穴又撞到了石头上……"

他尽量让自己用平静的语气，去表述这件事情。

可是他每说一个字，薄织雾脸上与心底的震惊，就多一分。

听到最后，薄织雾的手下意识地，捂住了自己的嘴，只剩下通红的眼圈，和汩汩往外直冒的热泪，啪嗒啪嗒地落在她的手背上。

尽力了？尽……力了？

陆沉舟听到医生的声音，瞳孔猛然一缩，揪住男人衣领的力道，不由得又紧了几分。猩红的眼眶看起来，宛如一只即将发怒的狮子，他一字一顿地问道："你说什么？"

医生不敢直视他。陆沉舟此刻的目光，锐利的宛如鹰隼。

医生又复述了一遍，说道："我们尽力了，陆老夫人抢救无效。没了。"

陆沉舟的眼神变得更恐怖，他瞪大了眼，浑身的气场变得强大起来："我不信！"

他暴怒的情绪，让人不敢靠近。

医生慢慢将他的手从自己衣领上掰开，他的眼神里写满了黯然，声音都跟着低沉起来："陆总，您冷静一点，我们已经……"他顿了很久，才终于将心底的那半句话，再次说出来："我们已经尽力了，陆老夫人还是，没了。"

陆沉舟的心口，像是有一颗沉重的巨石，在悬了很久之后，重重地落了下来。

那点疼痛，像是毒药，一点一滴，从四肢蔓延贯穿到胸口，疼得他喘不过气来。

那是他的亲人啊！自从爸妈去世后，唯一一个，亲眼看着他长大，陪着他长大的亲人。

她陪着他长大，走过四时更迭，看着他从呱呱坠地到拥有今天的这一切。

他还没来得及多陪陪她，她怎么可以，就这样走了？还是在快要进入新的一年的时候？

前些天，她还笑着给织织打电话，说约着她去普慈寺烧香祈福。临出发前，她还笑眯眯地拉着织织的手，说晚上让她回老宅吃饭，可是为什么，只是分开了一会儿，人就没了？

他的手紧握成拳，望着医生，那道目光，瞬间森冷起来，让医生感到背脊发凉。心底的冲动付诸了行动，陆沉舟狠狠地揪住医生的衣领："我不信，我不信！你不是医生吗？我要你救她，我命令你救她！"

陆千帆赶到的时候，恰巧看见了这一幕。

他的脸上里写满了震惊，忍痛连忙上前拉着陆沉舟，微微发颤的声音里满是哀恸："哥！你冷静一点！"

沈妍心连忙跟着，扶起了跌坐在地上的医生，紧张地问道："你没事吧？"

医生见过太多这种事情，生离死别，这是人生常态。这是许多人无法接受的事情。所以他理解陆沉舟的心情，并没有还手。

而且，没有成功将病人从死神手里救回来，他比谁都难过。所以，他只是站起来，擦了擦嘴角的鲜血，望着沈妍心说："没事。"

陆千帆看着他唇角的伤，拧眉说道："你先去吧。"

医生瞥了一眼陆沉舟的神色，看见他这个样子，心底也不好受，可是待在这儿，并没有多大的用处。陆沉舟现在需要的是冷静，而不是他在这里陈述那个所谓的奶奶已经去世的事实。

他慢慢点了下头，转身带着医生离开了。

薄织雾还没能完全反应过来，整个人呆呆地坐在椅子上，面上的表情，是说不出的难过。胸口好像有一股窒息的疼痛，一点点地折磨着自己。

心底无数种感情交杂在一起，最终化为了沉默的泪水。

她的脑海里仿佛还回荡着和奶奶相处的无数种场景。

她从小就没有得到过关于奶奶这种长辈的关怀，是秦明珠给予了她。

奶奶给了她无条件的包容，无条件的宠溺，无条件地站在她这边。

这一种偏爱，是让人被爱的安全感。

她以为，她和她还会有很长很长的时间去相处。可是，她却没想到，她自己曾写下过的句子，竟然有一天，会在自己身上成为现实。

有些时候，有些人，一面或许就是永远。

她还没来得及跟她说再见呢，没来得及让她看一眼她肚子里宝宝的模样，怎么就先走了？

薄织雾根本就没料到，奶奶跟自己说的那句话，竟是此生最后一句。

心底钝钝的疼意一点点传来，锥心刺骨。

她没哭出声，只是安静地靠在墙上，任由眼底的泪珠，在灯光的照射下，泛着晶莹。

薄织雾慢慢闭上了眼，任由心底大雨滂沱。

医院拐角处，季秘书带着齐警官过来了。

他感受到了四下哀伤的气氛，刚才在上来的时候，他已经听人说过了。

他望着陆沉舟背影好一会儿，这才开口道："陆总，我们已经调取到寺庙里的监控了。"

陆沉舟恍然回过神来，他沉默半晌，声音有些低微地问道："查到什么了？"

季秘书抿了抿唇，目光不自觉便落到了薄织雾身上，他面色有些为难地说："您还是自己看吧。"

齐警官将拷贝过来的文件，重新点开了。季秘书将电脑挪到了陆沉舟面前。

由于视频监控的位置是死角，所以有些东西，拍得并不全面。

只能看见当时三个人在推搡着，薄织雾朝奶奶伸手过去的时候，奶奶就滚下了山坡，紧跟着，乔知夏在和薄织雾争执间也滚下了山坡。

薄织雾慢慢转过身子，也看见了这一段视频。她错愕地看着齐警官与季秘书。

视频监控很短，没有人点暂停，于是，又重新播放了一次，陆沉舟眸光宛如磁石一样，紧紧吸附在视频上，他的胸口像是有一张网，将他的心猛然地收紧。

他没有看薄织雾，可是声线玄寒，声音微哑，带着沉沉的疲倦在里头。

"你有什么想解释的？"

解释？

薄织雾听到这里，唇角勾起一丝自嘲的笑，他问自己要什么解释？

心底各种情绪交杂在一起，最后变成了说不出的委屈，她的眸光复杂，从一开始的惊讶，委屈，到最后，只剩下了悲愤。

她呜咽着，泣不成声，推搡着陆沉舟骂道："陆沉舟，你凭什么因为一个监控视频，就觉得是我害死的奶奶？奶奶去世了，这个世上，除了你和千帆，没有任何一个人比我更难过！"

薄织雾目光里的那一道悲愤，狠狠地刺疼了他的神经。

陆沉舟的脸上，逐渐褪去了所有情绪。眼神，也一点点变得哀痛起来。

他捧起薄织雾的脸，拧眉望着她，胸口窒息一般的疼痛再次传来。

一字一顿地问道："薄织雾，这就是你所谓的报复吗？"

陆沉舟的目光，也随着这句话，变得森冷起来。

"报复"两个字，重重地落在了她的心头上。她的脸色，一点点苍白起来。

报复……原来，陆沉舟还记得，自己说过报复。

这种事情，他倒是比谁都记得清楚啊！可是她能报复他什么呢？

奶奶？她从来都不是一个忘恩负义的人，怎么可能拿奶奶的生命来作为伤害他的筹码。

兔子逼急了，都是会咬人的，更何况是她呢？

她说她要报复陆沉舟。那不过是一句气话，可是在他耳朵里，却好似成了她罪大恶极的证据，杀害奶奶的证据。

薄织雾嗤笑一声，眼神逐渐变得空洞，目光里盛满了绝望的泪水。

她蹲下身子，喉头酸涩得好像有一把小刀在割着，叫她说不出话来，只能无声地落泪。

那句话，艰难的像是从她齿缝里挤出来的。

她的语气，绝望而又无助："陆沉舟，五千万我不要了，我们离婚吧。你根本……就不相信我！"

又或者说，他从来没有相信过自己。

鲜血淋漓间，胸口的疼痛蔓延到了四肢百骸。

"离婚"这两个字，是陆沉舟和薄织雾关系之间的一个禁区。

听到这句话，陆沉舟神色大变。他的气场一瞬间变得强大起来。

他抓着薄织雾的手臂，将她从地上拎起来，目光森冷而又锐利："薄织雾！你休想！"

"你如果不答应离婚，我现在就去拿掉我肚子里的孩子！"薄织雾情绪格外激动，浑身都跟着发抖，语气决绝而又果断，眼底是盈盈的泪光。

陆沉舟的瞳孔猛然一缩，大脑嗡的一声空白了。

他怔怔地看着眼前的女人，趔趄着后退了两步，神色里满是震惊："你怀孕了？"

薄织雾苦涩地笑了笑，没有回答陆沉舟。她怔怔地站在那里。

之前，她还多次幻想着告诉陆沉舟自己怀孕了的消息时，他会是什么反应。但却怎么都没想到，会是在这样的情境下告诉陆沉舟，她怀孕了。

她微笑着，只是重复着刚才的那句话，开口的每一个字，都牵扯着心口隐隐泛疼："我们，离婚吧。否则，我真的会拿掉这个孩子。"

陆沉舟听到这句话，瞬间暴怒起来，抓着薄织雾手臂的力道，又紧了几分。

他额上青筋暴起，骂道："薄织雾你敢！你要是敢伤害你肚子里的孩子一分，我一定会杀了你，一定！"

薄织雾看见他这么痛苦在意的表情，唇角的笑，更加得意猖狂。

"孩子在我肚子里，它是我的，我想不要它，谁能拦得住？陆沉舟我告诉你，我薄织雾绝对不会替一个不相信我，甚至怀疑我是杀人凶手的男人生孩子！"

陆沉舟一瞬气结，望着她这副样子，只觉得万般陌生而又无可奈何。

是。孩子在她肚子里，如果她真的不要，他是真的拿她没法子的。

陆沉舟冷笑一声，那声笑，让人觉得不寒而栗。

他的脸色一点点沉了下来，吩咐季秘书说道："来人！立刻让人将她带回西山林语，没有我的允许，谁都不许放她出来！"

陆沉舟话音刚落，身后几个身穿黑色西装的保镖，便上前拉着薄织雾往外走。

薄织雾不断地挣扎着，她眼底的热泪不断下滑，绝望地看着陆沉舟，情绪再次激动起来："陆沉舟！全世界就你初恋乔知夏最善良是不是？你宁愿相信你看见的所谓的真相，都不肯相信我？你凭什么把我当成杀人凶手？凭什么逼着我替你生孩子？你有什么资格这么做？"

陆沉舟听到这里，三两步上前，托着她的脑袋，捏着她的下巴，逼视着她。

这一瞬间，他们的距离很近。近到他能看清薄织雾瞳孔里他的身影。可是他却又觉得，他们很远很远，甚至，越来越远。

他狭长的眸子里，散发着阴森的寒意，目光锐利的让人不敢直视。他的声调跟着动作，也提高了几分。

"薄织雾，相信？你让我怎么相信一个杀人凶手？如果你真的恨我，想报复我，你冲着我来啊！你为什么要对奶奶下手？她做错了什么？她待你那样好，你为什么要这样做？"最后几个字，陆沉舟几乎是咬牙切齿，从齿缝里硬生生挤出来的，带着满满的失望。

陆沉舟的每一句话，都狠狠地烙印在了薄织雾的心头。

杀人凶手？原来，她在他的眼里，竟是一个杀人凶手？

胸口的疼痛，像是蚕丝织成的茧，将她的心困在里面，不断收紧，最后，又抽成一根根的丝线，蔓延到身体各处。

她的目光变得决绝，拉着陆沉舟的手就掐上了自己的脖子，气场一瞬间变得强大起来。

薄织雾的情绪濒临崩溃，声音更是歇斯底里，好似用尽全力，就能够将心底的委屈，全都倾诉出来："那你就杀了我替奶奶报仇啊！"

陆沉舟的手掐上了她的脖子，手上的力道，在她言语的刺激下，不断收紧。

她能汲取到的氧气，一点点在变少，脸上的表情，没有顺着陆沉舟的动作，变得扭曲，反倒是挤出来了一丝笑，那一抹笑极淡。

她笑的纯真而又无瑕，仿佛陆沉舟掐着她脖子的那只手，不是要将她杀死的手，而是要送她通往解脱的天堂的手。

那一抹笑，狠狠地刺痛着陆沉舟的神经。他的眸光深处，闪过一丝犹豫。

原本在不断收紧的力道，忽然就那样停住了。力道在慢慢地变轻。

薄织雾捕捉到了他情绪里的犹豫，她唇角静静地淌着一丝笑。

那抹笑，渐渐地铺满整张脸颊。

她继续说道："动手啊，陆沉舟，你怎么不敢动手了？"

陆千帆见到他哥这副模样，眉心猛然一跳，连忙上前劝住他，死死地将他拉住："哥！你疯了吗？"

这句话，重重地落在了陆沉舟的心头上，他的手骤然松开来了。

陆沉舟的眉心深处，写满了疲倦，他踉跄着后退了两步，别过头去，不敢再看她那张脸。

薄织雾白皙的脖子，被他刚才用力的动作，掐出了几道红色的印子。

她的身子一点点绵软下去，还好沈妍心反应快，一把托住了她的腰。

薄织雾嘴角扬起一丝报复性的笑意，靠在沈妍心怀里，任由她托住自己，一字一句地轻声说道："陆沉舟，你今天不答应离婚，又不肯动手杀了我，总有一天，我要把你折磨疯的。"

折磨疯？她不是早就把他折磨疯了吗。

陆沉舟的眸光渐渐沉了下去，看着薄织雾的眼神，犹如一潭死水般平静，眼睛里从前的那一抹光，也跟着消失了。

他的语气跟着平静了下来，迎上她的目光说道："杀了你，岂不是太便宜你了？薄织雾，我要你活着，我要你卑微地活着！接受我的报复！"

报复？

薄织雾唇角勾起一丝凄厉的笑，陆沉舟不是早就已经成功地报复她了吗？把她那颗对所有美好事物怀揣热忱的心，折磨得伤痕累累了吗？

最坏，也已经是这个结果了，还能怎样？她已经不怕了。她，不怕了。

眼前走道里的白光，一点点模糊起来。

耳畔的一切，都寂静起来，落在眼前的那一道光，跟着一点点暗淡了下去，逐渐被一片漆黑淹没。

"织织！"

沈妍心见她昏倒过去，紧张得尖叫出了声。

陆沉舟听见沈妍心那一声"织织"，眼神里瞬间燃起一丝光亮。他三两步上前，抱起薄织雾大声朝季秘书命令道："找医生过来！"

季秘书连忙去了。

窗外凄冷的雨不断拍打在西山林语的窗子上，如墨般的黑色涂满了整片夜空。

西山林语一片灯火通明。

薄织雾这一觉睡得很沉，直到深夜才被噩梦惊醒。梦境里碎片一样的记忆，不断害得她额头上起了一圈又一圈冷汗珠子，嘴里也在梦呓着什么吴妈听不懂的话。

梦里，她的脚底骤然踩空，瞬间猛然睁开了眼。

吴妈正在给她擦脸，忽然就停在了哪里。之前紧皱在一起的眉头，慢慢跟着松开了。

表情也一点点轻松起来，她望着薄织雾醒了，伸手轻轻揉了揉她的发丝："织织你终于醒了。"

睁眼，便是再熟悉不过的装饰。心底钝钝的疼意传来，薄织雾疲倦地闭上了眼。

她终究是逃不掉，走不了，被陆沉舟抓回了金丝牢笼里。

乔知夏手术醒后，已经是第二天了。睁眼，便是黑漆漆的一片。小护士正过来给她检查，微笑着说："乔小姐，您醒了？"

乔知夏点了点头，她觉得奇怪，便问了一句："天黑了你们怎么也不肯开灯啊。"

小护士听见乔知夏这句话，唇角的笑意逐渐凝住了，她沉默着没有说话。

半小时后，病房门口，乔知夏尖叫着，胡乱从床上爬起来，不断朝着身边的人扑去，又打又骂："滚！都给我滚啊！"

不，她怎么可能会失明？怎么会这样！她在决定滚下来之前，还特意看过一眼，山坡明明就不高，怎么可能会这样？

难道她的后半生，都要在黑暗中度过了吗？不！她的人生才刚刚开始，怎么能这样结束？

她只是想要将害死那个老女人的罪名，嫁祸给薄织雾而已，只是这样。

为什么，为什么上天要这么对她？

难道，这就是所谓的因果有序吗？

乔知夏因为头撞到了山坡上的石块，瘀血压迫到了神经，所以引起了失明。

医生说，这个失明，可能是短暂性的，也可能是永远的，主要还是得看治疗情况。

乔知夏是个明星，又是公众人物，骤然失明了，一定会引起轩然大波的！

她才回到朝城，还没把薄织雾从陆沉舟身边赶走，怎么可以就这样瞎了？

乔知夏原本激动的心情，顺着满世界的黑暗，也一点点沉了下来。

陆沉舟坐在办公室里，季秘书汇报着医院那边的情况："总裁，医院那边来了消息，说，乔小姐已经醒了。只是，乔小姐因为从山上滚下来，头部受到了重创，脑子里有瘀血，压迫到了神经，很有可能，这辈子都看不见了。"

失明？

陆沉舟听到这里，沉默了一会儿，才说道："吩咐医生好生照顾。"

他顿了顿，过了半晌，这才艰难地开口问道："她呢？"

季秘书一下子就反应过来，知道陆沉舟嘴里的"她"指的是谁。

他连忙说道："夫人不肯吃东西，说是……如果您一天不答应跟她离婚，她就一天不吃东西……"

季秘书说到最后，声音越来越轻。

薄织雾在家，从醒来开始，就一口东西都不肯吃，甚至，连口水都不肯喝。

就那样安静地坐着，坐在飘窗边，愣愣的地望着窗外阴沉的天色出神。谁要是敢多劝解一句，她便把碗跟盘子全都砸了。

陆沉舟听到这里，心底猛然抽疼起来。

他为什么，要去关心一个杀人凶手？是她说要报复自己，所以才害死了奶奶。

可饶是这样，他依旧会不停地去想她。想到这里，陆沉舟心底又是一阵烦乱。

他的脸色，一点点变得阴沉下来，他薄唇微启，冷声吩咐道："告诉西山林语所有人，如果她不肯吃东西，那就所有人都陪她饿着！"

季秘书眸光微变，他蹙眉看着陆沉舟："总裁，这样做不太好吧……夫人她……"

陆沉舟一个冷眼刀朝着季秘书射去："让你照做就照做！"

季秘书垂下了头，不敢再多说什么，连忙低下了头："是……"

消息传下去的时候，西山林语的佣人叫苦不迭。

中法日意式西餐，八大菜系的食物都做了个遍，一遍遍地往她房间里送。可是这小祖宗，却跟座雕像似的，完全不为所动。谁要是多说一句，便是摔盘子摔碗的。

薄织雾从前一直是个好脾气的，陡然这样，佣人便都不敢再说什么了。再多的苦，也只能往肚子里咽。

晚上的时候，季秘书悄悄拨了通电话回去，得到的答案，依旧是薄织雾不肯吃东西。

一整天过去了，她就那样安静地坐着，整个人毫无生气。

九点的时候，吴妈又重新推门进去了。她说道："织织啊，既然你不想吃东西，那……先去洗澡，准备休息，好不好？"

薄织雾没说话，整个人蜷缩在飘窗边，将下巴搁在膝盖上头，一句话也不肯说。

突然间，她感到有一道锐利而又森冷的目光落在自己身上。余光之中，她瞥见了那一抹熟悉的黑色。不用猜她也知道，是陆沉舟回来了。

屋子里的气氛，跟着陆沉舟进来的脚步，一点点变得压抑起来。

"吃饭。"

听着熟悉而又冷漠的声音，薄织雾没有说话。目光，只是停留在了窗子外的夜色里。

陆沉舟看着她这个样子，心底一阵烦乱不安。

他三两步上前，抓着薄织雾的手臂，捏着她的下巴，强迫她看着自己，一字一顿地说道："薄织雾！如果你不肯吃饭，一定要拿肚子里的孩子威胁我，我不介意让人每天给你打营养针！"

薄织雾这才迎上他的目光，她的气场一点点变得强大起来。二人对峙间，四目交对，火花四溅。

她也用同样坚决的态度回复他："你一天不肯在离婚协议书上签字，我就绝食一天！"

陆沉舟的情绪，随着她这句话，瞬间暴怒起来。

威胁？她竟敢威胁自己！

他的眼神里满是震惊，原本就带着猩红血丝的眼珠子，此刻更是可怕到了极点。他捏着薄织雾下巴的力道，又重了几分："你要是不肯吃饭，我现在就让医生断掉你爸的药！"

爸爸。

陆沉舟陡然提起这两个字，薄织雾心头一震，像是被什么触到了心底最柔软的地方。

她的胸腔里，一阵酸涩翻涌着。猛然间，眼泪珠子，便开始不断地往下滑落。

爸爸，是她在这个世界上唯一的亲人了。

陆沉舟够狠，的确抓住了她的软肋。

沉默了半晌，薄织雾目光终于变得温柔起来，她开始乖巧地往旁边蹭。陆沉舟望着她有所动作，心底的石头，像是终于落了下来。

她安静地将鞋子穿好，重新下了楼。

吴妈看见她下来，十分震惊，又看着她身后跟着陆沉舟，这才明白是怎么回事，连忙将之前准备好的汤，端到餐桌上。

薄织雾端起碗，慢条斯理地夹着菜，一口一口地往嘴里塞，咸涩的眼泪珠子，顺着眼角，不断往下滑落。

刚吞下去一口，胸口熟悉的恶心涌上心头，条件反射般地做了个呕吐的动作。

薄织雾缓了缓神，继续端起碗，一口一口地把食物往嘴里送。

每一口，都味同嚼蜡。每一次吞咽的动作，都像是有一把刀子，在她的喉咙上割得生疼，叫她无法再进行下一步动作。

恶心，强忍，吃饭，好像是一套循环。薄织雾一顿晚餐，不断地这么重复着，她也不说拒绝，只是安静地，按照陆沉舟的意思，乖乖吃饭。

薄织雾吃完后，放下了筷子，无声地站了起来，往楼上走。

陆沉舟望着她孱弱的背影，冷冷说道："从今天起，你违背我的意思之前，最好先考虑考虑你的父亲和朋友。"

薄织雾抬腿上楼梯的步子，忽然就停在了那里，手搭在扶手上，身子都在微微发抖。她转过头，看了一眼陆沉舟，目光之中，满是憎恨。

D国那边研制出来的新药，临床实验效果还不错，只是一星期需要注射两瓶。一个月下来，就是八瓶，不能中断，否则，之前的药就都是白打的。

陆沉舟怕她真的不肯吃饭，所以才会这么说。

她的肚子里，还有孩子，怎么经得起她自己这么折腾。

"我恨你。"

薄织雾轻轻从嘴里，吐出了这三个字。

他怎么可以，拿爸爸威胁她，那是她唯一的亲人了。他竟然这么狠，要这样威胁自己。

陆沉舟望着她上楼的背影，疲倦地闭上了眼。

恨就恨吧，恨，总比视而不见，听而不闻，要好得多。

如果，一定要采取强制性的手段，她才肯乖乖听话，那么，他不介意逼着她好好吃饭，好好睡觉。

心底钝钝的疼意从胸口传来，逐渐蔓延到四肢百骸。薄织雾拖着疲倦的身子，慢慢上楼去了。

夜色一点点降临，空中飘起了雪花。仿佛，又要陷入无尽寒冬。

第8章　死结

冬去春归，又到盛夏时节。

天气炎热起来，薄织雾怕热，家里早早就开了冷气。薄织雾的脚肿的不成样子，肚子一天天眼见着大起来，晚上辗转反侧都难以入眠。

怎么睡都不舒服，再加上又上了火。嘴里起了不少泡，就更加难受了。

她索性坐了起来。门口，吴妈正好端着碗绿豆汤走了进来。

吴妈笑眯眯地说："织织醒了，喝口绿豆汤吧。消消火。"

她不肯吃药，陆沉舟也怕药有副作用，就让吴妈给她准备了清淡的饮食。

她没说话，沉默着，安静地端着已经凉的差不多的绿豆汤，一口一口地喝了下去。

吴妈看她额头上仍有汗珠，拿起一边的羽毛扇子，一下一下替她扇着风。

家里的冷气不敢开太低温度，怕她着凉，所以她睡着了还是觉得有些热。

门口，沈妍心敲门进来了，她说道："织织，医院那边的消息，说是薄先生想见你。"

薄织雾愣了会儿神，开口问："是说一定要今天见吗？"

沈妍心笑着说："没有。薄先生知道，你怀孕了脚肿得厉害，不大方便动弹，说是这几天抽空去一趟就好，他有事情想跟你说。"

薄织雾点了下头，没再说话。

吴妈看她不高兴，劝了一句："再过两个月，就能看见哥哥和妹妹了。要做母亲的人了，高兴点，对自己和宝宝都好。"

是的，薄织雾肚子里的，是龙凤胎。

陆沉舟得知这个消息的时候，欢喜的不得了。薄织雾依旧只是淡淡的，不说话，沉默着。似乎这件事情，跟她毫无关系。

吴妈的话题，薄织雾其实没多大的兴趣，只是沉默着，偶尔怕吴妈觉得尴尬，附和一两句而已。

她坐在花园里刷微博。

"长得相似的明星？那必属薄织雾和乔知夏了啊。"

　　这句话，引起了薄织雾的沉思。她盯着那条评论很久，呼吸在一瞬间仿佛都跟着慢了起来。

　　她点了进去。唇角的笑，瞬间凝住了。

　　里面的对比图，是之前她出席《蜜恋》发布会的时候，另一张，是之前乔知夏代言国外某珠宝品牌的时候，别人拍的宣传照。

　　同一角度，这两张侧脸看上去，几乎是一模一样！

　　心底莫名的悲伤，忽然就没顶而来。薄织雾的脸色瞬间冰冷起来，然后将手里的手机，扔到一边去。

　　沈妍心见到她这个样子，皱眉问道："织织，怎么了？"

　　胸口像是有一颗无形的石头，重新压了过来。薄织雾没作声，眼神已经说明了一切。

　　可是她不是很想说的样子，沈妍心也不敢问，只是说道："不舒服就告诉我，我去喊顾医生过来。"

　　医生？现在，她的病，根本就不是医生能解决的。

　　她很讨厌别人说她和谁相似。

　　薄织雾就是薄织雾，这个世界上独一无二的薄织雾，和谁都不相似，她就是她。

　　楼上，陆沉舟刚打开邮箱，准备继续处理公司的事情，忽然就接到了一通电话，是季秘书打过来的。陆沉舟按了接听键："什么事？"

　　季秘书说道："总裁，医院那边的消息。薄先生说想见一见您。"

　　陆沉舟听到这里，沉默了一会儿，他问道："出什么事了？"

　　季秘书说道："大概是……薄先生的病情，突然急剧恶化，已经蔓延到了胸腔，恐怕快要不能开口说话了。"

　　陆沉舟听见这个消息，整个人怔怔地坐在那里。沉默了很久，一句话都说不出来。

　　"织织知道吗？"

　　季秘书说："夫人还不知道，而且薄先生似乎不想让夫人知道。他找您，是有重要的事情要说。"

　　陆沉舟的情绪里，带着一丝黯然，他抿了抿唇："我知道了，现在就过去。"

　　季秘书"嗯"了一声，陆沉舟挂断了电话。

他抓起西装，走到了楼下。薄织雾正坐在餐桌边，安静地吃晚餐。吴妈见他要出门，问道："先生这么晚了去哪儿？"

陆沉舟淡淡瞥了一眼薄织雾，又重新看着吴妈说道："一些公事。"

吴妈慢慢点了点头，没再多问下去。

车子一路开到了医院，薄绍均的主治医生站在走廊外，用不太流利的中文解释着："很抱歉，陆先生，我们也没想到，薄先生的身体忽然出现了抗药性，我们努力过，但……没有任何作用。"

陆沉舟听到这里，眉目间流露出一丝黯然，他沉默了很久，不着痕迹地长叹了口气："知道了。"

医生点了点头，他忽然递出来两份协议，器官捐献协议和安乐死协议。"这是薄先生的意思。"

季秘书看到这里，脸色忽然变得震惊。

陆沉舟推开了协议，他说道："我见过他再说。"

这样的协议，太过草率，他总得劝一劝他。

医生点了点头。陆沉舟转身换上了无菌服，进入了病房。

薄绍均躺在病床上，脸色十分安详。看见陆沉舟过来了，他唇角扬起了一丝淡淡的笑。

陆沉舟喊了一句："爸。"

薄绍均点了点头，从病床上坐了起来，和护士说道："你先出去吧。"

护士应了一声，转身离开了病房。

"您这样做，织织知道吗？"

薄绍均笑了笑："没打算让她知道才让你过来的。织织年纪还小，对于生死这两个字，或许还没看开。"

他患上渐冻症这几年，薄织雾一直都很紧张他的病，可是他却对生死这两个字，早就看开了。而且，有些关于薄织雾的事情，他也要交代给陆沉舟。

他望着陆沉舟沉默了一会儿："你知道，织织名字的来源吗？"

陆沉舟望着他的双眸，摇了摇头。

薄绍均继续说道："我第一次见她，并不是在孤儿院。"

听到这里，陆沉舟眼神之中，慢慢浮现出一丝不解的神色："什么意思？"

薄绍均唇角扬起了一丝极淡的笑意，过了许久，他才说道："织织其实是我在十八年前的十月份，出海打鱼的时候在海边捡到的。当时我太太不孕不育，但是我们又很想有个孩子，捡到织织的时候，我们在等最后一次尝试的结果。"

"所以，捡到织织的时候，我们并没有直接留下她，而是将她送去了孤儿院。那时候还很早，天蒙蒙亮，我怕麻烦，就直接将她放在了孤儿院门前。之前织织问我的那块玉佩，是跟着她一起冲上来的。大概是她的家人留给她的信物。后来没过几个月，结果出来了，还是没法生育。所以，我们重新去了孤儿院，领养了织织。给她取名叫薄织雾，那是因为我在海边捡到她的那天，海面上雾很大。所以，才会取这个名字。织织很乖，也很懂事，从小到大，都没让我们失望过。她不仅不介意是我们养女这件事情，反倒对我们十分孝顺。"

陆沉舟听完，脸上写满了震惊。他沉默了很久才问："那您之前，为什么不告诉她这些？"

薄绍均听到这里，有些惭愧地说："对于这件事情，我是有自己的私心的。"

他顿了顿，继续说道："我知道，凭借你现在的地位，如果有了这些资料与线索，查起来会易如反掌。可是，我怕织织找到了亲生父母……"

这句话，薄绍均没有再说下去。可是陆沉舟却已经懂了他的意思。

人，都是自私的。他怕的东西，陆沉舟明白。

他怕的，无非就是薄织雾找到自己的亲生父母之后，不肯再回来看他。

可是，他真的低估了自己在薄织雾心底的地位。

她那样重情义的一个人，自己为了让她回家，回到自己身边，仅仅是让苏恬的父母休息一段时间，她就会跟自己翻脸，更何况是有这么多年养育之恩的薄绍均呢。

陆沉舟听完后，慢慢沉默起来，他说道："这件事，我不能答应您。您就答应我，等织织把孩子生下来，再做决定，好吗？"

薄绍均苦涩地笑了下，"我也想啊，可是医生告诉我，最多还有半个月。"

"半个月？"陆沉舟有些不敢相信。

薄绍均点了点头，他坚持说道："答应我吧，我不想走得痛苦。而且，就算我走了，我的器官还留在世界上，织织看见那些接受器官捐献活下去的人，或许也会像看见我一样。"

陆沉舟的脸上，写满了为难。他沉默了很久，最终，慢慢点了下头，艰难地开了口："我答应您。"

他这些年，见过很多人，对生死这件事情，看得淡的，薄绍均是一个。

薄绍均见他答应，似乎是松了口气，他笑着说："暂时别告诉织织，等她生完孩子，再告诉她。"

陆沉舟点了点头。薄绍均似乎还是不放心，他望着陆沉舟，语气里颇有些警告的意思："以后，你要是敢对她不好，我做鬼都不会放过你的。"

陆沉舟郑重地点了点头，眼圈已经有些发红。薄绍均却云淡风轻地笑了笑。

窗外，月朗星稀，蛙鸣阵阵。

医院大楼下。

陆沉舟坐在车子里，薄绍均的话，还在他耳畔不断回荡着。

薄绍均对于生死的概念，实在让陆沉舟觉得意外，所以，他才会答应薄绍均的请求。

安乐死和器官捐献。之前，他不是没有听说过这些，只是，这是一直以来，都十分有争议的一种做法。有的家属认为，他们只需要亲人有生命迹象存在就足够，可是，却没有考虑过患者的感受。而且，捐献器官在很多人看来，这样做，会让患者走得没有尊严。

不知为什么，想起薄绍均告诉自己的事情，陆沉舟忽然就掏出了手机，给季秘书拨打了一通电话出去："重新彻查奶奶那件事情。"

因为，他开始起疑了。

回到家里的时候，薄织雾侧躺着在睡觉。孕晚期，这样睡会舒服一点儿。他抬头一看，屋子里空调的温度有些低，又悄无声息地调高了一些。

有了身孕的人，空调温度开得太低，是会感冒的。

他静静凝视着薄织雾很久，最终自语道："我相信你了。相信你没有害死奶奶。"

可是，他的确过不去自己心里那道坎儿。这世上，除了陆千帆，和他最亲的人，只剩下薄织雾了。

等相宜和斯年出生，他们就会拥有新的生活了吧。

夏天要结束了，一切，都该变得不一样了才对。

薄织雾抽空去了医院。

刚一下车，就有医院的主任领着她，进电梯往病房去了。薄绍均在护士的照顾下，吃完早餐，看见薄织雾来了，笑着说："织织来了。"

薄织雾点了点头，她刚准备坐在病床边，薄绍均就跟她说："坐沙发上吧，这样舒服些。"

薄织雾笑着点了下头，薄绍均今天看起来气色还不错。

护士和沈妍心都下去了。

薄绍均盯着她的肚子看了好一会儿，感叹着说："一眨眼我们织织都是要做母亲的人了。"

薄织雾今天看起来心情不错，她笑着跟薄绍均说道："爸爸也是要做外公的人了呀。"

薄绍均淡淡笑了下，忽然就没头没脑地跟薄织雾说了一句："以后，跟沉舟好好在一起吧。他是爱你的。"

薄织雾听到这句话，眉梢忽然黯然了几分，她轻声说道："爸，我不想提他。"

她对陆沉舟，早就死心了。

薄绍均不知道他们之间到底发生了什么，薄织雾每次来看他，都是高高兴兴的。

对于外界传扬他们夫妻之间的消息，他也只能通过新闻去了解。只是，每次新闻上的，都是负面消息。他打电话去问，薄织雾也是报喜不报忧。

他顺着薄织雾的意思，笑呵呵地说："好好好，不提他。"

其实，到了这个时候，很多想嘱咐的话，薄绍均反倒说不出口了。

他顿了顿，望着薄织雾继续说道："以后记得照顾好自己，夏天的时候，别贪凉，吃起冰淇淋就不知道停下。火锅也是。"

薄织雾嗤笑出声："爸，你怎么越来越像我妈妈了，一点小事唠叨个不停。"

薄绍均苦笑了下："我这不是怕你照顾不好自己嘛。"

她略笑了笑："我挺好的，吴妈和妍心都很照顾我的。"

薄绍均望着她笑了笑，也觉得自己说的是多余的。西山林语里佣人无数，薄织雾又是陆沉舟的太太，现在肚子里有了宝宝，自然矜贵。

这些叮嘱她的话，听起来似乎都很没用，可是薄绍均，到底还是不太放心，继续和薄织雾絮絮说着一些事情。两个人谈着，越来越高兴，渐渐说起了从前的事情。

这样，一直聊到了中午。沈妍心敲门进来了，她跟薄织雾轻声说道："织织，该吃饭了。"

沈妍心提醒，薄织雾这才低下头，她看了一眼手表，有些不舍地看着薄绍均。

怀孕的人不能饿着，薄绍均见她依依不舍的样子，心下虽然不忍，但还是开了口，他笑着说："回去吧。看你腿肿得厉害，回家后，记得把腿垫高一点，这样舒服些。"

薄织雾笑了起来，她问道："爸你怎么会知道这些啊？"

沈碧清不能生，她是被领养的，自然好奇这个。

薄绍均笑着说："我是老了，可是还没变傻啊。上网查的。"

薄织雾说："谢谢爸。那我改天再来看你。"

薄绍均努力点了点头："去吧。"

薄织雾笑着转过身去，薄绍均望着她离开的背影，嘴角明明是噙着笑的，可是眼圈却是红的。

这一别，或许就是永别了。他知道，其实有些事情，他不说，陆沉舟也会去做好，可是，他总归是有些不放心的。

所谓父女母子一场，只不过意味着，你和他的缘分，就是今生今世不断地在目送她的背影渐行渐远。你站在小路的这一端，看着她逐渐消失在小路转弯的地方，而且，她用背影告诉你：不必追。

他也追不动了。

薄织雾转身走进了电梯，下楼的时候，沈妍心忽然说道："织织，我东西落在楼上了，我去拿一下，你等等我。"

薄织雾应了一声，与此同时，护士正推着乔知夏过来。

她喊住了护士，轻声问道："前面站着的，是陆太太吗？"

乔知夏声音不大，但是薄织雾却足够听见。她转过身去，看见了乔知夏。

第9章 替身

护士温柔地说道："乔小姐，的确是陆太太。"

她说道："能推我过去吗？"护士点了点头，应声推着她过去了。

乔知夏唇角扬起一丝温柔的笑，她跟薄织雾说道："陆太太，我有些事情想跟你说，不知道，你有没有空？"

薄织雾没给她好脸色："乔小姐，你有什么资格跟我谈？"

乔知夏并不生气，她微微笑了下："你觉得，沉舟他为什么对你这么好啊。"

这句话，在薄织雾的心底，埋下了一颗疑惑的种子，

她盯着乔知夏看了一会儿，半晌才说道："他对我好，是因为我值得。他对我这么好，并没有其他的原因。"

乔知夏听到这里，唇角勾起了一丝讥讽的笑："值得？你确定没有自欺欺人么？"

薄织雾眸光之中闪过一丝黯然，乔知夏捕捉到了她的情绪，她说道："想知道为什么，就跟我来。"

薄织雾沉默着，没有说话。乔知夏扬声说道："既然你不想听，那就算了吧。"说着，便要让护士推着自己离开。

薄织雾终究还是忍不住心底的疑惑，她开了口："说吧。"

听到这里，她的眸光中闪过一丝得意的色彩。

护士按照乔知夏的意思，将她推到了医院的人工湖边。

薄织雾跟着走了过去。

天空中慢慢滚起来闷雷声。因为天气不好，大部分护士都陪着病人回到了病房里。地方偏僻，便只剩下薄织雾和乔知夏了。

乔知夏沉默了很久，又扫视了眼四下，她慢慢从轮椅上站了起来，望着薄织雾，满是鄙夷。

薄织雾终于察觉到了一丝不对劲，她有些惊讶地说道："你看得到？"

乔知夏冷笑一声，她挑起眉头，有些不屑地说道："那又怎样？"

说着，乔知夏一步步靠近了薄织雾，目光落在了薄织雾的肚子上，她微微

眯眼间，满是危险的气息。

薄织雾往后一闪，语气与眼神里满是厌恶："别碰我！"

乔知夏听到这句话，冷哼一声，她一把攥住了薄织雾的手腕，直视着她的眼睛："薄织雾，你有什么好得意的，你不过是我的替身罢了，你以为，陆沉舟凭什么对你这么好？织，真的叫的就是你吗？"

薄织雾脸上的表情，一点点失控，大脑顿时空白起来。

乔知夏的每一个字，都重重地砸在她的胸口，叫她一下子被压抑得喘不过气来，浑身上下，仿佛是生生被人从头到脚浇下来一盆冰冷的雪水，寒冷浸骨。

她脑海中，猛然回想起来，第一次见到陆沉舟的时候，他似乎呢喃着喊了一句："知知，你回来了？"

原来，他嘴里的"知知"，喊的是乔知夏啊。

原来，她自作多情了这么久。

明明是八月最热的天气，薄织雾却觉得，浑身如坠冰窟。

他的心里，爱的从来都是乔知夏吧。那她呢，她算什么？一个替身而已？

如果真的只是这样，那么一切，就全都能够解释得通了。

陆沉舟为什么在乔知夏回来后，就像是变了一个人。因为正主回来了啊，所以，她就不重要了。她不过是一个替身，不重要。

所以，无论在何时何地何种情况，只要涉及让陆沉舟在她和乔知夏之间二选其一，他就会毫不犹豫地选择乔知夏，放下自己。

人心都是肉长的，薄织雾明明觉得，自己已经对陆沉舟没有了任何感觉，可是为什么，在得知这个消息的这一刻，胸口竟会抑制不住地抽疼？

她曾经也好奇过，为什么陆沉舟会对她那么好。原来，一切不过都是因为那一声"知知"。因为另一个女人，所以才会能拥有朝城所有女人羡慕不来的一切。

她现在竟不知道，是该感谢这副皮囊还是恨了。

陆沉舟亲手替她编织了一个梦，却又狠狠地打碎。可笑她曾经，还傻乎乎地跟陆沉舟说："你等等我呀，等我变得跟你一样优秀，变得足以匹配你。"

她想要为了和陆沉舟足以相配，站在同一高度，现在变得无比可笑起来。

薄织雾的嘴角生生扯出一抹凄厉的笑，笑得越来越讽刺。

心底的失望席卷而来，叫她浑身都失了力气。心底的酸涩不断奔涌而出。

红玫瑰与白玫瑰。得不到的白玫瑰，随着岁月的沉淀，就变成了烙印在心头的白月光，而她，不过是一滴蚊子血。

她原本还对陆沉舟存着一丝希望，至少他曾经是爱自己的，现在想来，一切都是她自己做的一场梦，现在，梦该醒了。

乔知夏望着她嘴角的笑，眸中闪过一丝阴狠，她趁着薄织雾不备，推了她一把。

"带着你肚子里的两个孩子下地狱去吧！"

她不可能让薄织雾把这两个孩子生下来，让薄织雾多出一个筹码和她争陆沉舟！

陆太太的位置，所有女人都羡慕的东西，只能是她乔知夏的！

薄织雾身后便是人工湖，时间在这一刻，仿佛慢了下来。薄织雾的身子，朝后坠下去，她缓缓闭上了眼，唇角带着一丝极淡的笑意。

一切，都会在这一刻，彻底结束吧。

"织织！"

乔知夏眼见沈妍心来了，心底暗叫不好，连忙喊道："啊——是不是有人掉进湖里了？"

沈妍心眼见着湖面溅起的水花，瞳孔猛然一缩，手忙脚乱地呼喊着："来人呐，有人吗！夫人落水了！"

沈妍心的尖叫声，随着身子的下沉变得越来越不真切。薄织雾头部在沉入湖底的那一刻，猛然间碰到了一个石块。剧烈的冲击下，那个石块，像是五岁前记忆的开关，在碰到的那一刻，所有以前遗忘的东西，仿佛开了闸的洪水，不断奔涌而来。

五岁之前的她，也曾是被人捧在手心的小公主。

过往的一切，如同电影镜头，不断在眼前掠过。

冬天的时候，父亲的秘书牵着她的手，温柔地喊她："小小姐，那您跟他们好好玩儿。"

她站在酒店的灯光底下，望着沉默寡言，身穿一身黑色西装的陆沉舟坐在椅子上，一副不近人情的表情，让她看了觉得有些害怕。

但她还是鼓起了勇气，走到了陆沉舟身边，温软地唤了一句："沉舟哥哥，生日快乐。"然后，陆沉舟望着她好久，才接过了她手里的八音盒。随后，眼神一丝丝有了光彩，开口问她："你叫什么名字？"

她偏头笑着，天真地说道："沉舟哥哥喊我软软吧。我爸爸和妈妈都是这样喊我的。"

她还看见，她在离开酒店的时候，陆沉舟眼神里的不舍之情。她微笑着，酒店的水晶吊灯，折射出迷离的光，映射在她琉璃一样好看的眼睛上。

她十分有礼貌地跟陆沉舟挥手告别："沉舟哥哥再见。"

薄织雾还看见，五岁的她，被人推进了一个破旧不堪的仓库里，看着她的人凶神恶煞，跟她一起被绑架的小哥哥，就是她心心念念了很久的陆沉舟，他一个人安静地蹲在墙角。

薄织雾看见他的时候，心底所有的害怕全都消失了，她也跟着他一起，乖乖地蹲在墙角。她试探性地喊了一句："沉舟哥哥？"

她看见地上斑斑点点的血迹，这才注意到，陆沉舟的鼻子在流血。她想起之前自己流鼻血的时候，妈妈会拿出她好看的头绳，将她的中指绑起来，让她扬起头。

可是妈妈不见了，爸爸也不在。她想起来妈妈曾告诉过她的话，她要坚强，所以，她把自己绑头发的头绳取了下来，喊他伸出手，用头绳绑住中指，教他，就像从前妈妈教她一样，让陆沉舟仰起头。

她说她没有家了，陆沉舟就拉着她的手，望着她，语气无比郑重地说道："以后我的家就是你的家。"

小小的她，在听见这话的时候，还将信将疑地问了一句："真的吗？"

薄织雾看见了，在深沉的夜色里，小小的她，脚扭伤了走不动路，想放弃的时候，是陆沉舟背着她，一步一步离开了地狱。

那时苍凉的月光，透过枯枝照在他们身上，崎岖的路仿佛没有尽头一样。身后是追来的人，陆沉舟却一直不肯放下她，他说："君子一言驷马难追，我说过要带你离开，就一定会带你离开这里。"

她还看见，陆沉舟和她被人威胁，站在海边的悬崖上，底下是不断传来的拍浪声。陆沉舟紧紧握住她的手，一直没有松开。

可是那群人是要抓着她和陆沉舟一起做垫背的。她怎么能让陆沉舟陪她一起？所以，她毅然决然地，在那一刻，推开了陆沉舟。

陆沉舟的惊呼声，似乎穿过了十八年的时光缝隙，穿过了四时更迭，重新将她的思绪拉了回来。

原来，她第一次在西山林语见到的头绳，那是她替他绑过手指的头绳，他留了十八年。

原来，她在老宅看见的八音盒，是她曾送给他的生日礼物。

原来，他找了十八年的软软，就是自己。

原来，她耿耿于怀了这么久的女人，并不是乔知夏，而是她自己……

可是，或许是这世界太大，他们终究是走散了。

她错把别的女人当成了她，当成了当年那个软软。

究竟是他忘了当初的一切，还是她忘了？

如果可以回溯时间，薄织雾真想回溯到她和陆沉舟初见的那一天，在说再见的那一天，将时间定格，然后，再也不见。

下腹下坠般的疼痛感一点点袭来，手术室里刺眼的灯光与身上的疼痛一分分提醒着自己，让她没法忘记一切。身体与心灵上的疼痛双重袭来，让她几乎要窒息。

手术室外。

四周的气氛十分压抑，陆沉舟沉默地等在外面，脸色格外难看。

手术室的门忽然开了，医生说道："胎儿太大，织织不肯配合生产。等下会打麻醉，只能剖腹产，签字。"

医生的每一个字，都重重地砸在了陆沉舟的心上，他的眼神里写满了震惊。

陆沉舟抓着笔的手都在发抖，他艰难地将字签完，望着医生紧张地问道："织织她……没事吧。我能进去陪她吗？"

医生头疼地说道："陆总您还是别进去了。幸好已经八个月了，如果再早一点，是绝对保不住的。"

陆沉舟沉默着，用力地点了点头。

怎么会是今天？为什么会是今天？不配合，她真的连自己的命都不要了吗？

时间一分一秒地过去，下午五点的时候，产房里传出来两声清脆的胎儿啼哭声。

陆沉舟的心，仿佛都跟着放了下来。他的唇角终于慢慢扬了起来。护士推着病床出来了，薄织雾却陷入了沉睡。医生身后的护士抱着孩子出来了。

他跟陆沉舟说道："一个哥哥一个妹妹。"

陆沉舟望着护士抱着的两个孩子，眼神慢慢亮了起来，那道光，名为欣慰，更带着绝望过后，新生的喜悦。

陆沉舟匆匆看了一眼两个孩子，目光又投向了薄织雾。她的脸色苍白，整个人看起来没了生气。陆沉舟紧张地问道："她有没有事？"

医生长舒了口气，他说道："陆太太没事，她太累了，昏睡过去了，醒来就没事了。孩子是早产出生的，不过还好，不需要住保温箱。让家里的佣人准备奶粉吧。"

陆沉舟松了口气，他点了点头："知道了。"

医生瞥了一眼陆沉舟，又提了一句："陆总，您最近是不是又跟陆太太吵架了？"

陆沉舟错愕地看着医生，脸色瞬间冷了下来，他沉声问道："你什么意思？"

医生抿了抿唇，他说道："我没什么意思，只是觉得，陆太太早产，不可能是这么简单。当时乔小姐也在现场。"

陆沉舟挑眉看着他，一字一顿地说道："所以，你怀疑是她做的？"

医生连忙撇清关系，他嗤笑一声，似是嘲讽："我可不敢，只是随口一提罢了。"

毕竟乔知夏一直是失明的状况，她怎么可能看得见，还能去推人，除非她是装的，可是她一个大明星，放着大好的前程不要，装瞎干什么？

陆沉舟沉默了一会儿，眸光中逐渐浮起一层疑惑。

他转头吩咐季秘书："去给我查清楚，到底是怎么回事！"

季秘书垂眸说道："总裁放心，我已经让人去查了，只是，人工湖边位置偏僻，可能拍不到什么。"

陆沉舟冷笑一声，眸光逐渐变得阴森起来："不管你用什么手段，我都要知道，这件事情到底是怎么回事！"

季秘书心底一紧，连忙点头，他说道："是，我知道了。"

病房里。

薄织雾躺在病床上，身上的疼痛还在一分分袭来，连带着如洪水一般的记忆，让她疼得窒息。她已经哭不出来了，只是觉得，胸口仿佛被一块巨石压住，压得她喘不过气来。

薄织雾现在才知道，原来，有句话是对的。

真正的伤口是不会流血的，就像真正的疼，是哭不出来的。

乔知夏沾沾自喜，以为她是自己的替身，可是，如果她告诉乔知夏，她就是陆沉舟心心念念的那个软软，恐怕，乔知夏的表情会十分精彩吧。

如果换作从前，她一定会狠狠地报复回去。可是现在的她，已经没了那种心思。

她沉沉睡了过去。相宜和斯年躺在摇篮里。

陆沉舟低下了头，他沉默了很久："抱着相宜和斯年，去给爸看一眼吧。"

吴妈应了一声。陆沉舟转身走出了病房，他孤寂的背影融入了沉沉的夜色里，转身上了电梯，到了薄绍均主治医生的办公室里。

医生看见陆沉舟来了，站起来喊了一句："陆先生。"

陆沉舟应了一声，他艰难地开了口："停掉他所有的药吧。"

医生先是愣了一会儿，过了半晌没明白过来，陆沉舟说的那个他是什么意思。他沉默了很久，才慢慢点了点头，离开自己的位置，从抽屉里取出两份协议，递给了陆沉舟。

陆沉舟攥着那两份协议，手上的力道很紧，指节都跟着泛出了白色。

他从创立华娱到现在，大大小小，签过无数份合约，可是这样的合约，是他第一次签。

他知道，只要"陆沉舟"三个字签上去，薄绍均这个人，就会失去生命。可是，想起薄绍均对自己说的话，陆沉舟犹豫了很久，最终咬牙签了下去。

他尊重薄绍均的意见。更是，践行自己的诺言。

陆沉舟走进病房，跟着进来的，还有医护人员。

病情恶化的速度非常快，薄绍均已经不能动了。现在的他只能说话，他的嘴角扬起了一丝极淡的笑意："来了。"

陆沉舟应了一声，他也尽量让自己语气听起来很轻松："您看过相宜和斯年了？"

薄绍均慢慢点了点头，唇角勾起了一丝笑："嗯，相宜鼻子像你，斯年的眼睛像织织，都很漂亮。我也没什么好牵挂了。"

三天后。

城郊的墓园里，陆沉舟身穿一身黑色的西装，身后跟着保镖和陆千帆还有其他前来吊唁的人。大家静默地望着墓碑鞠躬。

陆沉舟把薄绍均和沈碧清葬在了一起，这是薄绍均的意思。

四周一片寂静，过了很久，人群才慢慢散开了。

车子里。

陆千帆有些犹豫，他望着陆沉舟说："哥，这件事情不告诉嫂子，真的不会有事吗？"

陆沉舟沉默了一会儿，他说道："织织刚出院，再过些日子吧。"

她刚生完孩子，如果骤然受到巨大的打击，是容易患上产后抑郁症的。

陆千帆点了点头："那好吧。对了，相宜和斯年的满月酒你打算什么时候举办啊？"

陆沉舟脸色有些难看："再过些日子吧。你知道吗，她恨我恨到对相宜和斯年的表情都是淡淡的。"

回家三天里，在他目睹的情况下，薄织雾几乎没有抱过相宜和斯年一下。

陆千帆过了很久才开口："哥，你知道嫂子为什么会这样吗？"

为什么会这样？他当然知道，当初那样一个温柔善良开朗的小姑娘，硬生生变成了现在这副沉默寡言的样子。

可是，她才二十三，她的脸上应该有笑的，不应该是现在这样安静的。

他艰难地说道："因为乔知夏还有奶奶的事情。"

陆千帆轻笑了下："你以为就这么简单吗？"

他顿了顿，继续说道："在我看来，嫂子是一个非常向往独立和自由的女孩子，她活泼，开朗，有上进心。这也是奶奶喜欢她的原因。她不认为，自己和你结婚，就应该成为你的附属品，然后和其他女人一样，做做美容SPA，逛街旅行，安安静静地做阔太太。以前奶奶在的时候，经常念叨着说，在嫂子身上，看见了自己以前的影子。"

陆千帆的每一个字，都直击陆沉舟心灵。

陆千帆所说的这些，也是他喜欢的薄织雾身上的闪光点啊。

陆沉舟听完陆千帆的话没有反驳，他的薄唇紧紧抿成一条线。

季秘书的手机忽然响了，是沈妍心打过来的电话，他坐在副驾驶的位置，按了接听键："喂，怎么了？"

电话那一头，薄织雾正坐在床头喝着吴妈给自己炖的鸡汤。

她忽然有些想吃汤包，但是家里的师傅做的，没有之前吃的那家味道好，她给季秘书打了通电话。反正，陆沉舟出门早，回家的时候，有些事情陆沉舟会交代给他。让他带好了。

"季秘书，你可以帮我带下汤包吗？"

季秘书是知道的，薄织雾喜欢吃汤包，之前陆沉舟提过，也吩咐他去买过，自然就知道是哪一家了，他笑着说："好，夫人还有其他的事情要吩咐吗？"

陆千帆问了陆沉舟一个在心底埋了很久的问题："哥，我问一个你可能会揍我的问题。你到底有没有把嫂子当成知夏姐的替身？"

前段时间，微博上传得沸沸扬扬的那个话题，他也去看过。

"长得相似的明星有哪些"，其中有一条回答，热度很高——"薄织雾和乔知夏十分相似"这几个字，瞬间抓住了他的眼球。

网友贴出来的截图，的确十分相似。

再加上，他们的名字里，都有一个"zhi"。这也就难怪陆千帆会有这个疑问了。

薄织雾刚准备挂电话，便听到这件事情，她的心陡然悬了起来，目光中满是黯然，手指紧紧地攥住了被单。

陆沉舟听见这个话题，眉心猛然一跳，他错愕地转头看着陆千帆。

陆千帆淡然地望着陆沉舟，目光平静无澜。

有些话题，是无法逃避的。他沉默了很久，说道："我曾经，的确有……"

而在这一句话的前一番对话，一字不漏全落进了薄织雾的耳朵里。

陆沉舟和陆千帆的声音虽然比起季秘书的有些小，可是，她却清晰地听见了，可是每一个字，都重重地砸在了她的心头上，宛如从头到脚，被人浇了一桶冰水，凉彻心扉。

曾经，他曾经的确有过，把自己当成乔知夏的替身？

原来，乔知夏所说的，都是真的。陆沉舟竟然拿自己当成乔知夏的替身，心底原本期盼着会落空的答案，在这一刻成了现实。巨大的悲伤没顶而来。

其实，薄织雾躺在床上的这几天，一直在想一个问题，到底要不要告诉陆沉舟她就是软软，他找了十八年的软软啊。

可是在听见这个答案的一刹那，薄织雾心底所有的幻想，彻底破灭了。

原来在他眼里和心里，她从始至终都比不上乔知夏。

早就遍体鳞伤的心，已经不会疼了。

可是为什么，为什么她眼底的热泪，却在不断地往下滑落？

电话那头的季秘书，见薄织雾许久没有回话，试探性地问了一句："夫人？"

薄织雾慢慢被拉回思绪，她冷静地将自己眼底的泪珠擦去，声音比起之前，变得更加凉薄起来："没事了。"

说罢，她就挂了电话。

转头望着躺在床边的相宜和斯年，薄织雾心底纠结的声音在不断呐喊着。

是不是这世界太大，所以，她才会跟陆沉舟走散。又或者，他与她之间，注定就是有缘无分？

心底的悲伤又慢慢地弥漫开来。

偌大的房间，再次陷入了一片寂静，心底压抑的疼痛不断折磨着自己。

薄织雾觉得自己重新陷入了一个暗无天日的泥沼，而她在不断地往下坠落，她想好好生活，却看不见一丝希望。

四周皆是黑暗，暗无星辰。她好想一觉沉沉睡去，然后再也醒不来，又或者，醒来后，这一切就能忘掉，只是南柯一梦。

陆沉舟回来的时候，相宜和斯年已经睡着了。吴妈见他回来了，沉默了一会儿，拉着他说道："先生，你去劝劝夫人吧。早起的时候，夫人看起来情绪很低落……小小姐和小少爷哭了，她都不看一眼。"

陆沉舟听到这里，沉默了一会儿，他抬起步子往楼上去了。

他和薄织雾之间的事情，一定要说清楚，再这样下去，不止薄织雾，他也会疯的。他原以为，相宜和斯年出生了，所有的一切都会好转，可是，似乎并没有，薄织雾把对他的所有恨意，都转嫁到了斯年与相宜身上。

他在卧室门外站了很久，都没有勇气伸手去推开那道门，过了很久，他才鼓起勇气，推开了那道门。

一进门，就见到薄织雾愣愣地坐在飘窗边，背影孤寂而又瘦弱。他慢慢走到飘窗边，坐在她身边，拉着她的手说道："织织，我们好好谈谈吧。"

薄织雾不为所动，只是怔怔地望着窗外的风景。陆沉舟望见她这副样子，心底传来钝钝的疼意。

他沉默了很久，艰难地从嘴角吐出一句话："你可以恨我，怨我，甚至打我，骂我，我都认了。可是你不能把对我的恨转嫁到相宜和斯年身上。他们是无辜的，这对他们不公平。"

薄织雾听见这句话，脸上终于浮现出了一丝嘲弄的笑，她望着陆沉舟的目光灼热而又锐利，让陆沉舟有些不敢直视。

她冷嘲一声："公平？"说着，薄织雾的眼眶忽然通红起来，眼圈里清澈的泪水啪嗒啪嗒落在了她的手背上，心底一阵窒息般的疼痛袭来："陆沉舟，全世界，最没资格跟我说公平两个字的人就是你！"

她的气场一瞬间强大起来，薄织雾望着他的眼神满是憎恨："你不信任我。拿我爸爸和苏恬来威胁我，甚至拿我当乔知夏的替身！你对我有过公平吗？！"

她的每一句质问，都重重地砸在了陆沉舟的心上，他脸上的表情慢慢变得难看起来。

拿她当成乔知夏的替身？她究竟是听谁说的，又是怎么知道的？

陆沉舟望着她满脸泪痕、情绪激动的样子，低头将她抱在了怀里，温热的液体跟着落在了她的肩头，陆沉舟沉痛的声音在头顶响起："对不起。"

他现在除了对她说对不起，似乎什么都做不了了。

他不是真的想要威胁她，他只是不知道要怎么去挽留她。他失去了让她心动的能力，也没有任何筹码能够留住她，所以，只能用这种强硬的手段将她留在自己身边。

他只希望，她能留在自己身边，仅此而已。可是他却忽略了她所有的情绪感受。哪怕后来，他再怎么想对她好，她似乎都已经心死了。

他真的不能没有她。

陆沉舟的怀抱让薄织雾觉得恶心，她条件反射地挣扎着："你让我觉得恶心！"

她越是挣扎，陆沉舟就抱得越紧，似乎是要将她揉进自己的生命里。

彻骨的疼痛从胸腔一点点蔓延到四肢百骸。

过了很久，薄织雾终于没有挣扎了，她也失去了所有的力气。她哽咽着看着陆沉舟，轻声问了一句："陆沉舟，我请你好好看清楚，我到底，是谁？"

陆沉舟以为是薄织雾还在介怀，他曾经把她当成乔知夏替身那件事情，他连忙说道："你是……"

薄织雾哽咽着，心底在期待陆沉舟的回答，她真的好希望陆沉舟能够认出自己。她才是软软，他找了十八年的软软啊！

陆沉舟沉默了很久，才终于艰难地吐出了一句话："我余生想要一起走下去的人。"

听到这个答案，薄织雾的心，跟着冷了下来。

余生想要一起走下去的人？

他恐怕，曾经也对乔知夏说过同样的话吧……

心底的厌恶逐渐浮上心头，她慢慢推开了陆沉舟，嘴角又扯起了一丝凄厉的笑。

陆沉舟彻底泯灭了她所有的希望。

让她心动的人，是陆沉舟；让她心死的人，也是陆沉舟。

那笑让陆沉舟觉得意味难明，薄织雾转身离开了房间，一步一步。每一步都让陆沉舟心头疼得宛如刀割。

他们似乎真的再无可能了。就像是两条线，曾经有过交点，最终，却又在一步步地错过，然后，渐行渐远。

相宜和斯年的满月宴时间定下来了，在三天后，地点设在了天鹅假日酒店，乔知夏因为之前薄织雾的事情，重新买通了医生，让医生告诉陆沉舟，乔知夏因为受到刺激，大脑里的瘀血忽然消失了，恢复了光明。

宴会现场，不少贵妇看过相宜和斯年，嘴里都是再熟悉不过的奉承话，转而就是寻求跟陆沉舟合作的机会。

薄织雾厌恶这种带有目的性的宴会，她的脸色沉了下来，跟沈妍心说道："我去下洗手间。"

沈妍心应了一声。薄织雾转身进了洗手间。

乔知夏刚进酒店，就见到薄织雾要去洗手间的身影，她的唇角勾起了一丝得意的笑："本来还不知道怎么在人少的情况下，把陆沉舟断了她爸爸药，导致她父亲死亡的消息告诉她，这会儿倒是个好机会了。"

她跟了进去，顺手将"清理中"的提示牌摆在了门口。

薄织雾刚出来，准备洗手，便看见了乔知夏。她看了一眼乔知夏，洗完手准备离开。乔知夏补了补口红，冷笑一声："看来，你还不知道啊？"

薄织雾愣住了，她停下了准备离开的步子。乔知夏见状，心底扬起一丝冷笑，继续说道："你还不知道吧，你爸死了。"

这个消息如同晴天霹雳一样，薄织雾的脸上瞬间失去了血色，她的大脑一片空白，怔怔地站在原地，她忽然就笑了起来："乔知夏，你觉得我会相信你吗？我爸在医院呢，怎么会去世呢？"

乔知夏见到她这副自欺欺人的模样，冷笑了一声："我有必要拿这种事开玩笑吗？不过也是啊，陆沉舟刻意隐瞒着你，你又怎么可能得知这件事情呢？"

她望着薄织雾逐渐惨淡的脸色和与眼底的震惊还有不可置信，继续说道："看样子，你还真是什么都不知道啊，既然这样，那我就再告诉你一件事情吧，是陆沉舟断了你爸的药，所以才导致了你爸的死。"

薄织雾听见这个消息，浑身的血液迅速倒流，几乎要直冲脑门。是陆沉舟，竟然是陆沉舟，他想要害死爸？

薄织雾不肯相信，她三两步上前，掐住了乔知夏的脖子，眸光逐渐狠厉起来，她望着乔知夏说道："乔知夏，我警告你，你要是再乱说话诅咒我爸，别怪我对你不客气。"

她的力气有些大，大到让乔知夏有些不敢乱动了。在她的印象里，薄织雾一直是个段位很低的对手，自然也不会想到，她竟然会对自己动手。

她努力挣扎了一会儿，将薄织雾的手指掰开，她靠在一边的墙壁上，努力呼吸着，过了半晌才冷笑道："你觉得这种事情，我会造谣吗？而且，我造谣了，也没太大的意义吧。你一查不就知道了吗？"

说罢，她从包里掏出手机，点开了录音："这是你爸的护工说的话，她的声音，你应该再熟悉不过了！"

温柔的女声从手机里传来："在陆太太生下孩子那天，陆总找到了薄先生的主治医生，我亲耳听见，他跟医生说，断了薄先生的药。"

护工的每一个字，都清晰地落进了薄织雾的耳朵里，她眼眶里的泪水忽然在不断往下滑落，脑海中，猛然就回想起来了薄绍均的音容笑貌，以及他叮嘱自己的话。

当时，她还觉得薄绍均唠叨，说以后有机会再去看他。可是她却不知道，那是她这辈子最后一次见到薄绍均了。

第 10 章　离开

薄织雾的眼神里满是震惊与不敢置信，她不断地摇着头，眼底是绝望的泪水。

胸口窒息般的疼痛再次袭来，她跌跌撞撞地走到门口："不，我不相信，上次见到他，他还是好好的，怎么可……"

乔知夏见她想走，心底一紧，不能让她走！否则她的计划会被打乱的！

她张望四周，最终在旁边抢起一根棍子，狠狠地朝着薄织雾脑后一敲。

脖子后一阵剧烈的疼痛传来，薄织雾回过头看了一眼乔知夏。乔知夏心底发怵，扔下棍子，眼神里写满了紧张。

乔知夏的身影一点点变得模糊，薄织雾眼前的黑暗慢慢袭来，身子一点点绵软地瘫下去，最终，失去了所有的知觉。

乔知夏看着倒在地上昏迷的薄织雾，心底松了口气，可是紧跟而来的，是更深一层的恐惧。

她怔怔望着躺在地上的薄织雾很久，最终，手忙脚乱地从包里掏出手机，打电话给陶姜，声音里是满满的恐惧："喂……陶姜，你，你帮帮我！"

陶姜接到电话的那一刻，有些懵，等听着乔知夏说完所有的事情，陶姜才明白了来龙去脉，她只丢出一句话："所以，你现在想怎么办？"

乔知夏沉默了一会儿，冷静地吐出一句话："我要，薄织雾永远消失在这个世界上！"

陶姜怔了怔，过了很久才说道："无论做什么事情，都要付出相应的代价，你想好了吗？"

乔知夏笑得令人感到恐惧，她冷哼一声："我当然想好了。"

只要薄织雾消失了，世上就再也没有人会是她的对手了，到时候，她成了陆太太，还不是想要什么就有什么！

陶姜冷静地替她出谋划策，最终，她们避开了所有的监控，从后门离开了酒店。

与此同时，天鹅假日酒店内。

宴会已经散场了，可是陆沉舟派人找遍了酒店，都没找到薄织雾的身影，天色已经快黑了起来。陆沉舟心底不祥的预感越来越浓烈。最终，他选择了报警。

回到西山林语，相宜和斯年哭个不停，陆沉舟安抚好他们，这才松了口气。

走回书房，他正打算联系齐警官，手机响了，是警局那边来的电话。

他拿起来看了一眼，而接下来的一通电话，彻底证实了他的想法。

"是陆先生吗？城郊发生了一起车辆自燃的现象，初步证实，车辆是陆太太的。"

电话那头男人的每一个字，都砸得陆沉舟头脑发胀，名为紧张与心痛的两种感觉，瞬间占据了他的心。

他的眼神里写满了震惊，薄唇因为紧张，紧紧地抿成了一条线。

陆沉舟用最快的速度赶到了医院。医生站在一边，他的身后，是刚推出来的病床。

陆沉舟看着病床上盖着的薄布，心底猛然一疼。他清晰地感觉到，有什么东西，正在生命里一点点逝去，他用尽全力想抓住，却怎么都抓不住。

他艰难地挪动着步子，眼神里满是不可置信，手微微垂下，准备伸手去掀开白布。可是，却怎么都没了勇气。

陆沉舟的眉心紧紧拧成了一团，眼眶里微微发红，胸口一阵窒息般的疼痛袭来，叫他无法喘过气来。

医生低微的声音在耳畔响起，"我们赶到的时候，车子已经烧到只剩下外壳了，织织她……"

他愣愣地站在原地，浑身的肌肉紧紧地绷在了一起。他忽然轻笑出声了，"你们是不是搞错了。"

陆沉舟的喉咙里哽着一句话，将全部的悲伤强行压了下去。可是着一种名为悲伤的情绪，压得他快要喘不过气来，心底的酸涩，最终化了温热的液体，不断地往下滑落，滴落在了那一层白布上。他望着那一层白布，修长的手指紧握成拳。

脑海中，忽然就浮现出第一次陪着薄织雾去往殡仪馆的场景。那时候，他为了让薄织雾情绪稳定，故意警告她，允许哭，但是不允许哭天喊地。

薄织雾也的确做到了，没有哭天喊地，只是安静地哽咽着，语不成调的试图跟沈碧清交流说话。

直到今天，他这才明白过来，薄织雾为什么可以做到那么冷静。因为人真的难过到了极点的时候，是无法哭出来的，更不知道要怎么去表达自己的难过。

说得出口的委屈与难过，根本就算不上委屈与难过。

"不可能是织织，这不可能是她！"陆沉舟不信，他笃定地说出来这句话。

她才23岁，才刚刚生下他们的孩子，一切才刚刚开始，怎么会是她呢？！

陆沉舟这副样子，看在医生的眼里，只让他觉得难过，一种无法言语的悲伤，在整个医院的走道里蔓延开来。

医生最怕看见这个样子的他，他慢慢从口袋里掏出一条手链："这是我们在现场发现的。"

陆沉舟慢慢地伸手，从医生的手里接过那条手链。手链下的那一颗红色的心，狠狠地刺痛了陆沉舟的心。

这条手链，是他们第一次一起过春节时，她找自己讨要的生日礼物。

陆沉舟并不懂得怎么挑选送给女孩子的礼物，可是这一条手链，却是他站在专柜面前，千挑万选，最终决定买回来送给她的。在送出去前，他也很忐忑，怕她会不喜欢，所以只使用一种极其随便的语气告诉她："随便买的。"

那时候的她，脸上带着些娇羞的红晕，眼神里写满了欢喜。

那个时候的他，就已经开始为这个名为薄织雾的女孩子心动了。

是薄织雾，不是乔知夏，更不是软软啊，只是薄织雾。

他以为，相宜和斯年出生后，一切都会有所改变。他还有很多的机会，去弥补对她造成的伤害，可是，逝者不可追。时光也是。

陆沉舟哀恸地俯下了身子，眼底的热泪一颗颗砸在白布上，再慢慢地染成一团白色的花。他的喉头宛如有一把小刀正在割着，无法开口。他沉默了很久，最终用沉痛的语气说道："织织，你回来，好不好？"

那一瞬间，陆沉舟的脑海中闪过薄织雾无数的音容笑貌，从初见，到最后，从彩色，到黑白。

西山林语的大厅里，薄织雾黑白的照片十分显眼刺目。

白色的蜡烛正在燃烧着，整个屋子，铺天盖地被黑白色覆盖着。薄织雾的尸体还没火化，安静地放在冰棺里。

陆千帆沉默地望着她的相片，想来吊唁的人很多，可是庄叔和吴嫂却全都拦了下来。

他知道，在这种时候，陆沉舟更希望一个人待着。

陆千帆来的时候，大厅里除了佣人，再不见其他人的踪影。

吴妈看见他来了，上前喊了一句："二少爷。"

陆千帆应了一句："我哥呢？"

听见陆千帆问陆沉舟，吴妈叹息了一声："先生这几天，一直把自己关在书房里，谁都不见。"

陆沉舟这个消沉的反应，倒是在他的预料之中。他又问道："相宜和斯年呢？"

吴妈说道："小少爷和小小姐还好，只是一直哭。或许也是知道，再也见不到织织的缘故。"

陆千帆听了这话，他说："这话，你在我面前说就算了，千万千万，不要在我哥面前说。"

吴妈点了点头："二少爷，您去劝劝先生吧。我看着……实在是不忍心。"

陆千帆沉默着点了下头，他今天来的本意，就是劝陆沉舟的。

这段时间，华娱和陆氏所有的事情积压起来，全都没人处理。

有些琐碎的事情，季秘书可以做主，但是大事，除了陆沉舟，谁敢做主。

陆千帆上了楼，刚推开书房的门，一股刺鼻的酒味就蔓延开来。屋子里拉着厚重的窗帘，陆沉舟颓靡地靠在书桌边，周围是七倒八歪的酒瓶。

他拉开了窗帘，刺目的光一下照得陆沉舟有些睁不开眼睛。他沉声说道："出去。"

陆千帆没说话，垂眸看了一眼陆沉舟。他的下巴上，已经生出了一圈青色的胡茬，整个人看起来颓废不已。浑身的酒气更是让人觉得不想靠近。

陆千帆理解他现在的情绪，所以他也懒得说废话，三两句话就戳中了陆沉舟的内心："哥，你可以继续消沉下去，但你最好想想相宜和斯年。他们才只有一个月大！还有，嫂子的死，你就不觉得蹊跷吗？"

相宜和斯年？织织的死？

陆千帆短短的一句话，让陆沉舟遍布血丝的眼睛明亮了起来。

这句话像是一个奇妙的开关，说完之后，陆沉舟就站了起来，拖着沉重而又疲倦的身子，离开了书房。

吴妈跟着过来了，看见这个样子，心底有些忐忑，她说道："二少爷，不会出什么事情吧？"

陆千帆唇角扬起了一抹笑，他说道："不会有事。"

相宜和斯年还很小，他们已经失去了母亲，不能再失去父亲了。

这一场灾难，来得实在是蹊跷。疑点重重，还需要一步步查清。

哪怕陆沉舟真的爱薄织雾入骨，可是这些事情没有处理完，他也绝不会做出不理智的事情的。

陆沉舟把自己收拾好了，西装革履，看起来俨然又恢复了从前的形象。

"相宜和斯年，还乖吗？"

他的声音听起来有些嘶哑。

吴妈听到这句话，险些要落下泪来，她强笑着说道："小小姐和小少爷都很乖。"

他听了这句话，艰难地挪动着步子，走进了婴儿房。相宜和斯年刚睡着，两个小小的身影，躺在襁褓里。

陆沉舟望着相宜，脑海又闪现出薄织雾的脸庞，心底一阵钻心的疼痛划过。

他转身离开了婴儿房。

陆千帆说道："嫂子……该火化了。现在是夏天，再这么放下去……她会被虫子咬的。"

会被虫子咬？她那样爱美的一个人，如今成了现在这副样子，会不会害怕？

陆沉舟眸光深处一片黯然，他紧了紧拳头，沉默了很久才说道："下午就去办吧。"

陆千帆应了一声："嗯。"

火化薄织雾的时候，陆沉舟眼睁睁地看着殡仪馆的员工，将她的尸体推了进去。

这正式宣告了她的死亡。

可是在陆沉舟心里，薄织雾没有消失，永远都不会消失。

因为有句话是这么说的，一个人真正的死亡，是所有人都忘记你的时候，那才是真正的死亡啊。

而薄织雾会永远活在他的心底，到老，到死。

葬礼当天，下着很大很大的雨。空中轰隆隆地滚着闷雷声。

临出发时，相宜和斯年也在不停地哭泣，仿佛是知道，薄织雾要走了，永远都回不来了。他们在挽留她，可是，无论怎样，都留不住她。

墓碑上那一行字，"爱妻薄织雾"也永远镌刻在了陆沉舟心底。

隐隐的痛楚在不断地袭来。他静默地站在雨帘里，身姿挺拔。

结束葬礼后，陆沉舟回到了公司。看上去，他又恢复了往日那副王者的模样，无懈可击。

季秘书有些担心，看见他来了，站起来说："您还是先回去休息一下吧，公司的事情，我们还应付得来。"

陆沉舟垂下眸子，走进了办公室："不用了。"

他得让自己忙起来，否则安静下来，整个世界便又全是她的影子，折磨得自己要喘不过气来。

季秘书拗不过他，只得答应。

他坐下之后，打电话回家，问过了相宜和斯年的情况，确定他们很乖，没事之后，这才继续投入工作。

下午三点的时候，季秘书的邮箱收到了一份邮件，点开一看，是之前陆沉舟派他查的关于乔知夏的资料。

季秘书将资料打印了出来，转身走进了陆沉舟办公室。

他跟陆沉舟说道："总裁，您之前让我查的乔小姐的背景资料，我们已经查得差不多了。"

陆沉舟签完字，抬起头问他："查出什么了？"

他看起来，已经恢复了以往的平静，可是只有季秘书和叶景琛知道，表面而已。丧妻之痛，哪能那么快说过去就过去，况且，还有那么多的事情等着他处理，还有相宜和斯年等着他照顾，他不能垮。

季秘书把资料递给了陆沉舟："都在这里了。"

"我按照您的吩咐，重新查了乔小姐的身世背景。她的确是孤儿没错，也是在进入孤儿院没多久，就被领养走了。她是在八岁那年，才被现在的养母领养走的，一直到十八岁。进入大学后没多久，跟您成了情侣关系后，就和养母斩断了关系。"

陆沉舟眉心微动，他抬起头看着季秘书："八岁？"

季秘书应了一声："是，八岁的时候。"

按照时间来推算，那么，乔知夏绝对不是软软！他的软软，当年只有五岁。怎么可能凭空多出三岁的年龄差！

季秘书又抽出来一份资料，他递给了陆沉舟："这是您之前让我根据薄先生临走前说的信息查的资料。"

陆沉舟当时听完薄绍均在临去世前说的话，心底对于薄织雾可能是软软，多了一分怀疑。

十八年前的十月份，正是他被绑架的时间。而薄织雾的生日，正是在十月十五日，生日的日期，跟事发的时间，十分接近。

毕竟，他当初认为乔知夏就是软软，凭借的就是那一双清澈的眼睛。

如果，薄织雾真的就是他找了十八年的软软，他要怎么办？

陆沉舟沉默了，他心底在逃避这个答案，静默了半晌才说道："放下吧。"

季秘书没有多说别的，把手里的文件夹放在了陆沉舟桌上。

陆沉舟一直工作到深夜才敢离开公司，回到家里。

主卧里，还是那张熟悉的双人床，还是熟悉的装饰。可是，陆沉舟却失去了走进去的勇气。

他和她甜蜜美好的曾经，压得他现在要喘不过气来了。

梳妆台前，她洗完头发后，安静地任由他给她吹干头发。

沙发上，她曾坐在那里，靠在他的肩头，看着喜欢的电影，然后跟他说，哪里哪里不好，哪里哪里感人。

她的一点一滴，她的笑，她的好，早就融进了自己的生命里，挥之不去，忘却不了。

陆沉舟最终艰难地迈着步子，离开了主卧，转身走进了书房。他怔怔地盯着屏幕看了许久之后，终于鼓起勇气，点开了邮件。

邮件之中，详细地记载着关于十八年前那一场绑架案的资料。

十八年前的十月十四日，绑架案结束的时候，警方在整片海域搜了很久，都没有找到软软的尸体，整整一个星期，活不见人，死不见尸。

朝城是一个靠近港口的城市，附近海域很广，天气又冷，海水很深。到最后，所有人都放弃了搜救，毕竟，要在偌大的海域里，去找到一个年仅五岁的小孩儿，实在是宛如大海捞针一样不理智的行为。

而根据薄绍均的口述，他从海边捡到薄织雾的时候，正是十月份，他们十五号将薄织雾送去了孤儿院。这一连串线索，只指明了一个答案——

他要找的软软，他找了十八年的软软，不是乔知夏，正是薄织雾。那双清澈的眼睛，那个会笑会闹会撒娇的女孩子。

他找了十八年的软软，原来早就踏着岁月洪荒与四时更迭，来到了他身边，只可惜，是他太傻，竟已经认不出来她了。

或许，是这世界太大，所以，他们才会走散了吧。一个在地上，另一个，在天上。

世上最残忍的四个字，不过是"阴阳两隔"。

温热的液体，在初秋的夜晚，不断地往下无声滑落。

陆沉舟望着照片里的那个笑靥如花的女孩子，心底积攒了无数的话，他却一句都说不出来了，只能十分艰难而又痛苦地喊了一句："软软。"

陆沉舟的心底，像是有一把尖利的刀子在不断地割着，叫他疼得喘不过气来。

朝城机场。

薄织雾坐在贵宾室里，她戴着黑色的鸭舌帽。

耿泽望着她的身影，沉默再三，问了一句："真的要这么做吗？"

薄织雾抬起眸子看了他一眼，语气平静："你现在后悔，也来不及了。"

空气安静了三秒，薄织雾和耿泽相视一笑。他说："这下你欠我一个人情了。"

车子是被陶姜安排了自燃没错。但是薄织雾命大，刚好碰见那天耿泽去附近视察工程，因此被耿泽救下来了。从耿泽的嘴里，薄织雾才得知，薄绍均真的去世了。所有人都知道的事情，唯独她被蒙在鼓里。

奶奶去世，她没有见到最后一面，爸爸也是。

若论起狠，还是陆沉舟狠。

她原以为，只要自己乖乖听话，陆沉舟就不会对爸爸怎么样，现在看来，她还是太天真了。

薄织雾万念俱灰的时候，想起来耿泽曾经答应过她一个条件：以后无论遇见什么事情，只要她开口，他能帮忙，他一定尽力。

所以，薄织雾提出来两个要求。

第一个，让陆沉舟以为她死了。

第二个，离开朝城。

"为什么要去A国？"

"因为，我依稀记得，五岁的时候，妈妈说要带我去A国。"

分散十八年，她总得去找一找吧。毕竟，在这世界上，她只有她这么一个亲人了。

其实，在薄织雾心里，无论去哪里，都比待在朝城，待在陆沉舟身边，让人觉得安心。耿泽慢悠悠地开了口："我在那边有……"

"不用了。既然选择离开，就要跟过去斩断一切联系。那么，也就没有必要了。别想着找我，追踪我的行程。否则，我会消失到连你也找不到。"薄织雾笑着打断了他的话。

耿泽沉默地看着她，没有说话。助理安排好了一切："耿爷，都准备好了。"

直接买机票出国，会被陆沉舟察觉到的。所以，耿泽有他的安排。

薄织雾站了起来，沉默地看着耿泽，忽然释然地笑了下："谢了。如果以后有机会，我会报答你的。"

耿泽淡淡笑了下："好好开始你的新生活，就是对我最好的报答了。"

这天中午，季秘书忽然敲门走了进来，相宜在休息室里睡着了。陆沉舟正在给相宜的奶瓶消毒，季秘书对这副场景，早就见怪不怪了。

陆沉舟问道："什么事？"

季秘书说道："总裁，刚刚有人找您，说是有要紧的事情要说。关于当年老夫人去世那件事情。"

陆沉舟听到这里，神色微微一滞。他坐回了椅子上，面色仍旧是淡淡的，看不出是喜是怒。他说道："让他进来吧。"

季秘书应了一声，转身就带着男人走了进来。

那人进来后，望着陆沉舟，沉默了很久，才用略带愧疚的语气跟陆沉舟说道："很抱歉，陆总，我现在才来找您，"

陆沉舟清冷的声音说："有话直说便是。"

男人取出了一个U盘："您自己看吧。"

陆沉舟垂下眸子，看着U盘好一会儿，这才拿起来，插在了电脑上。

那人声音有些黯然："这是我当初得到寺庙允许拍摄视频的时候，无意拍到的。"

陆沉舟点开了视频，是无人机航拍到的视频。因为当时无人机飞得比较低，所以，视频画面十分清晰地显示出来了，是乔知夏，趁乱推了奶奶。

这一幕，狠狠地刺激了陆沉舟的神经，他的手紧握成拳，眼神逐渐冷戾起来，周遭的空气也变得森冷。

冤枉薄织雾的痛苦，与得知真相的震惊，彻底激起了他心底的怒意。他拽住了男人的衣领，眼神阴鸷得好像要噬人一般。陆沉舟的声音又冷又硬，他的语气十分激动："既然你有视频作为证据，为什么当初不告诉我？"

话音刚落，男人右脸就结结实实地挨了一拳。

这一拳痛得他眼冒金星。他没有还手，只是垂眸黯然说道："这是我当初替我一个做电影的朋友准备的，拍完之后，我也没管，但在昨天剪视频需要用的时候，才发现这一幕。"

心底的悔恨与痛苦交杂在一起，陆沉舟的眉心紧紧拧成了一团。他松开了男人。

其实，他知道，薄织雾不会做出这样的事情，只是，他心底缺一个说服自己的证据，只是一个说服自己的证据而已。可是这个证据，来得真的太迟了。

陆沉舟慢慢冷静下来了，他冷漠的声音在季秘书耳畔响起："通知乔知夏，让她来华娱一趟。"

季秘书应了一声，转身出去了。男人看着陆沉舟阴沉的脸，只觉得，山雨欲来风满楼。他抿了抿唇，望着陆沉舟说道："既然这样，那我也就先走了。"

陆沉舟沉默着。男人以为他默许了放自己走，转身准备离开。

"谢谢。"

微哑而又黯然的声音，在耳畔突然响起。男人的眼神中，有一丝震惊，更多的，是喜悦与受宠若惊。他摇了摇头："应该的。"他顿了顿，看着陆沉舟最后说了一句："陆总，我看得出来，您很爱陆太太。所以，我希望您能尽早走出来。陆太太如果在天上看见您这副样子，恐怕也不会安心的。"

陆沉舟听到这里，眸光微敛。

她在天上，见到他这副样子，也不会安心？

脑海中，恍然想起来之前在医院的时候，薄织雾跟他说过的一句话："陆沉舟，你不肯跟我离婚，也不肯杀了我，总有一天，我一定会把你折磨疯的。"

折磨疯？如果她在天上，看见自己成了现在这副样子，恐怕高兴都来不及吧。

陆沉舟自嘲地笑了笑，没有说话。男人看见他这样，默默离开了办公室。

乔知夏来得很快，只是来的时候很不巧。

陆沉舟在开会。乔知夏在接待室等陆沉舟。

会议结束，她温柔地笑着说："沉舟，你回来啦。"

陆沉舟却依旧淡淡的，不为所动，盯着她的脸看了好一会儿。陆沉舟心底的怒意，也一丝丝跟着在增加。

陆沉舟唇角忽然扬起了一丝笑。

四周的气压，似乎都跟着陆沉舟这一声莫名的笑，跟着低了下来。

季秘书看着陆沉舟这一笑，很是震惊。他跟在陆沉舟身边这么多年，自然知道陆沉舟这一抹笑，到底是什么意思。

他是真的生气了。

陆沉舟望着她好一会儿，这才淡淡吐出一句话："跟我进来。"

乔知夏转身进去之前，用鄙夷的目光看了一眼季秘书。季秘书读懂了她目光里的含义，良好的职业素养，让他应对这些场景，早就绰绰有余。他只是淡淡地回以微笑。

乔知夏跟着陆沉舟转身进去的一刹那，唇角刚扬起一丝笑，脖子上一阵窒息的疼便传来了。"呃……"

陆沉舟的脸色一瞬间阴沉起来，他粗粝的手指，微微用力，乔知夏就不能呼吸了。

他的眼神里，满是恨意，浑身散发着令人觉得刺骨的寒意，让人不敢直视。

乔知夏心底的恐惧，瞬间遍布全身。她努力仰起脖子，想要试图吸取一丝氧气，表情看起来十分痛苦。

陆沉舟望着乔知夏痛苦的表情，他猛然想起薄织雾。她那样怕热的一个人，车子发生自燃的时候，她会不会也这样痛苦？

乔知夏见陆沉舟有一瞬出神，抓住机会，推了一把陆沉舟，这才有了一丝喘息的机会。

她跌坐在地上，手心里沁满了冷汗，一阵剧烈的咳嗽之后，她才挤出来几滴眼泪，娇柔地喊了一句："沉舟哥哥，你……我又做错什么惹你不高兴了？"

"沉舟哥哥"那四个字，在这一刻听起来，无比刺耳，瞬间刺激到了陆沉舟的神经。

曾经，在十八年前，也有个小姑娘会温柔地望着他笑。哪怕是在那样的环境下，她依然会望着他笑，温柔地喊她"沉舟哥哥"。

可是现在，她去天上了，他再也见不到她了，听不见她温软地喊一句"沉舟哥哥"。

陆沉舟的脸色，应着这句话，一点点阴沉起来，狭长的眸子里，满是危险的气息。乔知夏这时候才终于敏锐地嗅到了一丝危险的气息。

"沉舟哥哥？"

不知为什么，陆沉舟跟着复述的这句话，让乔知夏心底陡然一惊。

他，知道什么了？

乔知夏的眼神深处，写满了惊慌，手肘撑着地面，在不断地后退。陆沉舟强大的气场让她一瞬间害怕起来。

陆沉舟忽然蹲下身子，阴翳的眸子与强大的气场让乔知夏不敢直视。他用力地捏着乔知夏的下巴，让乔知夏下颌生疼。

他几乎是咬牙切齿地，从齿缝里挤出那几个字，声音又冷又硬："乔知夏，你不配这么喊我！"

乔知夏听见这句话，大脑顿时一片空白，眼神深处的恐惧，一点点浮现在了脸上。她眼底的热泪瞬间簌簌往下滑落。

陆沉舟冷笑一声，望着她的眼神无比锐利，仿佛要将她看出一个窟窿来。"顶替软软在我心底的地位，把我当作傻子一样玩弄于股掌之间的感觉很好吗？乔知夏！"

陆沉舟最后喊她名字的那三个字，几乎是咬牙切齿，让乔知夏心头为之一颤。她热泪扑簌而下，心底十分慌乱。她拉着陆沉舟的手，试图挣扎："沉舟哥哥，我……我不懂你在说什么。"

陆沉舟望着她这个楚楚可怜的模样，只觉得恶心至极。他站了起来，一脚将乔知夏踢开。他颀长的背影立在乔知夏身前，一股无形的压迫感在周围弥漫开来。

陆沉舟到底是什么时候知道的，心底无数个问号让她觉得困惑，可是，乔知夏还是在试图力挽狂澜。

她眼角的泪珠在往下不断滑落，梨花带雨的模样，任由谁看了，都会心疼。她泣不成声，望着陆沉舟的背影哭诉道："就算……就算我不是真的软软，可是我对你的爱是真的，沉舟，你要相信我……"

陆沉舟转过身来，居高临下地望着眼前梨花带雨的女人，他冷哼一声道："相信？你让我怎么相信一个害死了奶奶，还嫁祸给织织的凶手？"

乔知夏听到这句话，心底猛然一惊，目光登时呆滞起来。陆沉舟怎么会知道是她推的秦明珠？不……不可能！那个地方是监控死角，他不可能知道的！

她哭得更狠了，通红的眼圈里，是汹涌的泪花："我没有，沉舟你要相信我，是薄织雾推的奶奶！"

从乔知夏的嘴里听见薄织雾的名字，让陆沉舟觉得刺耳。他森冷的目光，再次落在了乔知夏的脸上，修长的手指，掐住了乔知夏的脖子上。陆沉舟俯视着她，脸上除了憎恶与恨意，再没有其他表情。他恶狠狠地掐着乔知夏的脖子说道："有人拍到了全部的过程，你还敢狡辩？"

乔知夏听到这里，才明白了事情的关键，她面部的表情，逐渐失控。整个人宛如失去了所有的力气，跌坐在地上，眼神里失去了所有的光彩。

她知道，这一次，她是真的玩完了，穷途末路。

乔知夏望着陆沉舟，唇角的笑意带着十足的报复，将所有的事情和盘托出。

她眼圈通红地说道："陆沉舟，你活该！当初是你瞎了眼，认定我就是软软，现在你又反过来怀疑我，你不觉得你自己很可笑吗？是，我承认，是我害死了秦明珠，谁让那个老太婆当初要阻挡我，如果不是她，嫁给你的应该是我！你活该，你知道薄织雾为什么会离开你吗？你又知道，她为什么那么恨你吗？"

陆沉舟眼神里满是怒意，他望着乔知夏骂道："闭嘴！你不配在我面前提她的名字！"

乔知夏笑得讽刺，她说道："我偏要提，你又能拿我怎么样呢？既然你手握证据，又为什么不肯杀了我？因为你不敢，陆沉舟！"

陆沉舟气得浑身都在发抖，手里的力道也在一点点收紧，乔知夏的表情逐渐变得痛苦而又扭曲。陆千帆推门进来，刚好看见了这副场景。他大惊失色，连忙上前拉开了陆沉舟："哥！你冷静一点！"

陆沉舟锐利的目光落在了乔知夏的脸上。陆千帆死死地拦着他："就算你杀了她能换回奶奶吗？"

这句话，如同醍醐灌顶，让陆沉舟冷静了下来。

是，他就算是杀了乔知夏，也换不回来奶奶。

他望着陆千帆，目光和语气都无比坚定："死？"他狭长的眸子微微眯了起来，望着乔知夏冷笑一声："我会把她移交公安机关，让她得到应有的惩罚。"

陆千帆怕乔知夏再说出些什么刺激陆沉舟的话，连忙按下了内线："季秘书，还不快把这个疯女人带出去！"

季秘书连忙带着保镖进来，将人拖了出去。

第 11 章 归来

时光如同白驹过隙，转眼，已是四年后。

朝城的机场大厅。

薄织雾拖着行李箱，踩着高跟鞋走了出来。斩男色的唇釉，在灯光下闪着光泽。她一头长发松松扎在脖子后，额前有两缕头发垂下来，衬得她的脸越发尖长起来。

四年过去，她早已褪去了往日的青涩与稚嫩，变得成熟而有气场起来。

她随手在路边拦了一辆出租车，到了朝城的别墅区门口，家里的灯还亮着。

薄织雾这会儿才回国，甄太太瞧见她的身影，笑眯眯地上前说道："卿好回来了。"

一旁的管家，连忙帮着薄织雾拿行李箱。甄导在一边抱怨着："非不让我们去机场接你，不听话。"

薄织雾笑着说："哪有，飞机十二点才落地呢，你和妈年纪大了，就早点休息啊。我一个人又不是不可以。"

甄太太笑着说："好好好，回来就好。我让张嫂给你放了洗澡水，赶紧去休息吧。"

薄织雾点了点头，笑着扑进了甄太太怀里，抱了下甄太太："还是妈好。"

甄太太笑眯眯地看着她。薄织雾脱下高跟鞋，换上拖鞋，上楼洗澡去了。

刚从浴室出来，手机就响了起来，是纪嘉言打过来的电话，他的声音里带着笑意，问了一句："落地了吗？"

薄织雾笑着说："嗯。"

纪嘉言的声音温柔："欢迎回来，甄小姐。"

薄织雾听着他的声音，心底悄然绽放一朵花来："谢谢。"

她刚去A国半年，一直在西餐厅打工。一次偶然，遇见了纪嘉言。在国外的这四年，是纪嘉言一直陪在她的身边。

到了A国没多久，薄织雾出车祸继而患上了选择性失忆。或许是陆沉舟带给她的痛苦记忆太多，她才选择忘记了跟他有关的一切。在纪嘉言的扶持下，她获得A国剧本大赛的一等奖，写出了《随风而逝》这部作品，也找到了自己的亲生父母。

甄太太的病一直是心病，找到了薄织雾，她的心病自然也就被治好了。

只是，薄织雾总是觉得心里空落落的，像是忘记了一个十分重要的人。在心底种种暗示下，她总觉得，纪嘉言，就是自己要找的那个人。

陆沉舟到了公司大楼底下，员工们在纷纷议论着什么事情。

"跟你说个大新闻，不是之前一直有消息说，温时姝要回国发展了吗，娱记昨晚准备去机场蹲她，结果没蹲到她，反而拍到了另一个人，你们猜是谁？"

"谁啊。"

"咱们夫人啊！"

白衬衣的员工觉得奇怪起来，她说道："薄织雾？她不是在四年前就已经死了吗？怎么可能！不会是大半夜他们看错了吧？你别吓我，我胆子小！"

碎花裙子的女生白了她一眼："爱信不信，我一开始也不相信，可是我今天早上看到了照片啊！"

陆沉舟本来没注意他们的议论声，可是，最后这句话，却猛然刺激着他的神经。他停住了步子，大脑空白了一瞬，跟着，眼神变得明亮起来。

薄织雾没死？

这句话，在陆沉舟心底，骤然掀起来了惊天大浪。他的眼神里，满是震惊，种种复杂的情绪，交织在了一起。

疑惑，不敢置信，最终，化为了喜悦。

他迈着步子，一步步朝着白衣服的员工走过去，清冷的眸光，落在了她的身上："你说什么？"

员工还是第一次在陆沉舟脸上看见这种表情，不禁有些愣住了。她怕陆沉舟觉得她是乱说的，半天才结结巴巴地说："不……不是我乱说的，是报纸上写的。"说着，便把报纸递给了陆沉舟。

陆沉舟垂眸看着报纸上的照片，他的瞳孔猛然一缩，照片在他的眼底无限放大，最终，他的唇角扬起了一丝不敢置信而又喜悦的微笑。

在场的员工都看得有些呆住了，却又不敢说什么。

她没死……她没死！

心底骤然被喜悦充盈着，陆沉舟转身走进了电梯，可是，喜悦过后，更多的，是落寞。

落寞的是，薄织雾为了躲着自己，竟然连假死这种事情都做得出来。甚至，丝毫不想想相宜和斯年。想到这里，陆沉舟心底又是一阵酸楚。

最终，陆沉舟喊来了季秘书："去查清楚，当年那件事情，到底是怎么回事。再去帮我查查看，她在A国的四年里，都发生了什么事情。"

薄织雾能成功地瞒天过海，离开朝城，一个人是肯定做不到的，这件事背后，肯定有人在帮她。她离开自己的四年，又过得怎么样，这些，都是他想搞清楚的事情。

季秘书看着陆沉舟恢复了从前的样子，心底也跟着高兴起来，他笑着答应了，转身便按照陆沉舟的吩咐，去办事了。

薄织雾醒来后，已经是上午九点了。她摘下了眼罩，坐起来，拉开窗帘后，这才慢慢回过神来。甄太太正打算过来看她，见她起来了，笑着说："醒了？准备好了早餐，你去吃点儿吧。"

薄织雾走进盥洗室，完成了简单的梳洗和化妆，下楼吃早餐。甄太太望着她说道："下午陪我去趟商场吧，换季了，咱们去买些衣服。"

薄织雾点了点头，她咬了口油条，又喝了口豆浆，感叹了一句："还是回来好，不然的话，我就吃不到豆浆和油条了。"

甄太太望着她笑了下，戳了下她的额头说："你啊！"

与此同时，在西山林语。

夏日本来就炎热，佣人们都有些昏昏欲睡。陆斯年和陆相宜趁着吴妈在收拾厨房的工夫，骗吴妈说道："吴奶奶，我们去睡觉啦！"

吴妈忽然觉得他们有些异常，但没多想，还是笑着点了点头："好，你们去吧。"

陆斯年带着陆相宜走进了自己的房间里，他拿起小猪猪存钱罐，打算摔碎。

那里面是他存起来的零钱。在家里，陆沉舟偶尔会让他帮着吴妈做一些自己能做的事情，然后给他零用钱，意在告诉他用劳动才能换来自己想要的东西。

从去年到现在，已经攒了不少钱了。反正买巧克力肯定是足够的。相宜看着他有点心疼的眼神说道："要不然，还是算了吧。这是叔叔给你买的呢。"

听见相宜这番话，陆斯年还是毫不犹豫地把罐子摔碎了，他把零钱拿出来，拉着相宜的手，目光坚定地说道："答应你的事情，就一定要做到。"

相宜笑着点了点头，她去房间里，从衣架上取出了小猪的挎包，那也是陆千帆买给她的。粉色的小猪包适合放零钱，可爱又百搭。

陆斯年拉着相宜的手，偷偷溜到了花园的亭子里。他跟相宜说："等下李爷爷会回来，让他把我们送去爹地的公司就可以啦。"

相宜偏着头，只觉得哥哥绝顶聪明，笑得眼睛都跟月牙似的弯了起来。

果不其然，没一会儿，李叔就出现在了广场上，陆斯年牵着陆相宜的手，哒哒哒地跑了过去。

李叔看见他们，觉得有点奇怪，笑着问道："大中午的，你们怎么不在家里待着呀？"

陆相宜愣了愣，她偏着头看李叔，眨巴着一双清澈的大眼睛，目光中有些犹疑，拽着陆斯年的手就紧了一些。

还是陆斯年机灵，他说道："哦，相宜说，她想爹地了，想去看看爹地。李爷爷可以送我们一下吗？"

说着，便悄悄地拉着相宜的手，相宜连忙乖巧地点了点头："嗯嗯，我想爸爸了，想去看他。"

李叔笑着说："这样啊，那我给先生打个电话吧。"

陆斯年一听这话，心底顿时警铃大作，他说道："不，不用了！相宜想给爹地一个惊喜！"

李叔根本没多想，听着他们这么说，便把他们送去了公司。到了公司门口，相宜和斯年下车了。他们礼貌地说道："谢谢李爷爷。"

李叔看见他们站在门口，还是有点不放心，说道："我送你们进去吧。"

陆斯年说道："没关系，我们自己去就可以了。"

李叔目送他们进了公司，这才转身离开了华娱。

相宜和斯年，偷偷从墙角后探出个小脑袋，见李叔不见了，这才松了口气。

他牵着相宜的手说道："走吧，去商场给你买巧克力吃。"

相宜笑眯眯地点了点头，转身出了公司大楼，在公交车站边等着。

与此同时，商场门口，司机把甄太太和薄织雾送到了门口。

宋叔问道："夫人，小姐，我什么时候来接你们合适？"

甄太太说道："我和卿好逛得差不多了，再打电话通知你过来吧。"

司机点了下头，便调转车头，离开了商场。

虽说还是五月份，但到底入了夏，天气有些热。

薄织雾是个怕热的体质，才走一段路，她额头上已经起了些汗珠，嘟囔着说："好热啊。"

甄太太听她说热，把伞又往她这边偏了些："进去就不热了。"

薄织雾点了点头，吐槽说："这才五月份就这么热，到了七八月份恐怕人都要晒化了。"

甄太太笑着说："知道你怕热，回家就让张嫂把空调的滤网给洗一洗，用起来。"

薄织雾这才满意地点了点头。

陆斯年把钱都放在了相宜的包包里，带着她去超市买了巧克力，结完账后走了出来。

他给相宜撕开了包装，笑着说："吃吧，记得要把嘴角擦干净哦，不然回家被爹地发现了，可是要挨骂的。"

陆相宜笑弯了眉眼，她掰了一块递到陆斯年嘴边："哥哥也吃！"

陆斯年摇了摇头："我不吃，你吃吧。"

他本来就不喜欢吃甜食，但是相宜却格外喜欢。

相宜噘着嘴，只好点了点头，自己吃起来。

商场里很多人，相宜坐在凳子上，身上背着小猪包包，晃悠着两条腿，吃完之后，她的嘴角沾上了不少黑乎乎的东西，巧克力吃完了，相宜有些口渴。

她望着斯年说道："哥哥，我口渴了。"

斯年听了这话，想了想，拉着她的手，从一边的椅子上站了起来："那我去给你买喝的。"

相宜笑着点了点头："好，我要喝冰奶茶！"

斯年点了点头，牵着相宜软乎乎的小手，找奶茶店去了。

薄织雾和甄太太逛了一会儿，觉得有些累有点渴了。她跟甄太太说："妈，我有些口渴，想去买杯喝的。"

甄太太说道："好。"

薄织雾笑着问道："那妈想喝些什么？"

甄太太笑着说："柠檬水吧。我不爱喝那些花花绿绿的饮料。"

薄织雾笑着说："那我喝冰奶茶好了。"

甄太太笑了笑，拉着薄织雾的手，便去饮品店门前排队了。

这家是连锁店，生意很好，刚过去，就发现队伍里，混进去了两个小朋友。

小正太身上穿着背带裤。小萝莉穿着粉色的碎花小裙子，背着小猪包包，嘴角黏糊糊的，还沾着一些黑乎乎的东西。

薄织雾嗤笑出声，感叹了一句："谁家的小朋友，这么可爱。"

甄太太趁机说道："你要是喜欢的话，妈可以给你介绍对象。"

薄织雾一听这话，连忙说道："别！喜欢小朋友，和喜欢生小朋友，这两个可是不一样的概念哦。"

甄太太听她这么说，笑着说道："我就是随口一提，你就这么大反应啊。别以为妈不知道你在想什么。"

这四年里，薄织雾的注意力，一直都在纪嘉言身上。

纪嘉言人长得好看，虽然追求者从来都不缺，但是他却一个都没答应，更没跟人传过绯闻。家世也不错，又有才华，和他们家卿好那就是郎才女貌。

薄织雾的脸色微微泛红，她说道："好了，不说了。"

"喂，小朋友，缺一块钱哦，不可以点奶茶。"

斯年一听这话，瞬间愣住了，他似乎是不敢相信，又数了一遍零钱。真的差一块钱。

相宜有些傻了，站在原地，望着斯年，脸上写着三个字："怎么办？"

天气热，身后排队的人有些不耐烦了："快点行不行？"

这个场面，引起了薄织雾的注意，她皱眉开了口："那么凶干什么，两个小朋友而已啊。"

说着，便走到"糯米团子"身边，把钱递到了店员面前。

相宜和斯年看着眼前的大姐姐，面面相觑了一会儿，相宜瞬间放声大哭起来，她嘤嘤嘤地抱着薄织雾的腿喊道："妈妈，妈妈……"

薄织雾看着自己跟前忽然哭起来的萝莉，有些懵了，单纯以为是自己给相宜和斯年付了钱，替他们解围，他们很激动而已。

她哭笑不得地说道："小朋友，你是不是认错人了？不能随便喊妈妈的哦。"说着，便蹲下身子，从包里抽出纸巾，替相宜把眼泪擦干净。店员把奶茶递到了斯年手里，斯年把奶茶递到了陆相宜手边。

相宜没有理睬他，而是继续嘤嘤哭起来，哭得眼睛都红肿着，她抱住薄织雾的腿不肯撒手，一抽一抽地说道："我……我没有认错人，你就是我妈妈。"

甄太太看见薄织雾与两个孩子的模样，心底顿时一软。

她听甄导提过，卿好以前和陆沉舟是夫妻。自然也就知道，她替陆沉舟生下两个孩子的事情。只是不清楚，薄织雾为什么会离开朝城，为什么会在选择性失忆后，听见陆沉舟的名字，依旧十分反感。

但是，他们失踪了十八年的掌上明珠既然不喜欢，那他们就不提，哪怕他再有权有势，只要卿好不喜欢，他们就不喜欢。卿好高兴比什么都重要。

可是今天陡然看见这两个孩子，甄太太不知为什么，跟着就心软起来。

相宜还在哭，眼镜跟鼻子都是红红的，斯年看见她这样，也跟着哭了起来。两个孩子哭起来，薄织雾真的招架不住，甚至开始头疼起来，自己为什么要招惹这两个"小可爱"。

相宜搂着薄织雾的脖子哭道："妈妈，你为什么不要我们，不要我和哥哥，还有爸爸。我，我好想你。"

甄太太看见这样子，只得说道："你们的爸爸，叫什么名字？"

斯年一听这话，连忙回答道："陆沉舟。"

薄织雾安抚着陆相宜，一听见陆沉舟的名字，脸色瞬间难看起来。

陆沉舟的名字，他在国外也听说过，自然也听说过不少关于陆沉舟感情生活的八卦。错认自己深爱十八年的女孩，不相信她，把她当成杀人凶手不说，还逼死了自己的女孩。

当然，也听在国外时身边的同事不止一次地说，她长得很像陆沉舟去世的夫人。

陆沉舟本人还真是不负责任，自家的孩子跑出来都不管。

她越想越觉得烦躁。给相宜擦了擦眼泪，又从斯年手里接过奶茶，给相宜喝了一口，轻轻拍着她的背哄着："乖，不哭了，先喝口水。"

相宜怕自己不听话，薄织雾要丢下她走，连忙吸了口奶茶。服务生又把薄织雾和甄太太点的饮料送了过来。甄太太看着斯年乖巧地站在一边，只觉得和陆沉舟越看越像，心底一阵纠结之后，把自己点的柠檬水，递给了斯年："小朋友，喝一口吧。"

斯年出来这么久，陪着相宜买吃的买喝的，的确有点渴了，他望着甄太太的眼神有些怯怯的，问了一句："真的可以吗？"

甄太太望着他清明的眼神，心底软得一塌糊涂："当然可以了。"

斯年这才接过柠檬水，懂事地说了一句："谢谢外婆。"

甄太太听见这句话愣了一会儿，半天才失笑，摇了摇头。

两个小朋友到处乱跑总是让人不放心的，最终甄太太说道："算了，先把孩子带回家吧，等下打电话通知陆沉舟，来家里接孩子。"

薄织雾略点了点头，打电话通知宋叔过来接他们回家了。

相宜和斯年到了甄家，很乖很乖。家里很久没有小朋友来过了，甄太太看着两个孩子可爱，洗了不少水果招待他们。相宜和斯年很乖巧地坐在沙发上看动画片。

薄织雾看着客厅里的两个小天使，只觉得心头有什么被填满了，可是却又说不出来，到底是什么。

与此同时，西山林语。

吴妈在家里找了一圈，都没看见相宜和斯年，不禁有些慌了起来。问了一圈才知道，相宜和斯年去了公司。她为了核实这件事情，最终把电话打给了陆沉舟。

陆沉舟接到这通电话，瞬间大怒起来，他质问道："你们怎么照顾孩子的！怎么会突然不见了？"

吴妈连忙说道："小少爷说，小小姐想您了，所以拜托李叔开车送他们去公司，谁知道……他们并没有进公司……"

陆沉舟一瞬间头疼起来，他说道："立刻派人去找！还有齐警官那边！"

吴妈连连应答，门外传来了季秘书的敲门声，陆沉舟淡淡答道："进。"

季秘书走了进来，他说道："总裁，刚刚接到甄太太的电话，她说在商场里碰见了小小姐和小少爷，觉得不安全，便带回了家。"

陆沉舟听到这里，悬着的心放了下来。沉默了一会儿，才黯然问道："她呢……也在吗？"

季秘书自然知道陆沉舟话里的"她"，指的到底是谁，他说道："就是夫人给小小姐和小少爷解的围。"

陆沉舟心底掀起了一阵涟漪，她还是放不下的，是不是？否则，怎么会主动给两个孩子解围？

他揉了揉太阳穴，说道："去甄家吧。"

　　季秘书应了一声，转身陪着陆沉舟下了楼，将车开到了甄家的别墅前。明明在心底默念了千万遍，如果织织没有死的话该多好。可是骤然得知她还活着，还活在这个世界上，甚至就在自己一下车，走进门就能够见到的地方，他却没了勇气去见她。

　　或许，这就是"近乡情更怯"。又或许是他还不知道，进去后面对他的，究竟是什么。

　　沉默了许久，陆沉舟终于鼓起了勇气，敲了门。

　　张嫂听见门外有敲门声，连忙去开了门。

　　门打开的一瞬间，屋子里，那个曾经在脑海中，在梦里，浮现过千万次的画面，终于成了真的。

　　相宜似乎是睡着了，躺在薄织雾的怀里，乖巧地窝着，缩成一团。薄织雾怕她着凉，特意给她在身上搭了一条薄被子。屋子里的冷气徐徐吹出来。斯年乖巧地坐在边上，看着电视。

　　陆沉舟望着这幅场景，眼眶顿时红了起来，心底的情绪瞬息翻涌着，是她，真的是她！她没死，她还活着，好好地活在这个世上，在他目光可及的地方。

　　他迈着沉重的步子，走进了大厅，轻声唤了一句，试探性地喊了一句："织织……"

　　这道声音，让薄织雾觉得陌生而又熟悉，似乎是早就听过了无数次，可是却又那么的陌生。不知怎的，她听了这句话，心底猛然浮现出一个名字："乔知夏。"

　　从前的谣言，再次在脑海中回荡起来。她在心底给了陆沉舟一个白眼。

　　还真是对白月光念念不忘的坏人啊，见着人就喊"知知"。那个早已去世的乔知夏，一定很开心吧。

　　她并没有太大的情绪起伏，毕竟以前见过陆沉舟的照片，除了这个人比镜头里的更好看，再多一分的感受就是，这就是个坏人！

　　但毕竟是客人，她还是解释了一番，并且礼貌地伸出了手，微笑着说："陆先生，你好，初次见面，我觉得我有必要做个自我介绍，我不是乔知夏。我是甄卿好。"

　　陆沉舟望着薄织雾，她看他的眼神，早已全是陌生。那道眼神中的陌生，还有那一句"陆先生"，狠狠地刺痛了陆沉舟的心。

陆沉舟的眼神中有一瞬愕然，浑身的力气，仿佛都被"陆先生"三个字抽离了出去。

陆先生，陆先生……

她曾经也亲昵而又暧昧地喊过自己。可是这一次，却变成了宛如陌生人一样的称呼。

或许，这就是天道轮回。他曾经因为错认了乔知夏，而狠狠地伤害了她。所以，现在她也要同样报复自己，是不是？

甄太太看见这个样子，她怕陆沉舟刺激到薄织雾，沉默了半晌，这才开口说道："陆先生，我有话想跟你说。"

陆沉舟被甄太太这句话拉回思绪，他望着甄太太，又望了望薄织雾，眼神之中，满是不舍。可是薄织雾那个努嘴的微表情，还是触动到了他。

她似乎是不太高兴，是因为自己吗？最终，他黯然地点了点头，跟着甄太太去了后花园里。

薄织雾看见陆沉舟走了，这才松了口气，轻声嘟囔了一句："呸，大坏蛋！"

斯年听见这句话，抬起头，眨巴着一双眼睛，望着薄织雾，轻声喊了一句："妈妈……"

薄织雾心底，其实是有些抵触陆斯年这么喊自己的，但毕竟还是个只有四岁的孩子，她蹲下来，拉着他的手，笑着纠正陆斯年："是姐姐哦。"

斯年慢慢低下了头，看样子有些沮丧和伤心。薄织雾看见他这个样子，心底慢慢地软了下来。她从果篮里取出一颗樱桃，塞到斯年的嘴巴里，笑着说："好啦。我们抱妹妹上楼去睡觉好不好？楼下不太安静，容易吵到她。"

斯年听到这里，又重新抬起头来，望着薄织雾的眼神中，浮现了一丝喜色，拉着薄织雾的手，跟着她，抱着相宜到二楼去了。

花园里。

甄太太站在树荫下，背对着陆沉舟。陆沉舟喊了一句："妈。"

甄太太愣了一会儿，转过身看着陆沉舟，并不领情："别叫我妈，你和卿好，现在什么关系都没有。我也不想平白多出一个干儿子。"

她顿了顿，说道："陆先生，你和卿好从前发生过什么，我并不关心。我只知道，你把她当成自己初恋的替身，伤害过她！现在她失忆了忘了从前的一切，过得很好，所以，如果你真的爱她，就不要来打扰她现在的生活了。四年前我们没在她身边，让她嫁给了你，让你伤害了她。这一次，我们不会再给你这个机会了。"

甄太太望着陆沉舟，目光之中无比坚定。

陆沉舟听到失忆两个字的时候，目光一凛，抬起头皱眉问道："失忆？"

甄太太看他紧张的反应，愣了一会儿，慢慢点了下头："是。"

他目光深处闪过一丝惊讶，陆沉舟艰难地开了口："我能问一下，是为什么吗？"

甄太太望着他，云淡风轻地说道："车祸。"

车祸？她出了车祸？

这句话，让陆沉舟心底顿时一惊。自己不在身边，她果然照顾不好自己。

陆沉舟沉默了。四年前自己做了许多错误的决定，伤害到了薄织雾。甄太太和甄导十八年后才找到她，自然是捧在手心里宝贝着。他们会有此反应，陆沉舟一点都不觉得奇怪，反倒是觉得松了一口气，甚至他有点儿庆幸。

他抬起头，望着甄太太说道："我知道，四年前，我伤害过织织，所以，我现在想补偿她。请你们和她给我一次机会。"

甄太太轻笑了下，那笑，有些嘲讽的意思："补偿？陆先生，四年前犯下的错误，现在再来弥补，未免有些亡羊补牢，为时已晚了吧。"

她又说了句："我的意思，已经很明显了。陆先生，你是个聪明人，知道我是什么意思。有些话，我不想说得太难听。"

陆沉舟自然知道甄太太是什么意思。

这个女婿，他们不认。

陆沉舟纵横商场这么多年，第一次觉得自己这么卑微。他紧了紧拳头，垂眸说道："那相宜和斯年呢？您总不能，让他们没有妈妈吧？"

甄太太听到这里，转过头来看着陆沉舟，目光中有一丝错愕。

相宜和斯年？

她轻笑出声，开始有点对陆沉舟刮目相看了。

陆沉舟果然是陆沉舟，哪怕自己把所有的路都给他堵死了，不打算给他一丝机会，他还是不会放弃。

"外孙子和外孙女，我们当然认。他们可以来家里找卿好。"

陆沉舟听到这里，松了口气。他慢慢点了点头："好。"

薄织雾在楼上隔壁的房间，陪着斯年玩填色游戏。她笑着看着斯年认真填色的样子，忽然就嘟囔出声："你说你和妹妹这么可爱，怎么亲爹就是个坏人呢！"

陆沉舟正在上楼，听见这句话，忽然就顿下了步子，他的眸光微沉。

坏人？在她心底，自己原来是这个地位。陆沉舟不禁觉得，自己挺失败。不过没关系，他会慢慢把自己在薄织雾心底的印象扭转回来的。

屋子里，相宜嘤咛了一声，软软地喊了一句："妈妈……"

薄织雾听见这声软糯的萝莉音，心底顿时一软。她走到房间去，看着相宜睡眼蒙胧的样子，轻笑了下，拉着她软乎乎的小手问："睡醒了？"

陆沉舟跟着走了进来。相宜扭头看着薄织雾，一脸悲伤的模样："妈妈……"

薄织雾最怕小朋友哭，哭得让人头疼。她抱起相宜，哄着她："姐姐在呢。怎么了？"

她窝在薄织雾怀里，搂着她的脖子，一副不愿意撒手离开的样子，靠在她的肩头，轻轻地求她："妈妈，你跟我和哥哥一起回家好不好？我好想你，哥哥也是。别的小朋友都有妈妈，只有我和哥哥没有……"说着，便有温热的液体，落在薄织雾的肩头。

她抽抽搭搭的，眼眶都是红的。薄织雾有些手足无措，她望着相宜那双清澈的眼睛，里面盛满了一汪清泉，她连忙给相宜擦干净了眼泪："不哭了，好不好？"

相宜跟她讨价还价："妈妈回家，我就不哭了……"

陆沉舟靠在门边，望着薄织雾，眼神里是她沉沉读不懂的情绪。

薄织雾的脸顿时黑了。

她嘴角微微抽搐，暗暗腹诽着：陆沉舟这个坏人，怎么会有这么可爱的一对儿女。

听着相宜软软地求自己，薄织雾忽然就有一丝心软。

陆沉舟开了口："织……"那个字还没说出口，他便收到了薄织雾的眼刀子，终于意识到了不对劲，陆沉舟纠正过来："甄小姐。我可以恳请你，陪陪相宜和斯年吗？"

相宜听见这句话，目光中满是企盼地看着薄织雾。薄织雾沉默地看着她。相宜瘪着嘴，怕薄织雾不答应，作势便又要哭起来。薄织雾在她要哭出来的前一秒说道："别哭！我答应你，陪你回家就是了。"

相宜听到这里，瞬间绽出笑颜，她笑着吻上了薄织雾的脸颊："好。"

斯年在外面，听见薄织雾愿意跟他们回家，也兴奋起来。他从椅子上跳下来，走到房间里，抱着薄织雾。

薄织雾望着身上的两只小天使，心底有些哭笑不得。她伸手，揉了揉斯年的头发。

楼下，甄太太看见四个人走了下来，问道："准备送他们？"

薄织雾摇了摇头，她说道："相宜吵着要我陪她回家呢，我送她回去吧。"

甄太太警惕地看着陆沉舟，显然有些不放心。她想了一会儿说道："那等下我让你爸去接你回来。"

薄织雾点了下头："好。"

司机开了车门，薄织雾坐在后排，斯年和相宜坐在她的两边，陆沉舟通过后视镜，看见这个样子，唇角也跟着扬起一丝温情的笑。

相宜爬到薄织雾怀里，抱着她说道："妈妈，我要你和爸爸一起给我讲公主和王子的童话故事，还要你和我跟哥哥一起吃饭。"

薄织雾看着相宜软乎乎的脸蛋和清明的眼神，心早就软成一团了，她笑着说道："好，我答应你就是了。"

回到了西山林语，庄叔和吴妈看见薄织雾回来了，忙笑着说："甄小姐，你好。"

陆沉舟知道，薄织雾抵触别人喊她织织，所以回来之前，特意嘱咐过庄叔和吴妈。

想到这里，他不禁心底一阵酸楚。或许这是后遗症。

知知，织织。所以，她才会这么受伤与抵触。

相宜拉着她的手，迈着小短腿，哒哒哒地跑进来自己的房间里。她神秘兮兮地笑着说："妈妈，我有个礼物要送给你。"

薄织雾忽然有些好奇，她笑着说："什么东西呀，跑慢点儿，别摔着了。"

相宜笑嘻嘻地说道："看了就知道啦！"

薄织雾跟着相宜走到了她的房间。看得出来，房间布置得很用心，是小姑娘都会喜欢的粉色风格，屋子里的床上摆着毛绒玩具。床是欧式风格的，上面挂着圆形的窗幔，帐子撒下来，看起来梦幻又温馨。

相宜踮着脚尖，走到抽屉边，她打开了抽屉："这个是我和哥哥一起做的！"

薄织雾垂眸，看着抽屉里的一个白色陶瓷杯子，形状歪歪扭扭的，杯子的壁上画着四个简单的火柴人，薄织雾大概看出来了，那是一家四口。背景有大树和花。

她拿起这个杯子，轻笑了下，陷入了浅浅的思绪："真棒！"

相宜听到这里，一双好看的眼睛瞬间明亮起来，她偏着头，奶声奶气地问薄织雾："妈妈真的喜欢吗！"

薄织雾笑着点了点头："嗯。"

薄织雾把陆相宜送回家后便想离开了，可是陆相宜却黏上了她，不肯让她走，薄织雾有些无奈。但毕竟是个小姑娘，还这么可爱，薄织雾没办法，只得留了下来。

餐桌上，相宜很乖巧，自己拿着小勺子，一口一口地吃着晚餐，嘴角油乎乎的。薄织雾看见她这个样子，笑着抽出纸巾，给她擦了擦嘴角："慢点儿吃，别着急。"

相宜听见薄织雾这么说，笑眯眯的，软乎乎的小手拿起勺子，从自己碗里盛了一勺饭，递到薄织雾唇边："妈妈也吃。"

薄织雾轻笑了下："好，我也吃。"说着，便拿起筷子，打算自己夹菜吃。

陆沉舟知道，她喜欢吃糖醋排骨，特意给她夹了一筷子。薄织雾垂眸看着碗里的排骨，并不打算领情："我可以自己夹。"

其实陆沉舟以前吃饭并不喜欢说话。可是相宜每次吃饭都叽里咕噜的，十分兴奋地拉着他说一大堆。不想女儿失望，他也就陪着她一起聊天。

陆沉舟笑着说："你是客人，应该的。"

薄织雾没多说什么，夹起糖醋排骨尝了一口，味道还不错。她沉默了一会儿才说道："有空多陪陪孩子吧，或者，给她们再找个妈妈也是不错的选择。"

如果他有好好地陪伴相宜和斯年，怎么可能会出现孩子私自溜出家这种事情。

再找个妈妈？

陆沉舟听到这里，玩笑似的试探薄织雾，问她："如果，我觉得甄小姐很合适，你愿意吗？"

薄织雾吃饭的动作忽然就停下了。

"我有喜欢的人。"

她喜欢相宜和斯年是没错，可是这跟陆沉舟没有关系。她更不可能因为喜欢相宜和斯年，就糊里糊涂地答应嫁给面前这个"坏人"！

喜欢的人？

陆沉舟眸光黯然了几分。四年的时间不见，她又忘了过去的一切，喜欢上比自己更好的人，也是有可能的。

他轻笑了下，为了缓解自己的尴尬："方便问下是谁吗？"

薄织雾觉得，陆沉舟有点得寸进尺了。她的脸色变得严肃起来，望着陆沉舟说道："陆先生，我和你的关系，还算不上朋友吧。"充其量，只是认识而已。而且，还是因为陆相宜和陆斯年才认识的。

在她心里，陆沉舟并没有和她之间的关系好到可以让她交心说出心底喜欢的人是谁。

陆沉舟听出了她语气里的警惕与薄怒，他有些不知所措，望着薄织雾那张脸和陌生的眼神，连忙说道："我……抱歉，是我唐突了。"

薄织雾没再说话了，只是安静地吃着自己的晚餐。

第 12 章　失忆

相宜今天高兴，吃的比平时都多了小半碗，陆沉舟笑着说："你要是天天这么乖乖吃饭，我会很高兴。"

相宜也笑眯眯地看着陆沉舟，又望着薄织雾说道："要是妈妈天天在家里陪我吃饭，我也会天天这么乖巧地吃饭的！"

薄织雾沉默着，她岔开了话题，笑着说："好啊，那我以后有空多来看你。"

相宜似乎有点不敢相信，她睁大了一双眼睛，望着薄织雾，眼神里满是欣喜地问道："真的？"

薄织雾伸出了手，望着她笑着说："姐姐什么时候骗过你呀。"

相宜想了一会儿，转了下眼珠子，说道："那咱们拉钩钩！"说着，便神色认真地伸出了手，比了一个"六"的手势出来。薄织雾被她这个认真的样子逗笑了，她笑着说："好，姐姐跟你拉钩！"

相宜心满意足地点了点头。

将陆相宜和陆斯年哄睡着后，薄织雾松了口气。抬头一看钟，已经是晚上十点半了。

薄织雾站在走道里，打算给甄导打电话，让他过来接自己。

"今天很晚了，不如你就留在西山林语歇息一晚上，明天再走吧？"

薄织雾的手指正在翻动着通讯录，听着熟悉的声音，回头一看，才发现，不是别人，正是陆沉舟。

她沉默了一会儿，最终拒绝了陆沉舟："不用了，我不回去，我妈会担心的。"

甄太太和甄导十八年后才找到她。这四年里，对她一直是捧在手心里疼着宠着。

陆沉舟说道："跟甄太太打一通电话就可以了吧？"

薄织雾并不肯答应："可我并不想留下来。"

陆沉舟听到这里，眉梢黯然了几分，掀了掀唇瓣，将心底几次想要脱口而出的话，生生压了下去。

可是，他想留下她啊。只是早已没了让她留下的筹码。

薄织雾无视陆沉舟，还有他眼神里的黯然。

她把电话拨给了甄导："爸，你能来接我一下吗？"

电话那头的甄导，刚应酬完回到家里。甄太太接了电话，她听到这里，笑着说道："你爸刚回来，也累了。妈打电话，派个人过去接你回来，好不好？"

薄织雾知道，最近有个新片子，想请甄导去做导演，所以很忙。她又不是不懂事的孩子，最终点了点头，笑着说："好，那我等着。"

陆沉舟听着薄织雾的话，心底知晓，大概是留不住她了，便也只得作罢。

他静静地望着薄织雾的脸颊，看得有些入神。薄织雾挂了电话，回过神来，便跌进了陆沉舟深沉似海的眼神里。她被陆沉舟看得有些不自在。

薄织雾抿了抿唇，清了下嗓子，转身下了楼。

陆沉舟怕她要走，开口问道："你要去哪儿？西山林语附近打不到车的。你如果想走，我可以送你。"

薄织雾不是很想跟陆沉舟待在一个地方很久。不知道是不是因为乔知夏，总觉得陆沉舟看着自己的目光奇奇怪怪的，更觉得待在西山林语让人压抑。刚才是因为相宜和斯年，才没有说出来的。

薄织雾站在楼梯上，转过身来，看着陆沉舟，她的目光十分平静："随便走走。"

陆沉舟几近讨好地望着她轻笑了下，脸色僵硬地说："你第一次来西山林语。我带你走走吧。"

薄织雾知道西山林语挺大的，在来之前，甚至在回国之前就听说过，朝城最大的那块地儿，风景好，但被陆沉舟圈了下来。

只可惜，她对此没有太大的兴趣。她摇了摇头："不必。"简简单单两个字，礼貌而又疏离的语气，拒绝了陆沉舟的一番好意。

陆沉舟慢慢低下了头，说道："那你在楼下等等吧。我给你泡杯茶。"

薄织雾望着陆沉舟："陆先生，你不用这么热情。晚上喝了茶，我会失眠。"

他突然觉得，自己现在在薄织雾眼里的所作所为，恐怕像个傻子一样。找的所有话题，做的所有事情，都是薄织雾不感兴趣的。可是，他们曾经不是这个样子的。

他讪讪笑了下："好。"

薄织雾坐在楼下打开手机的邮箱，翻看甄导给她发过来的资料。

陆沉舟怔怔地站在楼梯上，目光却落在她身上。他的手机忽然响起来了。

"纪嘉言？"

电话那边，门口的保镖应声答道："是，是纪先生。需要放他进来吗？"

陆沉舟转身看了一眼薄织雾，她坐在沙发上，手里正在玩着消消乐打发时间。

薄织雾托腮坐在沙发边，昏黄的灯光，在她温柔的脸上，勾勒出来一圈金黄色的淡淡光辉。

陆沉舟刻意压低了声音，可是，薄织雾还是听见。她坐直了身子，转过头，站起来问陆沉舟："嘉言来了？"

嘉言？

薄织雾喊纪嘉言名字的时候，不同于对自己的不屑与不耐，语气和眼神里，更多出一份温柔。就是这份温柔，让陆沉舟心底一阵酸涩。

陆沉舟轻轻应了一声："嗯。他来了。"

薄织雾听到这儿，眉梢洋溢起一丝欣喜。她做了个深呼吸，唇角紧跟着扬起来一丝礼貌的笑意："既然我朋友来接我了，那么，陆先生，就此告辞了。"

薄织雾话音刚落，门外便有一道车前灯耀眼的光照进屋子里。她转身离开了大厅，陆沉舟跟着走到了下面。

纪嘉言对于薄织雾来到了陆沉舟的家里，似乎一点也不感到奇怪与担心。他只抬起眼睛看了一眼陆沉舟，狭长的眸子里，蝶翅般的睫毛掩住了他的眼底的警惕。

薄织雾笑着，有些好奇地问他："我妈说让人来接我，怎么是你呀。"

纪嘉言似笑非笑地看着她："不可以吗，还是，你不希望我过来？"

薄织雾连忙摇了摇头："没有啊。"

她怎么会不希望纪嘉言过来，纪嘉言来接她，她高兴都来不及呢。

纪嘉言给薄织雾开了车门，转身准备回到驾驶位，欲离开的时候，陆沉舟出声了："来西山林语接甄小姐，不跟我打声招呼就想走？"

他玩笑似的说出这句话，可是锐利的目光，却落在了纪嘉言身上。那道目光十分不善，更像是在挑衅纪嘉言。

纪嘉言准备开门的手，忽然就悬在了空中。他愣了愣，转过头来看着陆沉舟，礼貌地说道："好，那我现在打招呼。陆先生，天色很晚了，我要接卿好回家了。她回家晚了，甄太太和甄先生会担心的。"

寂静的夜色里，清冷的灯光照在二人的身上，将他们的身影拉的颀长。

四道目光相对之间，是一触即发的火药味。

如果今天换作是其他人来接薄织雾，陆沉舟不会说什么，可是独独纪嘉言不行！

陆沉舟紧了紧手里的拳头，努力克制住心底的冲动，骨节分明的指节捏得泛白。指甲在掌心中，生生掐出一排月牙似的印记。

坐在车里的薄织雾觉得有些奇怪，她和纪嘉言认识这么久，第一次觉得，纪嘉言的气场有些不对。她皱眉问道："怎么了？"

纪嘉言听见薄织雾这么问，温柔地望着她笑了笑："没什么。陆先生似乎有些舍不得你走。"

薄织雾默默给了陆沉舟一记白眼。她到底是舍不得自己走，还是对乔知夏恋恋不忘？薄织雾越想，对陆沉舟抵触的情绪便更深一分。甚至多一秒，都不想跟陆沉舟待在一个地方。

她打了个哈欠，扬声说道："我困了，再不回家，我妈真的要着急了。"语气里，显然有了些不耐烦。

为了哄相宜睡觉，她已经在西山林语耽搁太久了。

陆沉舟望着车子很久，硬生生压住心底的怒火。

他不敢逼薄织雾，也知道，自己现在在薄织雾心底到底是什么地位，所以，他不会轻易去逼她。否则别说是自己，恐怕连相宜和斯年她以后都不肯再见。那他就真的，再没有一点点机会了。

沉默了许久，陆沉舟终于艰难地开了口："那你回家早点休息。"

薄织雾冷淡地应了一声："嗯。"

纪嘉言瞥了一眼陆沉舟，不咸不淡地说："那我们走了。"说罢，不等陆沉舟答应，就将车子驶离了西山林语。

寂静的夏夜里，只剩下蝉鸣声与清风。还有，陆沉舟落寞的背影。

他在那儿站了许久。脑海中，久久盘旋着的，都是薄织雾和纪嘉言刚才说话的语气和神色。可笑的是，那种温柔与欢喜，自己也曾有过。只可惜，他没有好好珍惜。

或许，人生的出场顺序很重要。他难道，真的就只是薄织雾生命中的过客了吗？

不，他不相信。

他们已经错过一次了，而这一错过，就是整整二十二年的时光。这一次，无论结果如何，他都要试一试。

他不会就这么轻易放手。

隔天，陆沉舟就打电话给了薄织雾。她刚睡醒，有些起床气，陆沉舟的电话接二连三地打过来。她有些不耐地接了问道："谁啊？大早上的吵死了！"

陆沉舟听着她的声音略带怒意，不禁心底咯噔一下，他连忙道歉："抱歉甄小姐，打扰你休息了。我今天打电话过来，是想问下，你有没有时间，陪相宜去买衣服。"

想起相宜，薄织雾心底一软，连带着对陆沉舟的态度也好起来。

她坐起来醒了会儿神："好。"

陆沉舟心底一喜，他说道："谢谢。"

大牌童装店里，人很少。

相宜和斯年被季秘书带去买冰淇淋吃了。

薄织雾走进去的时候，导购望着她，露出了亲切的微笑："夫人、总裁，想要看些什么？"

薄织雾听见"夫人"这两个字的时候，差点没把自己鞋跟踩断！

她被惊得瞠目结舌，怕别人误会，连忙说道："我……就是陪……"

"夫人，您觉得这件怎样？"

薄织雾："……"

她的脸黑了黑，陆沉舟是故意的吧？

陆沉舟的确是在试探薄织雾的态度。

可是该解释的，薄织雾还是要解释："你误会了，我不是他太太，只是普通朋友而已。"说着，唇角的笑就跟着消失了。陆沉舟望着她冷淡下来的脸色，这才觉得自己惹到了薄织雾。

刚才那个站在原地的导购，看陆沉舟的目光有些战战兢兢的，陆沉舟给了她一个离开的眼色

导购松了口气，连忙离开了。

薄织雾说道："陆先生……我有喜欢的人，希望你不要有什么别的想法。"

喜欢的人？指的是纪嘉言？

陆沉舟心底的酸涩与嫉妒交织在一起。

他阴郁的目光落在薄织雾身上，低头看着她，声音里，压抑着怒火："什么别的想法？薄织雾我告诉你，你是我的夫人，这是谁都无法改变的事实！相宜和斯年是我们的孩子！"

薄织雾？

她听到这里，瞳孔猛然一缩，眼底的平静，逐渐变成震惊。

她原以为，陆沉舟还可以跟自己好好说话，没有外界传的那样蛮不讲理。可是简简单单一句话，彻底打破了她对于陆沉舟那一点点仅存的好感。

她抬起头，锐利的目光迎上陆沉舟阴郁的目光，一字一句地告诉他："陆先生，我再说一次，我不是你说的薄织雾，我叫甄卿好，如果你还像外界传言的那样，把我当成乔知夏的替身，我再一次明确地告诉你，甄卿好就是甄卿好，不是乔知夏，更不是薄织雾！我不是谁的替身，我就是我自己！"

说罢，她转身就想离开。陆沉舟一把握住了她的手腕，他森冷的目光落在薄织雾身上，强势地将她搂进了自己怀里。

清冽的香水气息钻进了鼻子里，铺天盖地都是她的气息，朝自己袭来。

他低下头来，薄织雾已经猜到了他的意图，一声清脆的"啪"，薄织雾的手心一阵疼痛。

"你这个疯子！"

心底巨大的恐惧，使得薄织雾慌乱地从商场里逃离了。

陆沉舟望着她慌不择路的身影，脸上火辣辣的疼痛不断袭来。他拧紧眉头，眸光深处，满是黯然。

明明他们才是夫妻，可是她现在，心里却全都是纪嘉言。甚至，连自己叫什么都忘了。

纪嘉言到底对她做了什么？

重重问题让他觉得困惑，最终，他转身离开了商场。

薄织雾努力平静着自己的情绪，可是手还在不断地发抖。她原以为，陆沉舟没有外界传的那么坏，现在看来是她太傻，竟然忘记了"人心隔肚皮"这个道理。

甄导和甄太太都在家里，她怕现在回去，会让甄导和甄太太担心，最终把电话打给了纪嘉言："喂，嘉言，你在家吗？"

纪嘉言刚到工作室，便接到了薄织雾的电话，听见她的声音带着哭腔，一瞬皱起眉头，问道："我在工作室，怎么了？"

"陆沉舟有病！"薄织雾红着眼睛，随手拦了辆车，报了工作室的地址给司机。

到了工作室，薄织雾沉默地坐在沙发上，把事情的经过都告诉了纪嘉言。除了，她说有心上人这件事情。

纪嘉言温和地看着她，沉默半晌才说了一句："你就当陆总是太过想念夫人了，别跟他计较就好。"

薄织雾捧着手里的一杯水喝下，跟纪嘉言聊完后，紧绷的情绪消失了许多。

门口，助理敲门进来了："老板，这个是演员资料。您看看吧。"

他应了一声，让助理把资料放下了。为了分散薄织雾的注意力，他说道："要不要跟我一起看看演员资料？"

纪嘉言的原创剧本快要开机了。对于他的邀请，薄织雾是不会拒绝的。她点了点头。

她不自觉地走到了纪嘉言的办公桌边，坐在了椅子上。纪嘉言瞥见她这副样子，沉默着没说话，唇角只是带着温柔的笑。

资料一遍遍地翻过去，薄织雾的目光忽然被一个叫林若初的女孩儿吸引了。

照片里的少女笑容甜美，清纯可人。她笑着说："这个挺不错的，长相也跟你剧本里的角色相符。"

纪嘉言微微一哂："我也觉得不错，但是是新人，可能需要导演多培养。"

薄织雾点了下头。

两人琢磨着剧本和演员的挑选，很快就到了饭点。剧本和演员还没选完。她说道："要不点外卖吧，一时半会儿收工不了。"

纪嘉言点头，唇角带着温柔的笑，目光定在她的身上："好。"

薄织雾低头一看腕表上的时间，终于觉得不对。她脸色一囧，这才发现，自己刚才一直坐在纪嘉言的位置上："你怎么也不告诉我。"

纪嘉言笑着说："不用这么客气。"怕薄织雾尴尬，他主动转移了话题，"点餐你吃什么我就吃什么，跟你一样就好。"

薄织雾笑了下，点点头。纪嘉言的手机响了，他看了一眼："我去楼下取个快递，等下就回来。"

薄织雾点头，点完外卖，打开软件开始刷微博。

纪嘉言跟着员工一路出了电梯。电梯门打开的一瞬间，他抬起眸子，便见到了一张再熟悉不过的面孔。

是陆沉舟。

他带着满身的戾气，森冷的目光落在了纪嘉言身上。陆沉舟沉声说道："有些事情想找你谈谈。"

纪嘉言的秘书看见这样子，心底顿时一紧，她轻声说道："老板……"

纪嘉言抬起眸子，温和地看着秘书，眨了下眼："你先去吃饭吧。"

她其实多少是有些紧张的，可是看着纪嘉言从容的样子，自己的心，似乎也跟着定了下来。她抿了抿唇，最终答应了纪嘉言："那我先去吃饭了……"

秘书走远后，陆沉舟抓着纪嘉言的衣领，逼视着他，声音里浸着透骨的寒意。

陆沉舟咬牙切齿地问他："你到底对织织做了什么？她跟你在国外待了四年，连自己叫薄织雾都忘了！"

纪嘉言听到这里，浅浅笑了下，他的目光落在陆沉舟身上，拿开他的手后，隔开了他们之间的距离。他好整以暇地望着陆沉舟："我为什么要告诉你这些？陆总神通广大，这件事情，如果你想查的话，不是很轻松就能查到吗？"

陆沉舟听到这里，目光中有些错愕，只觉得他的话里带着满满的嘲讽。他鹰隼一样的目光，盯着纪嘉言，又问了一遍，"我再问你一次，你到底，对织织做了什么？"

纪嘉言推开了陆沉舟，声音和目光，都变得冷淡起来："当初是你先松开她的手伤害她的，从那时候起，你就应该料到会有今天。"

陆沉舟看着纪嘉言这副模样，心底的愤怒一点点将理智吞噬掉了。他的目光中燃起一丝怒火，结结实实的一拳头，便落在了纪嘉言的唇角上。

纪嘉言骤然被打，唇角渗出了些鲜血。他看着陆沉舟，目光忽然被什么东西吸引了。唇角紧跟着，扬起了一丝讥讽的笑。

陆沉舟望着纪嘉言的笑，有些不明所以。

三秒钟后，薄织雾几乎是冲过来的。她一把推开了陆沉舟，颇有些护犊子的气势。

她质问陆沉舟："你想干什么？"

薄织雾的话里，颇有一些警告的意思。她说完，连忙去查看纪嘉言唇角的伤势。

薄织雾紧张地问道："你没事吧？"

纪嘉言看着陆沉舟，又垂下眸子，看着她温和地笑了下，伸手摸了摸她的头："我没事，你别担心。"

纪嘉言的每一个动作，都在狠狠地刺激着陆沉舟的神经。他的目光里，是错综复杂的情绪，愤怒，震惊，黯然，苦涩。在这短短的几秒里，翻涌变化着。

薄织雾望着陆沉舟，她说道："这算什么？故意伤人？还有今天早上，我可以告你骚扰吧！陆先生，我最后警告你一次，你要是再敢伤害我和我朋友一次，我一定不会饶过你的！"

骚扰？在她眼里，原来自己就是这种人？

陆沉舟听着薄织雾的话，只觉得苦涩又寒心。在薄织雾面前，他成了个彻头彻尾的失败者。

薄织雾扶着纪嘉言说道："我先带你去医院吧。"

她不确定，纪嘉言是否只是唇角受了伤，所以去医院检查一下还是比较保险的。

纪嘉言轻轻推开了她的手，递给她一个笑，想让她安心一些："我没事，不用去医院，上楼擦点药就好了。"

薄织雾点了点头，她说道："好，那我去给你擦药吧。"

纪嘉言答应了，薄织雾扶着他，重新走进了电梯。

这一幕幕的场景，都狠狠地刺痛着陆沉舟的心。

她那样紧张纪嘉言的伤，走的时候，甚至连看都不愿意正眼去看他。

明明是六月最炎热的时候，陆沉舟的心却跟着一点点凉了下来。

他在楼下站了很久，最终自嘲地笑了下。

楼上，薄织雾从纪嘉言的书柜里翻出来医药箱，用棉球蘸了药水，给纪嘉言擦着嘴角。她动作很轻，生怕弄疼了纪嘉言，眼神里全是纪嘉言的身影。

擦完之后，她又问道："疼吗？我去给你拿个冰袋冷敷吧。"说着，便转身要去纪嘉言办公室的冰箱里找冰袋。

纪嘉言却一把握住了她的手腕，温柔地喊了一句："卿好。"

薄织雾转过身来，皱眉看着他："怎么了？是还疼么？"

他苦笑了下，心底忽然就生出了一丝愧疚。看着薄织雾这个样子，他慢慢摇了摇头："我没事。我只是……"

纪嘉言怔怔地看着她，薄织雾的眼里全是她，还有那眼神中的紧张。他紧了紧拳头，最终释然地笑了下："你就不好奇陆沉舟为什么会打我吗？"

薄织雾听到这儿，顿时气不打一处来，她冷哼一声："他有病，动不动就欺负人！"

说着，她又看向纪嘉言唇角的伤，还是有些不放心："不然，我还是带你去医院看看吧。"

纪嘉言摇了摇头，说道："不用。我没事了，你别忙活了。"

薄织雾这才放心下来，她说道："你这几天注意，千万别沾水。"

纪嘉言点了点头，他怔怔地看着薄织雾，眼底是薄织雾看不懂的复杂情绪。

他慢慢地垂下了眸子，望着薄织雾轻声说了句："谢谢。"

薄织雾摇了摇头，她在纪嘉言的冰箱里找了一圈，没找到冰袋什么的，转身跟纪嘉言说："我没看见冰袋，下楼给你买根冰棍吧。"

她小时候，在夏天受伤就是这样的。冰棍既能冰敷，又能够吃。

纪嘉言点点头，答应了她。

薄织雾转身下楼了，纪嘉言望着她离开的背影，双手慢慢紧握成拳。

他也不知道，自己这样做，到底是对还是错。

陆沉舟泄气地回到西山林语，季秘书看见他这副模样，皱眉问道："总裁怎么了？"

陆沉舟的薄唇，紧紧抿成了一条线，没有说话。他垂眸说道："帮我查清楚，织织在国外四年，到底发生了什么。"

季秘书沉默着点了点头。晚上陆沉舟回到家里的时候，季秘书已经把自己查到的资料全都发到了陆沉舟的邮箱。

他点开了邮箱，里面一行"选择性失忆"的字眼，映入了陆沉舟的眼帘。他沉默地看着这行字，把电话打给了季秘书："帮我查下，当初给织织看病的主治医生的联系方式，我要全部信息！"

季秘书点了点头："是。"

他起初只知道薄织雾失忆了，却没有去深一层追究，现在看来，一定跟选择性失忆有关。她竟然连自己的名字都忘记了。

陆沉舟现在真的后悔了，后悔当初因为乔知夏没有相信她，才让她伤心之下，选择了离开。

那时候，他总以为，只要把薄织雾留下，等她把相宜和斯年平安生下来，一定会有很多机会再去补偿她。

可是他错了，这四年没有她的时光，或许就是上天对他的惩罚与折磨。

陆沉舟愣愣地看着资料，陷入了沉思。

夜深人静的时候，陆沉舟刚要入睡，门外"笃笃笃"传来了急促的敲门声，他起床开了门，皱眉望着门外的吴妈问道："怎么了？"

吴妈焦急地说道："小姐不好了。"

陆沉舟听到陆相宜身体不大好，一瞬间清醒过来。他皱眉问道："怎么回事？"

吴妈说道："大概是中午冰淇淋吃得有些多的缘故，小姐晚上就说自己难受，我以为是她困了，没在意。刚才进去打算看看小姐是不是真的睡着了，结果一进去就看见小姐脸色不对劲，嘴唇干得起了白皮，整个人脸上都是红的，用体温计一量才发现，小姐发烧了！"

陆沉舟来不及换衣服，直往相宜的卧室里赶，他问道："喂过药了吗？"

吴妈说道："我有喂过，可是小姐一口都喝不下去，嘴里一直在喊要妈妈。"

陆沉舟听到这里，眸光黯然了几分。如果早上的时候，他没有那么冲动，相宜现在病了，恐怕薄织雾一定会赶过来，也不至于让她在生病了，还在不断地喊着薄织雾。

走进房间，陆沉舟望着躺在床上的相宜。她闭着眼，病恹恹的，看着让人觉得心疼，嘴里真的在不断念叨着："妈妈，妈妈……"

相宜不肯喝药，佣人只好拿冷帕子替她冰敷额头，物理降温。

可是并没有太大的作用。家里的佣人照顾两只小天使一向用心，特别是相宜。陆沉舟知道，相宜身体不好，再三嘱咐过他们，照顾她一定要细心，可是还是让陆相宜生病了。

陆沉舟看着她那张惨白的脸，了无生气的样子，心都要碎了。他骂道："你们是怎么照顾她的？"

　　吴妈内疚地说道："是我不好，没有照顾好小姐。"

　　季秘书带着陆相宜和陆斯年去买冰淇淋吃的时候，陆相宜自己的吃完了，陆斯年的还没吃完，她嘴馋，又尝了下陆斯年的冰激凌，这一吃就是一半，回到家里，陆相宜又吹了空调。

　　今天天热，相宜又吵着热，吴妈就想着，先把温度开低一些，等温度降下来了，再调回去。谁知道中间庄叔找她说点事，她给相宜盖好被子，转身就出去了。

　　相宜爱蹬被子，之前吴妈都会在她睡着后再上来看看，这次耽搁了，就没看，谁知道这么一吹，相宜就病了。

　　陆沉舟抱着相宜，相宜的身体都是滚烫的。

　　他轻声哄着相宜："相宜，喝药好不好？"

　　相宜瘪着嘴，睁眼看见陆沉舟不是薄织雾，一双无辜的眼睛里，又要溢出些泪水来。她哽着喉咙，望着陆沉舟软软地喊了一句："不要，我要妈妈……"

　　陆沉舟拿她没了法子，只得问吴妈："多少度？"

　　吴妈说道："三十八度。"

　　陆沉舟思虑再三，最终，还是把电话拨给了薄织雾。

　　已经是深夜了，陆沉舟连着打了好几通电话，都没打通，他烦躁地说道："你们照顾好相宜，我马上回来。"

　　她就这么讨厌自己？甚至连电话都不愿意接？那她知道吗，相宜病了，病了的时候，嘴里还在念着她的名字！

　　薄织雾打他也好，骂他也好，他都认了。可是她不能不来看相宜，骨血至亲，这是怎么都分割不断的！

　　陆沉舟开车离开了西山林语。

　　甄宅里。

　　甄导起夜的时候，忽然从监控里看见了一抹熟悉的身影，不是别人，正是陆沉舟，他在楼下焦急地按门铃。

　　甄导抬头看了眼时间，已经是凌晨两点了。他下楼给陆沉舟开了门，皱眉问道："这么晚过来，是有什么急事吗？"

　　陆沉舟喊了一句："爸，卿好在家吗？"

　　甄导点了下头："她在家，到底怎么了？"

陆沉舟说道："相宜生病了，不肯吃药，一直在喊她的名字。我给她打电话，她没接。"

甄导听到这里，连忙说："你在楼下等等，我去喊她。"

陆沉舟应了一声，薄织雾正睡得昏昏沉沉的，甄导敲了敲房门。薄织雾慢慢醒过来，睡眼蒙胧地问道："爸，怎么了？"

甄导沉默了会儿，看着她说道："相宜生病了。"

薄织雾听到这里，神色一滞。

想起陆沉舟早上对自己过分的举动，还有他打纪嘉言的画面，薄织雾算是铁了心，想要跟他断干净关系。

她狠了狠心，垂眸说道："相宜病了应该找医生，而不是我。"

陆沉舟有些急，所以打算上楼，亲自跟薄织雾说清楚。他站在楼梯上，薄织雾的声音清晰地传到了自己的耳朵里。

他抬起头，迈着步子走到薄织雾跟前，看着薄织雾，神色认真地说道："甄小姐，上午是我不对，我不应该……不应该冒犯你。我向你道歉。抱歉，对不起！如果你是因为这件事情对我心存怨念，打我骂我，我都认了，可是你不应该牵扯到相宜身上，她是无辜的！"

薄织雾紧了紧拳头，她咬了下唇瓣，低垂的目光中满是纠结，指甲在手心里掐出来一排浅浅的月牙印。

她最终复述了一遍刚才的话："我说了，我不是医生。陆先生你有空在这儿游说我去看你女儿，不如找医生去看她。"

陆沉舟神色一滞，找医生去看她？可相宜只要她！

他黯然地低下了头，目光灼灼地盯着薄织雾，像是要把她看穿一样。

他知道，薄织雾是个吃软不吃硬的脾气。而且，上午的确是他做得不对，不应该一时情急，就对她说那些话。

见薄织雾没有松口的意思，陆沉舟认真地看着她，朝着她深深地鞠了一躬，再次说道："抱歉，甄小姐，我不应该冒犯你。相宜她生病了，我喂她喝药，她不肯喝，嘴里一直念着你的名字。"

这是这四年以来，他第一次这么低声下气地去求一个人，只因为，相宜生病了，想要见她。

那是他曾经承诺过薄织雾，在相宜没出生前就承诺过的，要把相宜放在手心里捧着长大。

薄织雾别过头去，没看陆沉舟："你别白费工夫了，今天就算是跪在地上求我，我都不会去的。还有，现在已经很晚了，陆先生请回吧，不要打扰我和我的家人休息。"

陆沉舟没有直起身子，薄织雾的每一个字，都重重地砸在了他的心头，掀起了一层层涟漪。

他沉默再三，猩红的眼眶里，是遍布的血丝。

陆沉舟的声音黯然了几分："好，你等等，我打通电话，你听过之后，再决定要不要跟我走。"

薄织雾错愕地看着他，面上已有不耐烦的神色："怎么会有你这么死皮赖脸的人，我说了，我不去！你要是真的担心你的女儿，现在就应该送她去医院，而不是求我！"

陆沉舟没有要走的意思。甄导看着，也有些于心不忍，毕竟是他的外孙女儿，想起相宜那副天真活泼的样子，心都软了下来。

他虽然不知道上午发生了什么，但是看见薄织雾这副坚决的态度，他估摸着是大事，可看见陆沉舟这么真诚，不禁开口劝道："卿妤，不然你就去看看吧？毕竟还是个孩子……"

薄织雾怕自己动摇，往后退了一步。陆沉舟猜出来了她的意图，他一把伸手挡在门框边。

"唔……"

薄织雾带门的时候，他的手被夹了一下。陆沉舟闷哼了一声，她看见陆沉舟这个样子，忽然就有点心软了。慢慢重新打开了门，眼神有些担心，可是口吻却是极其淡漠："没事吧？"

陆沉舟慢慢低下了头，他垂眸说道："没事，反正都挨了这么一下，甄小姐，就让我打完这通电话吧，否则我不会死心的。"

她望着陆沉舟，不知是不是因为在夜晚，这个样子的陆沉舟，她竟看出来了一分狼狈的意思。或许是因为陆沉舟的死皮赖脸，她竟然点头答应了陆沉舟。

"好。"

陆沉舟的目光中逐渐生出一丝喜悦，他说道："谢谢。"

第13章 告白

他把电话打给了吴妈："让相宜跟她说。"

吴妈听见这话，把手机递到了相宜旁边，哄着相宜说道："相宜，跟妈妈说话啦。"

相宜听见薄织雾的名字，这才慢慢睁开了眼睛，因为发烧，连带着嗓子都是哑的，陆沉舟开了免提，把手机递到了薄织雾旁边。

听筒里传来相宜软糯而沙哑的声音："妈妈……"

薄织雾听见这句话里的沙哑，心头微动。不知为什么，她心底忽然就莫名地紧张了起来。她皱眉说道："相宜，你病了？"

相宜没有回答薄织雾，烧得昏昏沉沉的，只是念叨着说："妈妈，我难受，你来看我，好不好，相宜保证会乖乖听话，不会黏着你了……"

本来上午说好了，是去逛街给她买衣服的，可是却因为陆沉舟这件事情，临时食言了。

相宜以为是自己黏着薄织雾，才惹得薄织雾不高兴。

薄织雾听见她沙哑的声音，心早就软得一塌糊涂了。想起相宜从前的笑和好，薄织雾沉默了片刻，最终笑着说道："姐姐马上就来看你，相宜乖乖听话，好不好？"

相宜不作声了，怕是薄织雾骗她，过了一会儿，才将信将疑问道："真的吗？"

薄织雾笑着说："当然啦。"

相宜的声音这才听起来高兴了些，她乖乖点了点头，"好，那相宜等着妈妈……"

陆沉舟听着薄织雾松了口，心头浮起一丝安慰。他挂了电话，望着薄织雾，真挚地说道："谢谢。"

薄织雾脸上没有太大的情绪起伏，只是淡淡说道："我是去看相宜的，不是你。"

陆沉舟没有再说话："你先去换衣服吧。"

薄织雾带上了门，转身进了房间，匆匆换了身衣服，跟着陆沉舟上车，去了西山林语。

她到的时候，相宜还没睡着。相宜一直等到薄织雾来了，这才软软地扑进了她的怀里，眼圈红红地说道："妈妈……相宜会听话的，你别离开，好不好？"

薄织雾看着了无生气的相宜，眉心微蹙，开始心疼起来。她满口答应相宜："好，姐姐不走。但是，相宜要答应我，乖乖吃药，好不好？"

相宜认真地点了点头，陆沉舟这才放心下来。他给相宜冲好药，准备喂相宜喝。

薄织雾却说道："我来吧。"

陆沉舟听到这里，又惊又喜，他连忙把奶瓶递给了薄织雾："好。"

相宜怕苦，所以家里常备的药都是甜的。相宜倒也没有哭闹，乖乖地把药喝完了。她的额头上还敷着冷帕子，薄织雾看着觉得累赘取下来了，她问陆沉舟："有没有退热贴？"

吴妈摇了摇头："家里一直用的冷帕子，倒是没有准备过退热贴。"

薄织雾舒了口气，她说道："冷帕子物理降温效果的确不错，可是这样太累赘了。相宜睡觉的时候，会掉下来，下次在家里准备一点退热贴吧。"

吴妈听了，点了点头，笑着说："好。"

次日，陆千帆得知相宜生病，也过来看她。看见薄织雾的时候，他的眼底震惊有余，更多的却是欣喜。

走道里，他问陆沉舟："哥，怎么回事啊？嫂子……怎么回事？"

陆沉舟垂眸说："相宜生病了，不肯吃药，所以我去把她找过来了。"

陆千帆叹了口气，他说："我的意思是，嫂子为什么不记得从前的事情了？"

陆沉舟一五一十地将季秘书查到的资料告诉了陆千帆。

陆沉舟觉得费解："我实在想不通，明明只是出了车祸，失去了从前的记忆。为什么会连自己的名字都一起忘掉了。"

陆千帆愣了一会儿，这才说道："嫂子出过车祸？"

陆沉舟点了点头。陆千帆恍然，他不是很确定，到底是否跟自己猜测的一样，他说："你能把嫂子的体检报告拿到吗？然后再让医生分析一下？"

陆沉舟茅塞顿开，他望着陆千帆，笑着说了一句："谢了。"

陆千帆摇了摇头："你和嫂子好好的，这就是最大的谢礼了。我先走了，有事随时通知我。"

陆沉舟应了一声。庄叔和吴妈送陆千帆离开了西山林语。

他不是很放心薄织雾一个人看着相宜，又回房间看了一眼。相宜额头上厚厚的冷毛巾，已经换成了退热贴。薄织雾见他回来了，撇嘴问道："怕我害她，所以回来确认下，我有没有下毒手？"

薄织雾这么呛他，他倒也不生气，只是说道："就是回来看看相宜。"顺便看看她。

最后半句，陆沉舟没鼓起勇气说出口。他怕这句话引起薄织雾的反感。

薄织雾下逐客令了："好了，你出去吧。这儿我守着。"

陆沉舟没答应，她望着薄织雾说："你已经辛苦了这么久了，我来吧。"

薄织雾沉默着，没说话。陆沉舟幽幽开了口："我不想你为了照顾相宜，累坏身子。家里还有其他人。"

"好。"薄织雾没再拒绝，开口答应了。

她去洗了个澡。出门的时候，瞧见陆沉舟正坐在客厅里，她吓了一跳："你怎么进来也不敲门？"

陆沉舟耸了下肩："我敲过，是你在洗澡，没听见。"

薄织雾坐在沙发边，拿起吹风机，吹着湿漉漉的头发，她眨了下眼，问他："找我什么事？"

陆沉舟沉默了一会儿，这才转头看着薄织雾。她精致的侧脸，在灯光下，被勾勒出一圈淡淡的金色绒毛，看起来恬淡、安静而又美好。

陆沉舟直直地看着薄织雾："是我意思表达得不够明确吗？"

薄织雾被他这样没头没脑的一句话弄得有些懵了。她神色一滞，手上吹头发的动作，忽然就悬在了空中。

"什么意思？"

陆沉舟目光灼灼地落在薄织雾身上，好像要把她看穿一样。或许是今晚月色太美，屋子里只开着一盏暖色系的灯。这样温馨的气氛下，陆沉舟终于藏不住自己心底的心事，将那句在心里早就背得滚瓜烂熟的词，轻轻吐露了出来。

"那些哑谜，我不想再跟你打下去了。我对甄小姐你有非分之想。我要追你。"

这句话顿时如同一颗炸弹，炸得薄织雾的大脑一片空白。

她的神色微微有些僵硬，目光落在陆沉舟身上，有些语无伦次地想要拒绝他："我……我说过，我有喜欢的人。"

陆沉舟轻笑了下，他凑得离薄织雾又近了一些，让薄织雾有些无路可退，她的心怦怦跳起来。

温柔低沉的嗓音在耳畔响起："你指的是纪嘉言吗？"

薄织雾被人戳中了心事，一瞬眸光有些黯然。虽然纪嘉言并没有回应她什么，可是比起这个，解决面前这个男人更为重要。

她鼓起勇气，紧了紧拳头，抬起头，望着陆沉舟微微一笑："是。"

陆沉舟嗤笑一声："我不介意和他公平竞争。而且，他还没答应你，那么，我就还有机会。"

陆沉舟目光此刻十分温柔，却又无比灼热，让她下意识地想要躲开："我不打算谈恋爱！"

陆沉舟听到这里，眉峰微调，心底忽然有些想要捉弄她："那正好，省去了时间，我们可以直接结……"

"婚"字还没说出口，温热干燥的触感，落在了陆沉舟的唇瓣上。

薄织雾怕他胡言乱语地继续说下去，下意识地伸出手，覆上了他的唇瓣。

她目光微垂，不知为什么，跟纪嘉言在一起没有的紧张，这一刻全都涌上心头，大脑在这一刻飞速地运转着，想着怎么去拒绝陆沉舟，可是所有的台词，在这一刻，忘得一干二净。

陆沉舟看着她这副闪躲的模样，忽然，就捧起了薄织雾的脸颊，颈子后一阵力道袭来。

她慢慢抬起头，迎上了陆沉舟的目光，他那双狭长的眸子里，没了从前在媒体面前的冰冷，有的只是浓烈的温柔。那道温柔，并不像是演出来的。

"看着我。"

这句话，温柔得仿佛醉人的清酒，让薄织雾鬼使神差地抬起了头。

她在他漆黑的眸子里，看见了自己的身影。

薄织雾呼吸微微一滞，陆沉舟说道："希望你可以认真考虑。话说出去了，就没有收回的道理。我要说的我都说完了。无论你接受也好，不接受也罢，我都会去做。"

薄织雾慢慢低下了头，心底仿佛有尘封了亿万年的感情，就要被冲破那层屏障，奔涌而出。

可是，不应该的，明明她潜意识里是那样反感和讨厌陆沉舟，可是独处的时候，面对他的时候，竟然下意识地想要逃避。

她到底在躲什么？她自己也不知道。

还有陆沉舟身上那股香味，真的让人觉得很熟悉。上次在梦境里，她也嗅到过一样熟悉的味道。

薄织雾有些苦恼起来，陆沉舟静静地注视着她，良久以后才说道："晚安。"

薄织雾这才回过神来，她结结巴巴地说了一句："哦，晚……晚安。"

陆沉舟离开之后，薄织雾整个人长舒了口气，愣愣地靠在门上，心还在跳个不停，就连耳根子都是通红的。

薄织雾抿了抿唇，她走到盥洗室，重新捧起一汪水，洗了把脸，想用冷意来试探下，刚才到底是梦境还是现实。

可是烧得已经通红的耳根子，在清晰地提醒着自己，刚才的一切，都是真的。

或许是陆沉舟这一出来得太过突然，她有些不知道怎么办才好。以前其实想要追她的人也有，但是她都巧妙地回绝了。唯独这个陆沉舟，有点难搞了。

她翻来覆去，直到深夜才睡着。

相宜病好已经是一个星期后的事情了。纪嘉言的新戏要开机了，薄织雾跟着他一起见了林若初。见了面就定下来她做女主角。

林若初是个孤儿，并且毫无背景，甚至十分不自信。她的养母患上了尿毒症，需要换肾，即将要做手术，她却拿不出钱。如果不是薄织雾和纪嘉言找到她，她都快要选择放弃演员这条路了。

纪嘉言温和地对林若初笑了下："背景并不能决定什么。出身我们或许无法选择，但是未来把握在我们的手里。"

林若初听见这番话的时候，望着纪嘉言的眸子，一瞬明亮了起来。目光紧紧地落在纪嘉言的身上。

随着这部戏的推进，薄织雾和林若初的关系也越来越熟。

她常常要去白日梦书店翻找资料，离开的四年里，苏恬把书店经营得很好。

再次重逢，苏恬问清了陆沉舟缘由，没有在薄织雾面前戳穿丝毫。

整部戏拍完，薄织雾的生日也快到了。

只是在新戏拍摄过程中出现了一个小插曲。林若初的养母去世了，并且林若初没能见到她最后一面。薄织雾这段时间忙着到处飞，陪着陆斯年去参加棋艺比赛。回来的时候，林若初找她吃饭，说是要感谢她，一开始她还不以为意。

直到，她说有喜欢的人了，并且是纪嘉言的时候，薄织雾整个人才震惊地站在原地。

这顿饭，薄织雾吃不下去。

沉默了很久，她强颜欢笑了好一会儿，这才以还有事为名，离开了餐厅。

林若初的养母去世后，薄织雾怕她一个人孤独，就让她搬来家里一起住了。

她平时忙着谈剧本，甄导也常年在外拍戏，大家都很忙。林若初正好可以替她陪着甄太太说说话。

生日当天，她在A国时认识的朋友温时姝也抽空来了。

薄织雾穿着一身白色的晚礼服，喇叭袖的蕾丝长裙，腰间盈盈一束。她画了个精致的妆容，整个人看起来大方优雅。

酒店是温时姝定的，在他们家酒店的天台上，那是朝城景色最好的地方。温时姝早早就吩咐人将小彩灯挂了起来，包厢里外热闹得不得了，都是温时姝在圈子里认识的人，今天过来给薄织雾撑场子的。

薄织雾上来之前，手里拿了一枝玫瑰。温时姝八卦地凑到她身边问她："哇！卿好，这是谁送你的花啊？"

她垂下眸子，看着自己手里的这支玫瑰，捻着花茎转了下，轻声说："自己买的。"

温时姝一听她这么说，更加好奇起来："怎么忽然想买玫瑰啦？"

她想定下来了。这一层窗户纸，总得有个人主动捅破吧，既然纪嘉言不愿意说，那就让她来说好了。

薄织雾眨了下眼，神神秘秘地说："觉得好看就买了啊。"

温时姝轻笑了下："也行，你高兴就好。"

电梯在缓慢地上升，到了十二层，"叮"的一声，电梯的门打开了。高跟鞋踩在地毯上，温时姝给人拨了一通电话："嘉言哥，你什么时候过来啊？我们这边都等着你呢。"

电话那头的纪嘉言，语气温和地说："抱歉，晚高峰，路上有点堵车。"

温时姝语气不满地说："都不提前来的吗，今天可是卿好的生日呢。"

薄织雾脸色微微泛红，她清了下嗓子："好了，他既然都说了路上堵车，还是别催他了，开车安全最要紧。"

暧昧的眼神扫过薄织雾的脸庞，温时姝心领神会。今天是薄织雾的生日，她最大，自然是薄织雾说什么就是什么了。她咳嗽了下："咳咳咳，算了，今天看在卿好的面子上，我就不说你啦，赶快来啊。"

纪嘉言应了一声，温时姝挂了电话。

她拉着薄织雾一起进了包厢，包厢里的灯亮了起来，昏黄而又温馨。屋子里有人说："呦，今儿的主角来啦！来迟了，怎么说啊。"

温时姝笑着拍了下那个起哄的男生，骂道："来迟了怎么了，主角可都是压轴登场的啊！"

"抱歉，我来晚了。"温时姝话音刚落，门外便传来了一阵熟悉的声音，门被人推了开来。

薄织雾回过头去，纪嘉言正穿着一身西装，站在门口。

她望着纪嘉言的身影，微微一笑，紧跟着就站了起来。她的内心有些雀跃，望着纪嘉言，一下子忽然紧张得手都不知道往哪儿放。

温时姝瞥见她这副模样，窃笑了两声，轻轻将薄织雾朝着纪嘉言跟前推了一下："嘉言哥来晚了！"

身后一阵熟悉的力道传来，薄织雾没有防备，一个趔趄便差点摔着。纪嘉言连忙伸手扶了一把。腰间一阵温热的力道传来，薄织雾稳稳地靠在了他的怀里。

熟悉清冽的香水气息，落在了薄织雾的鼻尖。只是一瞬，纪嘉言便重新跟她拉开了距离。腰间仿佛还残余着他掌心的温度。

灯光投下一圈淡淡的光影，笼罩在他们身边。薄织雾的心跳还如同擂鼓一样，在怦怦的跳个不停。

薄织雾慢慢抬起眸子望着纪嘉言，表情十分认真，说："我有事情想跟你说……"

纪嘉言鲜少见到薄织雾这样轻声地跟自己说话，一瞬间有些猜不到她到底想跟自己说什么蹙眉问了一句："什么事情？"

薄织雾看了一眼四下，轻声说："可以……去外面说吗？"

温时妹虽然不知道薄织雾到底想说什么，但是这种时候，她助攻可是毫不含糊的，于是，她撺掇着纪嘉言说："今天的主角发话了，说什么大家都要听啊，不许拒绝。"

薄织雾心底其实是有点儿紧张的，她下意识地做出了那个小动作，拽紧手里的裙子。

纪嘉言垂眸看她，眉眼一片温柔。他盯着薄织雾漆黑的眸子很久，才慢慢点头出去。温时妹见他们走远了，赶紧贴在玻璃门边，拉上窗帘，想要探听下他们到底说了什么东西。

屋子里的宾客自然也是好奇的，于是一屋子宾客，弄得跟做贼似的，趴在门缝边，等着偷听。

阳台里有路灯，清冷的光辉洒下来，照得二人身影颀长。

晚风拂起薄织雾的发丝，她的背后是浓重的夜色，底下是川流不息的车群。再远眺过去，可以瞧见海岸对面的灯火。

薄织雾低下头，过了很久，才鼓起勇气，轻声跟纪嘉言说："我想说，我……喜欢你。非常非常喜欢。所以，纪嘉言，我不想再跟你玩躲猫猫了。从在A国开始我就喜欢你，喜欢你的温柔，喜欢你的才华横溢，喜欢你的一切一切。我以前总觉得，是我的，别人抢不走，可是，直到林若初的出现，才让我有了危机感。"我害怕你会被她抢走，害怕我心底的白月光，会跟别人在一起。"

她顿了顿，小心翼翼地问道："所以，你愿意，跟我在一起吗？"

薄织雾的声音很轻，像是恋人间缱绻温柔的呢喃声，像是拂面而来的三月春风。这样的告白，来得太过猝不及防。纪嘉言沉默了。

他的双手垂在身侧，怔怔地看着薄织雾。薄织雾不敢跟他对视，因为她也拿捏不准，纪嘉言到底会不会答应她。

她的心里忐忑极了，四周十分安静，安静到她似乎可以清晰地听见自己的心跳声。

纪嘉言艰难地开了口，脸上的表情，是一如既往的平静。他垂下小扇子般细密的睫毛，遮住了眼底浓浓的情绪，低沉微哑的声音宛如大提琴："抱歉，我一直以来，都是拿你当作普通朋友。而且，我有喜欢的人了。"

木质地板上，有啪嗒啪嗒的水滴落下的声音。这是薄织雾意料之外，却也是意料之中的场景。可是，到底还是有一丝的不甘心。

心底像是被人捅了个窟窿，里面有无限的酸涩涌了出来。纪嘉言的声音融进了秋风里，薄织雾浑身的力气，仿佛在这一瞬间，被人抽离了。幸好她站得离栏杆近，还能勉强靠一靠，强撑着她心底的骄傲与自尊。

再开口，是干涩到她自己都意外的声音，里面的情绪黯然不已："那……"

她努力地笑着，只是不敢抬头，喉头酸疼得难以开口："是林……林若初吗？"

纪嘉言随口答应她："嗯。"

其实，到底是谁根本就不重要，重要的是，要将她从自己身边推开。

薄织雾沉默过后，是语无伦次的话："抱歉，是我给你带来困扰了。如果你有了喜欢的女孩子，就别对另一个人好了。因为一个会吃醋，一个会难过。"

"嗯。"纪嘉言轻轻应了一声。他的目光微垂，落在了薄织雾的发顶。他终于敢趁着薄织雾低头的时候看她。

眼前男人的身影，和迷离的夜色，逐渐被温热的液体模糊。薄织雾第一次觉得，自己如此卑微。恍然间，她想起张爱玲曾经写过的一句话："见了他，她会变得很低很低，低到尘埃里，然后，开出花儿来。"

她的双腿宛如千斤般沉重，没办法再向前一步。可是饶是如此，也不得不离开。

在要擦肩而过的时候，纪嘉言转过身来，凝视着薄织雾的身影。她瘦削的身影在眼前一点一点地消失，纪嘉言的心底开始拧着疼起来。

薄织雾浑浑噩噩宛如一具行尸走肉，只是迈着步子向前，她也不知道，自己究竟要去哪里。

秋夜里，纪嘉言怔怔地站在原地，心底在不住地拧着疼。他黯然低下了头，慢慢阖上了眼，颀长的身影被月光逐渐拉长。

这一天，迟早会来的，哪怕心底设想过了无数次这种场景，她都没想到，会是这样。他拒绝自己十分干脆利落，毫不拖泥带水。

站在屋子里的温时姝、苏恬，还有宋宜笑，都蒙了。今天是给她举办的生日party，她却走了。刚才在那儿偷听的人，大致也懂了是什么意思。

温时姝心底满是愤怒，她迈着步子冲进了夜色里，揪着纪嘉言的领子骂道："嘉言哥，我再问你一次，你真的不喜欢卿好？"

纪嘉言轻而易举地推开了温时姝，然后，定定地看着她，眉目间一片淡漠地说道："我为什么要喜欢她？"

温时姝一时哑然，竟有些不知道说什么好了。反问，这比直接回答，更要伤人。她咬牙切齿地从齿缝里挤出两个字，恶狠狠地骂道："混蛋！"

薄织雾一个人走在大街上，萧瑟的秋风吹落了树叶，踩在上面，发出沙沙的声音。她漫不经心地走着，手里的那一支玫瑰，微微有些扎手。可她却丝毫感受不到疼痛，或许，是因为心疼盖住了一切吧。

她的手机，在这时候突兀地响了起来。是甄导。她怕他们担心，凝视着那个名字，好久才接了起来。

"喂，爸，怎么了？"她尽量让自己的声音听起来正常，正常到听不出一丝异常。

电话那头的甄导沉默了很久，没有回答她，声音里，只有深深的疲倦："你来医院一趟吧，我有事情跟你说。"

"医院？"薄织雾心底隐隐有一股不祥的预感出现，可是却又不知道是什么。她紧张地问："是你还是妈出了什么事情吗？"

甄导只是复述了一次："你来就知道了。"

薄织雾见他不肯说，只得答应："好。"她站在秋风中，随手在路边拦了辆车，转身去了医院。手术室门上的灯还是红色的。

林若初和甄导坐在两边。林若初哭得泣不成声，和甄导的安静比起来，她就显得格外聒噪了。

"手术中"三个字在薄织雾的面前无限放大，她的心底像是被人狠狠地撞了一下。她紧张地问："是不是我妈出事了？"

"爸，对不起，都是我的错，如果不是我一定要拉着妈去看烟花大会，她也不会出事……"

薄织雾整个人瞬间懵了。

爸？林若初喊甄导爸？她的表情僵了僵，不敢置信地望着林若初。她强装镇定地问道："这……到底是怎么回事？"

林若初瞥了一眼薄织雾，慢慢从椅子上站了起来。甄导却先一步开了口："抱歉卿好，当初是我的问题，所以才……认错了你。"

薄织雾的脑子顿时一片混沌，有什么在一点点分裂开，然后轰然倒塌。

认错了她？什么叫认错了她？

薄织雾强颜欢笑，望着甄导和林若初，努力克制着自己的情绪，不让自己崩溃。她的喉咙里，像是卡了一根鱼刺，什么话都说不出来了。

四周的气氛，一下子凝滞住了。薄织雾一瞬间像是离开了水的鱼，有点儿无法呼吸。

过了很久，甄导才慢慢地开了口，他抬起眸子，望着林若初说道："拿出来吧。"

林若初面色犹豫，盯着薄织雾好一会儿，心底满是得意，可是脸上，却是无比纠结，最终，她还是从自己的脖子上，取出那条寸家玉的坠子，递给了甄导。

甄导接过玉坠子，细细摩挲了一会儿，他盯着玉坠说道："这是当初卿好刚出生的时候，我买给她的。"

薄织雾十分慌乱，似乎是想证明什么，她从自己的脖子上，取出那条项链，冷静地摊开放在掌心："这是我的。"

甄导沉默地摇了摇头："卿好的身上，没有胎记。她也不对杧果过敏。"这些，都还不足以让薄织雾死心。

她的喉头微微发酸，双手攥住了裙子的一角，似乎是想要从那里汲取到一点力气。

薄织雾的眼圈发红，晶莹的泪珠在眼眶里不断地打着转，她黯然地开口问道："所以，你叫我过来，就是为了告诉我，你认错人了，林若初才是真正的甄卿好对吗？"

她的情绪有些激动，声音都在跟着微微发颤。明明还只是秋天啊，可薄织雾却觉得好冷。那种寒冷是从心底钻出来，然后蔓延到四肢百骸的冷意。

甄导没有正面回答她："已经在验DNA了。"

直到这一刻，薄织雾才明白，甄导叫她过来的用意。她自嘲地笑了笑，身后的护士轻声喊了一句："甄……"

护士似乎觉得不对，她话到唇边，又改了口："小姐，还请您配合一下。"

滚烫的热泪终于从眼眶里滑落了下来，她的情绪有些失控："什么都是你们说了算，当初一句话，就认定了我是甄卿好，现在也是用一句话，告诉我，我不是！"

她伸出食指，对着林若初指过去："她才是！"

林若初望着薄织雾这个样子，心底只觉得痛快。她脸上犹带泪痕，望着薄织雾说道："卿好姐，我……对不起。"

薄织雾笑出了声，心底浓烈的恨意就要将她吞噬。纪嘉言对自己说的话还在耳畔回荡着。

"是林若初吗？""是。"

原来，她以为属于自己的一切，全都是林若初的！

她兀自笑着，收敛起来脸上的泪，努力扬起唇角，转过身来，望着护士，冷静地挽起自己的袖子。她不能让自己在林若初面前失态。

护士看着她这副样子，眼神里也浮现出一丝心疼，但还是冷静地按照程序，给薄织雾抽了血。

她将袖子放了下来，望着手术室门上的灯，想着平日里十分关怀自己的甄太太，还是忍不住问了句："我妈……"

薄织雾刚发出一个单音节，便觉得不对。她连忙改了口，艰难地说出她十分陌生的称呼："甄太太，怎么样了？"

甄导仍旧低垂着头，他说："还在抢救。"

薄织雾安静地站在手术室门前，突然之间，她就觉得自己像是个外人一样，跟这里的气氛格格不入。

甄导和林若初是一家人，躺在手术室里的，是林若初的母亲。又或者说，是她曾经的母亲。

越是回忆过去，薄织雾的心底就越是酸得要命。

她转过身子，艰难地挪动着步子，转身说道："那我……就先走了。"

甄导"嗯"了一声，薄织雾的心跟着沉了下去。

走出医院的时候，外面其实已经渐渐沥沥地在下雨，带着夜间的风刮过，叫人身上起了一阵鸡皮疙瘩。她穿着高跟鞋，踩在枯萎的落叶上，发出沙沙的声音。薄织雾忽然顿住了步子，任由秋雨拍打在她脸上。

朝城这么大，这么繁华，可是在这层繁华与偌大的背后，薄织雾却忽然觉得，自己已经没有地方可以去了。

她没有家了。

又或者说，她从来都没有过家。没有事业，没有爱人，全世界，都将她抛弃了。就在一夜之间。

薄织雾的胸口像是被一颗巨大的石头压着，压得她无法呼吸。她缓缓地抬起头，望着如墨一般的天空。路灯昏黄的光晕洒在她的脸上。

薄织雾如行尸走肉一般，游走在朝城的夜幕里。雨越下越大，淋湿了她的衣裳。

游荡来游荡去，最后，薄织雾能去的，竟然只剩下酒店。

身体早就被秋雨浇了个透心凉，温热的水暖过指尖，一点点地传遍全身。身子逐渐回暖，她站在镜子前，松开了身上的浴巾，盯着腰后方的那个心形的胎记，脑海中，又浮现出四年前甄导和甄太太刚认她的时候。

回忆越是甜蜜，对比如今，就越是苦涩。

她以为是她的东西，其实都是林若初的。多可笑啊。镜子里的女孩儿脸色惨白，唇瓣更是毫无血色。

薄织雾记得自己明明是笑着的，可是镜子里的女孩儿，眼泪却不断地从眼眶里滑落下来。

"明天会是新的一天。不就是一无所有了吗，有什么好怕的，反正，最差都已经是这样了，还能更差吗？"

她这样安慰着自己，声音轻到只有她自己能够听见。只言片语，在这个寂寥的秋夜里，更显得苍白无力。

说着重新开始，谁都做得到，可是真的要重新开始，需要多大的勇气？

薄织雾疲倦地合上了眼，清冷的灯光照在她的身上，越发显得身影瘦削。

心里有事憋着，翻来覆去，薄织雾直到后半夜才睡下。醒来的时候，薄织雾比起昨天，心情已经好了很多，只是整个人都昏昏沉沉的，开口的鼻音都有些重。

"去朝城清水湾别墅区。"

出租车里在播放着关于昨天甄太太出车祸的新闻，薄织雾头疼得厉害，听着这声音，烦躁地说道："关了吧。"

司机透过后视镜看着她，目光有些古怪，薄织雾并没注意到。司机听到她这么说，赶紧关了新闻。

"到了，小姐。"

车身一顿，薄织雾睁开了眼，她看了眼计价表，二百多元。她伸手摸了摸身上，这才回想起来，昨天忘了拿包。她垂眸看了眼自己的手机，按了好一会儿，这才发现，手机已经没电了。

薄织雾脸色有些窘迫，最终还是带着司机进了甄家，让张妈帮忙代付了车钱。

回来本来是收拾东西打算离开的，可是望着偌大的房间，薄织雾忽然就觉得，自己除了几件衣服，什么都没法儿带走。

刚出门，薄织雾那张本来就苍白的脸更加难看起来。

警察、甄导以及林若初还有纪嘉言，正站在她跟前。

薄织雾的目光平静地在他们的脸上扫过去。目光停留在纪嘉言身上的时候，余光无意间瞥见了站在纪嘉言身边的林若初。

她的心底犹如平静的湖面，忽然被人扔进去了一颗细小的石头，泛起阵阵涟漪。

薄织雾没再看下去，只是攥着自己的衣角，皱眉不解地问道："这是什么意思？"

甄导抬起眸子，眼神里满是淡漠，语气十分失望："卿妤，那是你的母亲啊，你怎么下得去手？"

薄织雾怔了怔神，更是觉得莫名其妙。她做了什么？

还没来得及开口，就听林若初哭着说道："卿妤姐，你怎么可以害妈？"

纪嘉言望着站在自己身边的林若初，紧了紧拳头。

警察开了口说："甄小姐，据司机交代，甄夫人的车祸是你一手策划的，还请你跟我们回去一趟接受调查。"

这个消息像是夏季的一道惊雷，直直地朝着她的太阳穴劈过去。

她策划的车祸？什么叫作，是她策划的车祸？

"我没有。"薄织雾从容地望着警察，几乎是下意识地反驳。她的眼神坚定，目光好似一把锐利的刀子，泛着寒光。

"不管有没有，你都应该跟我们回去接受调查。"警察见过太多这样的场景，所以只是冷冰冰地陈述这件事。

第14章　结婚

薄织雾抬起眸子，死死地盯在纪嘉言身上，艰难地开了口："你也觉得，是我做的吗？"

纪嘉言只是沉默，并不肯作答。他慢慢垂下眸子，盯着地面。

薄织雾的心蓦地沉了下来，像是被人猛地捅了一刀，正在汩汩地无声淌血。

那一丝疼痛，很快就遍布四肢百骸，让她无法喘息。她的身子僵在原地，没法朝前迈出一步。

"她在那儿！"

远远地，传来了一个陌生的声音。薄织雾循着嘈杂的声音望过去，无数媒体正扛着长枪短炮朝薄织雾围过去。

不过顷刻间就将她围得水泄不通，一个个刻薄而又尖锐的问题朝着薄织雾抛过来。

"请问你为什么要假装成真正的甄小姐，是为了嫁入豪门吗？"

"你又为什么要害甄夫人，是不是因为她发现了你的阴谋？"

……

镁光灯直直地朝着薄织雾闪过来，像是无数双阴狠恶毒的眼睛，狠狠地剜着她。

天空中浮云蔽日，刹那间，天色暗了下来。

饶是曾经再有职业素养的她，面对自己曾经的亲人、爱人、朋友的不相信，也没了招架媒体的能力。

绝望和寒冷的秋风透过皮肤，钻进她身体的毛孔里。然后，薄织雾被人挤来挤去，脑子一团懵，整个人浑浑噩噩的，彻底陷入了绝望。

一切都来得太突然，让她措手不及。警察已经穿过了记者，冰冷的手铐，就要触及她白皙的手腕。

"恐怕今天，你们带不走她。"一个低沉如大提琴的声音，在人们身后缓缓响起，一字一顿，带着足以让人安心的力量。

有记者惊呼出声："是陆沉舟！"

陆沉舟身穿一身黑色西装，他的脸上并没有什么表情，而是带着惯有的冷静自持。他身后跟着数十名保镖，更是平添了无形的压力。他清冷幽深的眸子扫过在场的每一个人，带着慑人的气场。原本喧闹的记者瞬间噤若寒蝉，乖乖地让开一条路给陆沉舟。

陆沉舟迈着坚定的步子，直直地朝薄织雾走去。陆沉舟的目光落在了女孩儿那张惨白的脸上，心蓦地疼起来。

薄织雾透过拥挤喧闹的人潮，怔怔地看着陆沉舟。一瞬间万般浓稠的情绪涌上心头，是酸涩，是委屈，是感动，是安心。她眨了下眼，滚烫的眼泪唰的一下就从眼眶里滚落了下来。

她的唇角，恍惚间虚弱地绽出一抹笑意，眼前的景象逐渐变得模糊。陆沉舟离她还剩一步之遥的时候，女孩的身子，忽然就缓缓倒下。

纪嘉言的瞳孔猛然一缩，心脏像是被什么狠狠地攥住了一样难受。他伸出手的那一刻，陆沉舟已经稳稳地扶住了她。他将她；搂得格外紧，像是要将她揉进生命里一样。

他紧张地喊了出来："织织！"

陆沉舟的眼底像是夜晚的海面，蕴藏着随时爆发的力量。他的目光凌厉而又寒冷，像是冬日屋檐下悬着的冰碴儿。他终于开了口，声音低沉冷漠："你们最好祈祷织织没事！否则无论今天发生的事情跟你们有没有关系，我陆沉舟，都会算到你们头上！"

陆沉舟横抱起女孩，迈着步子就要朝前走去。身后的警察出声了，面色为难地说道："陆总，您不能为难我们。"

他呵呵笑了一声，然后微微侧首，唇角勾起一丝嘲讽的弧度，冷冷地说道："为难？今天你们不让我带她走，我就让你们知道，什么叫作真正的为难！"

陆沉舟这话掷地有声，在场的人都怔住了。他在商场上的雷霆手段，在场的记者并不是没有耳闻，自然不敢跟他作对。

气氛陷入了凝滞，进入了僵局，在场的人都不敢吭声。他们自然是没胆子拦着陆沉舟的。可是，公事也必须要公办。陆沉舟目光冷冷地扫过在场的每一个人，像是要将他们看出一个窟窿一般。

沉闷的脚步声在空旷的空间里响了起来，打破了僵局。齐警官身穿制服过来了。他看了一眼来办事的警官提点道："案子还在调查中，你们不能限制甄小姐的人身自由。放人。"

齐警官是他们的顶头上司，他说的句句在理，下属自然都不敢再去拦着，乖乖地在陆沉舟跟前让开一条路来。

陆沉舟迈着步子朝前走了两步，他紧紧抱着薄织雾，仿佛那不是普通人，而是他的宝贝，他的公主殿下。

临走前，陆沉舟忽然停下了脚步。男人气场强大又带着压迫感，一举一动，都牵动着在场人的心。

他薄唇微启，缓缓吐出了一句话，无比郑重，恍如千金沉重的承诺："你们给我记着，哪怕全世界都不要她了，我陆沉舟要。我都没让她吃过的苦，受过的委屈，你们，更没有资格给她！"

这话是对着甄导和纪嘉言说的。林若初听着这话，眉心微蹙，她微微垂下睫毛，遮去了眸底的那一丝阴狠，她的手逐渐紧握成拳。

纪嘉言缓缓抬起了头，眸光黯淡了几分，只能眼睁睁地看着薄织雾被陆沉舟带走，也只有陆沉舟能够将她带走。

陆沉舟迈开步子，一步一步朝前走去，怀中抱着的，是这辈子生命里所有温柔的来源。

医院的病房里，陆沉舟望着躺在病床上的女孩，他的眉头依旧紧紧拧在一起。顾临羡看他这个样子，轻声说："放心吧，织织没事，就是发烧了，再加上急火攻心才会这样的。我让人给她打了点滴，退烧后好好休息，就没事了。"

陆沉舟倦怠地揉了揉眉心，他坐在沙发上，慢慢点了下头："你去吧，有事我会叫你的。"

顾临羡点头，带着护士离开了病房。塑料针管里的药，一点一滴地流进薄织雾的身体里。

陆沉舟安静地坐着。薄织雾的脸上犹有泪痕。陆沉舟握住她纤细的手腕，陆沉舟心疼地吻上了她的手背。

许久过后，陆沉舟拉着薄织雾的手，轻轻地放进了被子里。

门口"咔嗒"一声，季秘书推门走了进来。

陆沉舟的声音放得很轻，生怕吵醒了她："查怎么样了？"

季秘书摇了摇头："没查到，是公用电话亭打过来的。"

陆沉舟能够及时赶到，并不是因为巧合，更不是因为他有未卜先知的能力，而是有人给他通风报信了。那人说薄织雾被卷进这桩案子，还被人诬陷是凶手。陆沉舟在这一刻，才是真的慌乱起来。所以，他不顾一切地推掉了一份十几个亿的合同，直奔甄家。幸好他赶到了，哪怕再晚一点，真的让警察带走了薄织雾，外面的舆论会将薄织雾彻底宣判死刑。

陆沉舟现在满心都是薄织雾，听了这番话，也未追究太多，只是说道："算了。"

织织没事就好，他只要她平安无事，就足够了。

季秘书又说："这件事，恐怕有些棘手。肇事司机直接指认，说是甄小姐指使他这么做的。"

陆沉舟眨了下眼，目光仍旧是紧紧地落在薄织雾的身上。他反问季秘书："你觉得，织织会做这种事吗？"

季秘书摇了摇头。在他的认知里，薄织雾是个十分善良开朗的女孩，路上碰见可怜的乞丐都会施以援手，更别说是她寻找了多年的亲生父母，无论发生什么，她都不可能做出这种事。

季秘书相信，陆沉舟相信，可是唯独舆论大众不相信。键盘侠的吐沫星子，堆积起来，都足以杀死薄织雾。

曾经，陆沉舟用这种方式将薄织雾从自己身边推开过一次，所以这次，他绝不会犯相同的错误了。

他慢慢开口："告诉公关部，封锁所有关于这件事的消息与新闻，不能让织织看到一点儿舆论。"

陆沉舟不愿意让她受伤，更舍不得她受伤。

薄织雾这一觉睡得很沉很沉，梦里碎片似的记忆如同蒙太奇电影一样。这个梦好似梦魇，让她怎么都无法走出来，从甜蜜到苦涩，从完整到碎片，再到沾满血腥。

身后似乎隐隐传来来自蓬莱仙山的呼唤，那道声音极轻，在眼前一遍遍地划过，在心底刻下一道道深深的痕迹。

她猛然睁开了眼，眼前天花板的景色逐渐清晰起来。呆滞了很久，薄织雾这才反应过来，这是在医院里。她微微动了下身体，手撑着床，想要坐起来，却没了力气。

"咔嗒"一声，病房的门被人推开了。薄织雾对上了陆沉舟那张惊愕的脸。

陆沉舟的喉结动了下，他怔怔地看着薄织雾，目光中裹挟着无限缱绻温柔，只属于她一个人的温柔。

这一刹那，时间仿佛电影里的镜头，无限放慢了下来。窗外的阳光照了进来，落在陆沉舟的眉眼间。

薄织雾微微垂下眸子，沉默地躺在床上，没有说话。

陆沉舟这才迈着步子走了进来。他走到床边坐下，温柔而又关切地问薄织雾："身体还有哪里不舒服吗？"

薄织雾沉默着。脑海中，倏忽又浮现了那天的场景。钻心一般的疼痛，再次席卷而来。紧跟着，啪嗒啪嗒的热泪开始滑落在枕畔。

病房里很安静，陆沉舟清晰地听见了她落泪的声音，那温热的液体，仿佛硫酸一样，在一下下地腐蚀着陆沉舟的心。他没说话，只是垂下眼睑，沉默着，伸手将薄织雾的身子扳过来。

温热的掌心透过单薄的病号服，将温度传到薄织雾的身上。薄织雾很瘦，陆沉舟轻而易举地就将她扳过身来。

他认真地望着薄织雾，目光灼热，声音微微有些沙哑："不许再哭了。再哭，眼睛肿了该难看了。"

薄织雾没回答他，而是问道："我睡了多久？"

陆沉舟俯下身子，伸出修长白净的手，替她掖了掖被角："三天。"

听见她声音是哑的，陆沉舟这才发现，她原本水润的唇瓣，都干燥得起了一层白皮。他走到茶几边，给薄织雾倒了杯温开水："喝了。"

薄织雾这次终于乖了，她接了过来，小猫似的喝了一口，说："谢谢。"

陆沉舟坐在沙发边，他从自己的西装口袋里，抽出一份粉色的请柬给薄织雾："打开看看。"

薄织雾狐疑地看着那份请柬，久久没有接过。陆沉舟目光微垂，望着那份请柬说道："这是林若初和纪嘉言订婚的请柬。"

订婚？这两个字猛然深深地扎进了薄织雾的心里，裹挟着无法言喻的悲伤，直直穿透她的胸膛。她怔怔地坐在那儿很久，大概是没想到，竟然这么快。

默了默，薄织雾才缓缓开了口，轻声问道："你来就是想跟我说这个是吗？"

陆沉舟注视着薄织雾，轻声说道："织织，谈恋爱，可以跟自己喜欢的，可是结婚，要找爱自己的。"

她喜欢纪嘉言，他知道。又或许说，她曾经是喜欢纪嘉言的。

温热咸湿的液体又开始往下滑落，薄织雾安静地躺着。陆沉舟瞧见她这副样子，微微拧起眉头。他走到薄织雾跟前，抽出自己西装口袋里的手帕，温柔地替她擦干净了脸颊上的泪水。

陆沉舟捧起她的脸颊，他温热恼人的气息全都拂到了她的脸上，带着一点儿清冷的香水气息，很好闻。

薄织雾垂下眸子，避开了他的目光。看着薄织雾这副了无生气的样子，陆沉舟顿了顿说道："你就不觉得，整件事情很奇怪吗？短短半个月的时间相处而已，林若初就成了甄导和甄太太的女儿？"

现在，甄卿好这个身份，就是她心头的一根刺，哪怕只是触碰，也让人觉得隐隐作痛。她不想听关于这件事的任何消息。

她的眸光终于落在了陆沉舟的脸上。陆沉舟轻柔地捧着她的脸，两个人的距离很近，近到她能够在陆沉舟清黑的瞳仁里，看见自己的身影。

男人的目光在自己的脸上不断地观察着，看得薄织雾一阵不自在。

薄织雾默了默，这才问道："你什么意思？"

陆沉舟缓缓吐出一句话："我怀疑，她是冒牌货。哪怕你不是真的甄小姐，那也绝不会是她。"

他知道，甄导跟甄太太有多希望找到真的甄卿好。可是，哪怕他们要认林若初，否认薄织雾的身份，也不该这样做，在这个时候。

薄织雾是陆沉舟的心肝宝贝，他都没让她受过这么大的委屈，甄导和纪嘉言凭什么让她受着？

心底依旧在微微地拧着疼，三天啊。才三天，一切就发生了翻天覆地的变化，让她措手不及的变化。

纪嘉言有了喜欢的人，是林若初，并且，要跟她订婚。

她以为可以依靠的父母，其实不是自己的，而是林若初的。

甄太太出了车祸，她明明什么都不知道，却要被扣上杀人凶手的帽子。

她没了事业，没了亲人，没了……最亲密的朋友。甚至，他们都不信任自己，指认自己是杀人凶手。还要在这种时候，选择订婚。

寂静的屋子里，随着薄织雾的沉默，气氛又陷入了一片死寂的僵局。

薄织雾那张惨白瘦削的脸颊藏在长发里面，她微微低着头，耳畔有头发滑落下来。陆沉舟温柔地伸出手，帮她把头发别在耳朵边，他问了一句："你要不要考虑嫁给我？"

她的喉头一瞬像是堵了一团烂棉花，怎么都没法开口了。那双清澈的眸子里，又氤氲了些水雾。薄织雾盯着陆沉舟，脑子里又浮现出林若初和纪嘉言亲昵地挽着手臂，出现在她面前的场景。

陆沉舟很清楚薄织雾的性子，冲动，有仇必报。他就是要乘虚而入，就是要用林若初和纪嘉言的事情激她，让她答应嫁给自己。

薄织雾抬起猩红的眸子，她自嘲地笑了下："我什么都没了。"

陆沉舟望着她，阳光照在他的眉目间，被剪碎的点点阳光落进了陆沉舟的眼底，此刻的他显得懒洋洋的。

他的薄唇不经意弯起来，接下来的每一个句话，都带着温暖人心的力量。

"好巧，我什么都有啊，就是缺个你。"

薄织雾望着他，几乎是脱口而出："跟我结婚，对你没有任何好处。"

他从容应答，毫不犹豫："可是跟我结婚，对你有好处啊。"

"我还可能将你卷进这桩谋杀案里。"

"我相信你不会做这种事情。平时见着流浪猫都会投食的女孩，怎么会下手去害自己的母亲？"

"我还是纪嘉言不要的女人，你就不怕成为全朝城的笑柄吗？"

"他不要你，是他眼瞎。你觉得，除了你，还有谁有那个胆子笑话我？"

薄织雾本来努力平复好的情绪，被陆沉舟简简单单的几句话，再次击败。眼眶里的泪水，再次如同决堤的江水，奔涌而出。

陆沉舟站在她的身侧，轻轻将她搂进自己的胸膛里，一下一下地轻抚着她的后背。

她抬起眸子望着陆沉舟，眼底还带着一点晶莹。薄织雾目光闪烁，坦诚道："可我答应嫁给你，不是因为爱你，而是为了报复那些伤害过我的人，更是为了利用你达到我自己的目的。"

陆沉舟垂下眸子，对上她的眼神，目光炽热而又认真："可我爱你，这就够了。我并不在乎这些，哪怕是利用，我也觉得很庆幸，你愿意选择利用我。"

薄织雾怔怔地望着陆沉舟，沉默很久，她语气轻快："好，我答应嫁给你。"

薄织雾在医院躺了好几天，陆沉舟才安心下来。出院当天，薄织雾带着陆沉舟回到了甄家，去拿户口本。

车子开在前往民政局的路上，薄织雾神思恍惚，整个人陷在柔软的座椅里，望着窗外呼啸而过的风景，她忽然问了句："我是谁啊？"声音很轻，像是呢喃一般。

凭什么一切都是他们说了算，他们说她是甄卿好，她就是；说她不是，她就不是，否认得干干净净。

陆沉舟搂着她，将他护在自己怀里。他的下巴搁在她的头顶上，双手搂着她瘦弱的身子，似乎是想借此给她一点儿温暖。他轻轻吻上了她的发丝："你是谁，只有你自己说了才算。其他人的看法，根本就不重要。"

滚烫的热泪不断从眼眶里滑落，酸楚、感动和激动，千万种莫名的情绪交杂在一起，化作了滚烫的泪珠。

原本自己应该最讨厌抑或最恨的人，竟在此刻成了她唯一的依靠。她埋在陆沉舟怀里，整个人一抽一抽的，似乎是要将心底的所有的委屈和难过，全都释放出来。

她肯哭出来，让陆沉舟心底稍稍安心些了。陆沉舟最怕的是她不哭，憋在心里会更难受。

陆沉舟没说话，只是一下下轻轻抚摸着她的后背。

车子停在了民政局门前，薄织雾沉默地坐在车里，没有动作。陆沉舟看出了她的犹豫："后悔了？"

薄织雾缓缓回过神来，她摇了下头，声音极轻："我没后悔，只是在想一件事情。"

陆沉舟蹙起眉头，伸手握住她微凉的手，问道："在想什么？"

"我，真的是薄织雾吗？"她的双目失焦，只是靠在椅背上，望着窗外的天，极轻地问道。

陆沉舟没料到她会忽然这么问，毕竟一开始，她十分抗拒薄织雾这个名字。

默了默，最终他只说出了一半的事实："五年前，我们很相爱，可是因为发生了一些事情，导致你在生下相宜和斯年后远走A国，从那时候起杳无音讯。再次回国时，你告诉我说，你叫甄卿好。相宜和斯年是我们的孩子，如果你不信，可以验DNA。"

DNA 这个词，现在薄织雾听着只觉得格外刺耳。甄导就是通过一份鉴定文书，将她推开，然后，态度发生极大的转变。她沉默良久，哂笑了下："不用了。"

薄织雾主动拉开了车子的门，她下了车，然后淡淡一笑，望着陆沉舟说："走吧，要不然我反悔，你就没机会了。"

陆沉舟只是笑她，伸手轻轻勾了下她的鼻子，重新从兜里掏出手帕，给她擦了擦眼泪："眼圈还是红的呢，等下拍照像什么样子。"

薄织雾别过头，轻声嘟囔了一句："嫌弃我你可以跟别的女人结婚。"

陆沉舟眉心舒展开来，胸口微微一震，笑了出来。他温暖的大掌握住了薄织雾的手："除了你，我谁都不要。"

二人迈着步子走进了民政局，迅速地按照流程领了结婚证。回西山林语的路上，薄织雾望着结婚证上的红底白衣双人照，心底有股说不出的滋味。

她结婚了，跟一个自己不爱的可是却爱自己的男人结婚。这样，她真的会幸福吗？

车子碾过减速带时，薄织雾这才回过神，已经到了西山林语。

陆沉舟一早就交代过，吴妈见着她回来了，满心欢喜地拉着她的手，笑吟吟地说道："织织回来了。"薄织雾其实心情不太好，但还是在勉力应答着。

陆沉舟看出来她很倦怠，跟沈妍心说："去给她放洗澡水吧。"沈妍心应了一声，连忙上楼去了。

薄织雾乖乖上了楼，沈妍心领着她进了主卧。从前的东西陆沉舟都让人收起来了，怕她不高兴。一走进去就是巴洛克风格的房间，复古而又典雅。红木地板上，铺着波斯地毯。

沈妍心放好了水，薄织雾躺了进去。温热的水漫过身体，赶走了紧张的情绪。薄织雾的心慢慢地平静了下来。她边泡澡边出神想着事情，转眼一个钟头过去了，浴缸里的水都要凉了。

她之前泡澡没这么慢的动作，陆沉舟担心她，站在门口轻轻喊了一句："织织？"

薄织雾被这句话拉回神来，她应了一句："怎么了？"

陆沉舟听见她的声音，放下心来，说："没什么，就是想问下，晚餐你想吃什么，我去做。"

薄织雾其实是没胃口的，可是她不肯吃饭的话，陆沉舟肯定会担心的。默了默，薄织雾随口说了几个菜，陆沉舟答应着，临走前提醒她："泡澡久了对身体不好，早点出来。才出院，别又感冒了。"

薄织雾掬起一捧水浇在了自己的手臂上，这才发现，水已经不热了。她从浴缸里站了起来，随手拿起浴巾裹住身体，头发用发巾裹了起来。她推开浴室的门走了出去，纤细的手臂裸露在外。一出门，这才发现，陆沉舟还没下楼。

她脸色不禁微微有点儿泛红，赶紧找了个地方坐下，低声说："你怎么还在啊……"

陆沉舟知晓她大概是害羞。此时的薄织雾，并未将全部身心真正交付于陆沉舟，害羞也就理所当然。他转身从一边的衣柜里抽出一条干净的浴巾，随意地披在她的肩头，觉得有些好笑地说："这是咱们的房间，我在这儿，有什么好奇怪。"

薄织雾结结巴巴地说："我……我不是这个意思。"

陆沉舟的唇角微微扬起，薄织雾是什么意思，并不要紧。他轻轻将薄织雾的发巾取了下来，伸手轻轻抓了下她湿漉漉的长发，披散在腰间。陆沉舟温热的鼻息拂在薄织雾的脖子间，叫她起了一身鸡皮疙瘩。

陆沉舟顺手拿起一边的吹风机，薄织雾说："我可以自己来。"

陆沉舟没搭理她的话，只是坚持："我来。"

她是真的不习惯，突然两人间亲密成这个样子，想了想，软着声音说："可是我好饿……"

薄织雾皱起眉头，果不其然，肚子配合着咕噜叫了一声。

陆沉舟眉眼舒展开来，将手里的吹风机重新递给她，语气里全是温柔与宠溺："好，我去给你做晚餐。"

薄织雾见陆沉舟走了，这才敢将肩头披着的浴巾拿开。梳妆台前，早就摆好了护肤品和化妆品。这是陆沉舟吩咐沈妍心准备的，贴心到就连牌子，都是薄织雾喜欢和常用的那些。她从瓶瓶罐罐里，挤出水乳精华全都往脸上身上抹了，这才开始吹头发。

刚吹好头发，门外便响起一阵敲门声。薄织雾淡淡说："进来吧。"

沈妍心推门进来了，她将手里叠得整整齐齐的衣服，放在了薄织雾的跟前，轻笑着说："织织，这个你先暂时穿一下。"

薄织雾的目光落在沈妍心手里的衣服上，那是国际大牌的经典秋款，哪怕是放到现在，依旧不会过时。设计简洁优雅而又大方。

薄织雾礼貌地说了一句："谢谢。"

沈妍心摇了摇头，望着她温柔地笑了笑："有事的话，记得随时喊我。"说完这句，沈妍心便离开了。

下楼的时候，薄织雾便听见了相宜和斯年的声音。她看见两只小"糯米团子"，唇角轻轻扬了起来。吴妈刚帮相宜把小书包从背后取下，她就扑进了薄织雾的怀里，甜甜地喊了一句："妈妈！"

薄织雾垂眸看着跟前的小天使，只觉得心底一阵温软。面对这样依赖自己的相宜，薄织雾的眼角忽然湿润了。

陆沉舟还围着围裙在厨房忙着。见惯了他西装革履的样子，骤然看见他这副模样，薄织雾不禁觉得有点儿滑稽，刚从眼角滑落的泪珠，忽然就收回去又扬起唇角咧嘴笑了。

陆沉舟满头雾水，以为她是有什么事情难过了，忙哄着她："怎么了？"

薄织雾摇了摇头，轻轻伸手用手背擦去脸上的泪珠："没事。"

晚餐已经准备好了，吴妈端着紫砂锅放到了餐桌上，她给薄织雾盛了一碗，轻笑着说："织织你才出院，要多喝一点，好好补补身体。这是先生昨晚就吩咐我用文火慢炖到现在的，你尝尝看，味道保证好！"

薄织雾的唇角抿起一丝笑，捏着调羹，一口一口地轻轻喝着。

晚餐她实在是没太大胃口，不过炖的汤倒是喝得差不多了。

临收桌，陆沉舟又问了一遍薄织雾："还要吃点什么别的吗？"

薄织雾拒绝了："晚上吃多了会积食难受。"陆沉舟就没再强求。

夜幕降临，薄织雾站在房间里，有些无措地看着陆沉舟，脸色发囧："我，我去睡客房吧。"

已经结婚了，有些会发生的事情，肯定还是会发生。但是，薄织雾并没有做好准备。

薄织雾刚想溜之大吉，手腕上就传来了一阵温热的力道："回来。"

陆沉舟拉住了她的手腕。薄织雾脸色十分不自然，她的目光都不敢落在陆沉舟的脸上："我……你，你还有什么想说的？"

陆沉舟顺手轻轻捏了下她的鼻尖，蹙眉反问她："我会吃人吗？"他顿了顿，横抱起薄织雾，薄织雾下意识地搂住了他的脖子，紧张兮兮地问："你想干什么？"

陆沉舟唇角勾起懒洋洋的弧度，眯了下眼，将她放在了床上，挑眉看着她："十点了，你说干什么？"

薄织雾双手抱臂护在胸前："我跟相宜睡！"她直起身子就想跑。

陆沉舟轻而易举将她像拎小鸡似的抓了回来。他戳穿了薄织雾的那点儿小心思："放心，我没那么禽兽，你没接受我之前，我不会碰你的。"

已经趁火打劫让她嫁给自己了，要是再逼她做不想做的事情，那就真的是禽兽了。

薄织雾的脸瞬间涨红起来。她的身体僵了僵，慢慢地将腿收了回来，关了床头的灯。刚安心躺下，身后的男人就又凑了过来。她的心底顿时警铃大作："你……不是说好了的？"

陆沉舟其实真的什么都没想做，只是因为他已经很久没有这样抱过薄织雾了。

五年来，无数次午夜梦回，她就躺在自己身边，可是一睁眼，却又是空荡荡的，什么都没有。

"让我抱一会儿。"陆沉舟从背后搂着薄织雾的腰，薄织雾放心下来，陆沉舟竟然真的只是在安静地抱着自己，什么都没做。

薄织雾昨晚没睡好，五点就醒了。她醒的时候，瞧见身边的人没了影子，微微有些奇怪。

她穿着拖鞋，问了一句佣人："呃，陆……"刚发出一个单音节，想问陆总人呢，她突然觉得，这么叫似乎很见外，也很奇怪。到了嘴边的话，峰回路转地改成了："你们先生人呢？"

佣人望着她恭敬地喊了一句："夫人，先生应该在健身房。"

"健身房？"薄织雾蹙眉问道。

"是。"佣人回答她。

陆沉舟还是跟从前一样，四点就会起床去健身，然后看看今天的新闻，差不多到点就去公司了。她又问了句健身房的位置，转身去了健身房。

她靠在健身房门边，望着在跑步机上跑步的陆沉舟，敲了敲门。陆沉舟听见动静，转过身来，见是薄织雾，笑了起来："怎么醒得这么早，是不是不习惯？"

薄织雾摇了摇头，穿着睡衣就走进了健身房。她随意找了个地方坐下："不是。"

西山林语的一切都很好，比她想象中的还要好很多。她就是因为昨天的事情睡不着。

陆沉舟递给她一瓶水。薄织雾接过，问陆沉舟："你喜欢吃什么？"他怔了怔："怎么忽然问这个？"

薄织雾沉默了下，讪讪地说："我……反正闲在家里也没事干啊，就给你们做顿早餐呗。"

陆沉舟听薄织雾这么说，心底很是愉悦，但是他还是拒绝了："这种事情吴妈和其他人来做就行了。我娶你回家，不是做这些的。你要是觉得无聊，可以让妍心帮你安排行程。想工作也可以来华娱。"

她在努力调整自己的状态，可是哪有这么快就能走出来。

陆沉舟的话叫她心底很是感动，她苦笑了下："算了吧，跟你一个公司，还不知道其他人要说什么闲话呢。"而且，夫妻在一个公司共事，很容易吵架，她不想因为工作的事情跟陆沉舟吵架。

陆沉舟见她还是睡眼蒙眬的，问了一句："你要不再回去睡会儿？"

薄织雾摇头："不要，我去做早餐了。你不说，那我就随便做啦。"她说着，便离开了健身房。

陆沉舟望着薄织雾离开的身影，不自觉就扬起了唇角："还是跟五年前一样，闲不下来。"

薄织雾下楼的时候，吴妈才刚刚进去，她说："吴妈，今天的早餐我来准备吧。"

吴妈回过头，见是薄织雾，笑着说："不用，你出去吧，我来就行啦。"

薄织雾不肯，她已经把面包机打开准备做三明治了："我来吧，难得早起一次下厨，你就满足下我的愿望好了。"

吴妈见她这么坚持，也只好随她去了："好。"

早餐准备得很快，因为薄织雾只做了三明治。陆沉舟下楼的时候已经换好了衣服。她正好端着三明治和热牛奶从厨房走了出来，见着陆沉舟的身影，轻笑着说："这么快就好了？"

陆沉舟边整理自己的领带边说："迫不及待想吃到你做的早餐，就下来了。"

薄织雾脸色微微泛红。陆沉舟已经拉开椅子坐下了，他自顾自地拿起三明治吃起来。薄织雾皱眉问道："不用等相宜和斯年吗？"

陆沉舟摇了摇头："不需要，晚点再让吴妈给他们准备。"

薄织雾点了下头，盯着陆沉舟，总觉得有点奇怪，好像少了点什么东西。过了好一会儿她才想起来少了什么东西，放下手里的刀叉，站了起来。

陆沉舟蹙眉问她："干什么去？"

薄织雾指了指他的领带，笑着说："你领带夹忘了。"

经薄织雾这么一提醒，陆沉舟这才低头看，发现自己的确没戴领带夹。她笑了笑，转身就要上楼去给陆沉舟取领带夹。

陆沉舟问她，"你知道在哪儿？"

薄织雾迈着步子上楼："知道。"昨天沈妍心带她看过屋子，都介绍过，陆沉舟的衣帽间跟她的是连在一起的。

薄织雾下来的时候，笑着说："来了。"

她伸手将领带夹递给了陆沉舟。陆沉舟却没接过来，只是望着薄织雾说："你替我戴。"

薄织雾怔了下，反手将领带夹放在了餐桌上："自己戴。"她小声嘟囔了一句。

陆沉舟哂笑了下，自己戴上了，又跟薄织雾说："等下吃完了早餐，去找赛加维纳王妃聊会儿天吧。"

薄织雾一瞬怔住了："为什么？"

陆沉舟是看她心情不好，希望让她去散散心，但是却没挑破。"没什么，就是有个合作要跟赛加维纳那边谈。有一些常规的应酬。"

薄织雾点了下头："好吧。"

第15章 真相

王妃并没有薄织雾想象中的那么难相处，反倒为人十分随和。

赛加维纳王储定居在了朝城后，住在了郊区的一处庄园里。环境跟西山林语有得一拼。在车上的时候，沈妍心就跟薄织雾说，今天王妃邀请薄织雾来这边，是有目的的。

最近王储新看上了一块地皮，单纯他一个人开发，风险很大，所以想拉着陆沉舟一起。前几天得到了消息，说薄织雾跟陆沉舟复婚了，就想着从薄织雾的身上入手。

门口是欧式黑色铁栅栏大门。进门之前，门口保安还得提前检查有没有带什么违禁物品。检查过后，确定没问题，这才放了薄织雾重新上车。

王妃的秘书笑着说："陆太太别见外，不是针对您一个人，是所有人进来都会这样。"

薄织雾讪讪地点了下头："我知道。为了安全起见嘛，可以理解。"

薄织雾下车的时候，便看见了站在门前的王妃。她穿得很正式，一身白色的西装短裙，长发微卷，金发碧眼，美艳动人。虽然来之前听人说过，王妃今年四十多，可是保养得还是极好。

她上前望着薄织雾礼貌地微笑着说："陆太太，很早前就听说你是个美人，今天一见，果然如此。一直都想见见你，结果七等八等，到今天才有机会。还望你不要见怪。"

果然是熟悉的官方语气，这番话说得薄织雾讪讪地笑了下："王妃过奖了。"

王妃笑着拉着薄织雾进了屋子里。一进门，墙壁上就挂着一幅巨大的照片，是赛加维纳王室的全家福。

薄织雾的目光一瞬间就被照片中间的那个女人吸引了。她望着照片里那个眉眼温柔的女人，怔怔地出神好一会儿："可以冒昧问下，那位是谁吗？"

王妃顺着薄织雾的目光看过去，笑着说："这位是赛加维纳的王后，也是我的嫂嫂。说起来还真是有缘分，她也是C国人呢。"

薄织雾蹙起了眉头，她微微有些惊讶地望着沈妍心："啊？"

沈妍心点了点头，在她耳畔轻声说道："是的，王后是我们国家的人。"薄织雾轻笑了下："突然有种与有荣焉的感觉。"

王妃望着薄织雾仔细打量了她一番，笑着说："仔细看起来，陆太太跟嫂嫂倒是还有几分相似呢。"

薄织雾略微觉得有点儿尴尬，也就只是单纯地将王妃说的这番话，当作是奉承了。

她轻笑着说："王后端庄优雅，我自然是比不上的，可是若是一定要说我跟王后有相似的地方，那大概就是好看的人都长得相似了。"

王妃听着薄织雾这番话，嘴里对她的高情商简直就是赞不绝口。

贵妇之间聊天，其实说来说去不过是些化妆品、珠宝，再或者是些投资之类的。这些薄织雾都略懂一二。

"听说陆太太除了是作家外，还是一名编剧？"王妃坐在花园里，手里捧着一盏下午茶轻轻喝着。

薄织雾微笑着说："担不起作家二字，只是闲来随手抒发心中所想，写出故事而已。"

王妃哂笑着说："好巧，我大学的时候，学的也是戏曲影视，如果以后陆太太有兴趣的话，可以常来，咱们交流交流。"

薄织雾点了下头，低头一看手表，差不多也该回家了。

她站了起来，笑着跟王妃说道："抱歉，王妃，沉舟他快下班了，我也要回家了。"

王妃跟着站了起来，蹙眉说道："这么快就要走了吗？"

薄织雾讪讪笑了下，嘴里是推辞的话："抱歉，沉舟回家见不到我，会担心的。"

她都把话说到这个份上了，王妃自然也不好再说什么，只是笑着说："那陆太太改天有空一定要再过来。"

薄织雾笑着答应。临走前，王妃送给她一件包装华贵的礼物，薄织雾连忙推辞："这个太贵重了，我不能收。"拿人手短，她要是收了这个，到时候在陆沉舟面前提起来，很难说清了。

王妃自然是不肯的，她让人塞到了沈妍心手里。王妃的秘书笑着说："这只是一点小心意而已，来家里的人都会有的，您别误会。"

王妃话都说到这个份上了，薄织雾只好接受了，不然显得她矫情。沈妍心收下后，王妃目送薄织雾的车离开了庄园。

秘书盯着远方问道："这样陆先生真的能明白殿下的意思吗？"

王妃笑着说："陆总是个聪明人，殿下愿意跟他打交道，是有原因的。还有陆太太，眉眼长得真的跟……很像。"

薄织雾一路回到了家里，终于松了口气，她躺在沙发上："终于回来了。"沈妍心笑着说："怎么了？很累吗？"

她没好气地吐槽："能不累吗？跟着王妃聊天的时候，我全神贯注的，比做数学题还认真。"说着，薄织雾的目光又落到了那个礼物上，她问沈妍心："你拆开过了吗？"

沈妍心摇头："没有。"毕竟是王妃给薄织雾的东西，她拆开去看不太好。

默了默，薄织雾拿起手边的礼盒，拆开了。王妃送的是一尊船形玉雕，玉的质地看起来很好。

"看什么呢？"门口传来了一阵熟悉的声音，薄织雾将手里玉雕放下，转过头来，看了一眼陆沉舟，温柔地笑着："怎么今天这么早就回来了？"

陆沉舟一步步走了过来，他坐在薄织雾身边："想你了，就回来的早了些。"

薄织雾脸色微微一红，她岔开话题，将玉雕推到了陆沉舟的跟前："这个，王妃送的礼物。"顺着她的目光，陆沉舟看见薄织雾跟前放着的这尊玉雕，他忽然哂笑了下："风雨同舟，好寓意。"

薄织雾懵了，满头雾水地说："什么风雨同舟啊？"

陆沉舟耐心地指着玉雕解释给她听："这是什么？"

"玉雕啊。"薄织雾回答。

"我问你形状。"陆沉舟说。

她撇了撇嘴："就是个船……"刚说完，薄织雾迅速反应了过来："风雨同舟？"

玉雕的寓意，原来是这个。

薄织雾抿了抿唇，有些紧张起来："我就这么收了，王储那边不会误会什么吧。"

陆沉舟摸了摸她的头，安抚着她说道："放心吧，不会的。"她还是不大相信，狐疑地看着陆沉舟："真的吗？"

"嗯。"陆沉舟如实回答。

她稍稍放心些了，顿了顿，反问道："你是在什么时候跟王储有接触的？"

陆沉舟望着她答道："五年前就开始了，你要是真的有兴趣，以后我慢慢讲给你听。"

话音刚落，薄织雾的手机忽然响了起来。是林若初打过来的。

薄织雾忘了拉黑她，定定地看着屏幕上的名字，最终按了接听键："有事？"

她凉飕飕的声音，传到了林若初的耳朵里。林若初还是摆出那副楚楚可怜的样子，低声说："卿好姐，我是想来问问，我的订婚典礼，你会来吗？"

沉默了会儿，薄织雾说道："当然会来。"

她还有份大礼，没来得及送给林若初。

林若初听到这个答案，终于放下心来了。

林若初订婚当天，陆沉舟难得穿了一件白色的衬衣，还是为了跟薄织雾的衣服凑成情侣装。

订婚宴的位置设在陆氏旗下的天鹅大酒店。圆梦厅里早就挤满了人，大门在缓缓打开的那一刹，屋子里有人喊了一句："陆沉舟来了！"

一屋子的人，目光瞬间聚集到了薄织雾和陆沉舟的身上。陆沉舟身上的气场，让在场原本窃窃议论的人，顿时都闭了嘴。

薄织雾站在她身边，精致的鹅蛋脸上画了一层淡妆，整个人看起来落落大方。二人站在一起的时候，颇有些天生一对的感觉。

今天的林若初妆发精致，身穿大红色短款礼服，看着站在人群对面的薄织雾，脸色微微沉了下来。

她本来只是假意邀请，想要报复薄织雾而已，却没想到，她竟然真的来了，还这么耀眼夺目……灯光落在薄织雾裙子上的钻石上，散发着点点光辉，宛如漫漫银河中最璀璨耀眼的星星。

"那是甄卿好吧……她怎么跟陆总一起来了？还穿得这么……"

"是……是我认错人了吗？"长袖的女孩儿伸出手指，颤颤巍巍地指着薄织雾，似乎是有点儿不敢置信。

前些天她还在网上看见消息，说薄织雾落魄到流落街头呢，怎么忽然就跟陆沉舟一起出现在订婚宴上了？

　　纪嘉言原本一直是兴致缺缺的，随着人群中那一声"甄卿好"，他也缓缓地抬起了眸子，望着站在门口的女孩儿。

　　薄织雾跟陆沉舟一样，目光在人群中轻飘飘地扫了一眼，望着纪嘉言的时候，她的心底依旧泛起了一阵波澜，只是，也没有任何作用了。他到底是要娶了别的女人。

　　她是喜欢过纪嘉言没错，可是在纪嘉言选择林若初的那一刻，甚至在他赶她离开甄家的那一刻，就注定了不可能。

　　薄织雾抬起了她高傲的头颅，目光中没有一丝怯懦，这样自信的薄织雾，反倒让在场的人不敢再说什么了。

　　陆千帆也看见她了，笑着喊了一句："嫂子。"

　　此话一出，圆梦厅的人顿时都惊呆了，一个个的下巴差点掉到地上，嘴巴微张的样子，都能塞进去一颗鸡蛋。

　　"嫂子？天啊，怎么回事？"

　　"不知道啊，但是既然陆千帆都喊甄卿好嫂子，那肯定是真的了。"

　　"他们在一起了？"

　　今天明明就是自己的订婚宴，可是薄织雾在订婚宴上闹这样一出，是想要做什么？抢尽自己的风头？不，她决不允许订婚典礼出现一点意外！林若初暗暗咬牙，手紧握成了拳头，目光定定地看着薄织雾。下一刻，她就挽上了纪嘉言的手："嘉言，卿好姐也来了，我们去打个招呼吧。"

　　纪嘉言还没反应过来，就被林若初连拉带拽地拉到了薄织雾的跟前。

　　她从身边的服务生托盘里端了一杯香槟，递给薄织雾，脸上挂着人畜无害的小白兔似的笑容："卿好姐，你来了，我还以为……"她说到这里，顿了一下，接着说道："以为你不来了。"

　　薄织雾仍旧是那个表情，瑰色的唇瓣微张，开口就是淡漠的语气："若初你的订婚典礼，我怎么能不来参加呢？"

　　林若初一脸幸福，她脸色微微有些娇羞地靠在了纪嘉言的怀里。纪嘉言本能地想要推开她，可是，林若初攥他的手有些紧，让他没法推开。他也的确不能在薄织雾面前，推开林若初。

　　薄织雾纤手微微抬起，身后的沈妍心便拎着东西过来了，那是一个盒子，里面放着礼物。她脸上是得体的笑："这是我精心为你挑选的订婚礼物，你看看喜不喜欢。"

林若初的目光顺着薄织雾手的方向望过去，沈妍心将礼物送到了林若初跟前。周围的人也好奇，薄织雾到底送了什么礼物给林若初，便跟着围了过来。

林若初打开一看，里面是两块碧螺春茶砖。在场宾客的脸一下子难看起来。

"天啊，甄卿好这是在搞什么啊？这可是订婚典礼，她竟然送茶叶？"一位男士惊呼。

"嘲讽林若初是'绿茶'吗？我早就看林若初不舒服了，每天一副温婉得体的样子，骨子里是个什么货色自己不知道吗？"

林若初的脸色霎时间难看起来，她抬起眸子，眼神里满是不解地望着薄织雾，心底再不高兴，也只得忍下来。她望着薄织雾，温柔地耐着性子，笑着说："没关系啊，卿好姐能来参加我的订婚典礼，我就很高兴了，哪怕是什么都不送，我都会很高兴的。"

陆沉舟薄唇微启，解释了一通薄织雾的用意："古时订婚都有敬茶礼，茶叶有两层含义，一是挪到别的地方就活不了，另一个寓意是茶树多籽，织织是想祝福林小姐和纪先生多子多福。林小姐可别误会了。"

他都这么解释了，在场的人，谁还敢议论什么，而且，虽然说是来参加林若初的订婚典礼的，可是毕竟是陆氏的酒店。在陆沉舟的地盘，谁敢撒野。

林若初心底怨愤更甚，可是陆沉舟解释的每一句都滴水不漏。今天陆沉舟带着薄织雾在人前树立的，就是一个温柔的形象。她在大家的眼里，一直也是很好相处的，如果今天只是因为薄织雾送她一份绿茶，她就不高兴，只怕会遭人议论。

所以，她能做的，除了忍，还是忍。

林若初摆出来一副恍然大悟的样子，轻笑着说，"原来是这样，还是陆总博学多识，不然，今天在场的大家，要是误会了卿好姐就不好了。"

薄织雾语气不急不慢，她纤细白皙的手端起香槟轻轻抿了一口："若初你不要误会我就好了。"

林若初唇角上扬："怎么会呢。"

话音刚落，门外几个身穿制服的警察便出现了："请问林若初小姐在这里吗？"

林若初看见警察，心底登时咯噔一下。她眼神里的紧张稍纵即逝，很快就摆出来一副端庄大方的样子："是我，怎么了？"

警察面色严肃地说道："您涉嫌故意杀人，请跟我们走一趟。"

此话一出，甄导的脸上瞬间出现了震惊之色："这……怎么可能？你们是不是搞错了。"

林若初瞳孔猛然一缩，下意识地反驳道："我没有！"

陆沉舟在事发第二天，就安排了顶尖的律师团队和侦探团队开始侦查。果不其然，很快就查出了蛛丝马迹，就是林若初自己花钱买通了司机，然后嫁祸给薄织雾的。

警察面不改色地说道："无论林小姐你有没有，都要跟我们走一趟，这是你的责任和义务！"

薄织雾慢悠悠地开了口："清者自清，既然若初你觉得没有这么做，那就更应该跟人走一趟了。"

警察亮出了逮捕令："没有这个，我们是不会来抓人的。"

他的目光又重新落在了林若初的脸上，冰冷的手铐已经取了出来，戴在了林若初的手上。

林若初的眸光忽然明亮起来，她恍然想起什么似的，朝着薄织雾疯了一样就要扑过去，声音凄厉，表情狰狞："甄卿好！你就是故意趁着这个时候来搞我的吧！"

陆沉舟眼疾手快，搂着薄织雾的腰转了个圈，淡粉色的裙裾划开一个圆形的弧度，粉钻泛着流动的光，轻而易举地避开了林若初。

林若初扑了个空，整个身子跌在了地上，手肘上一阵闷疼传来，脸上还带着些狼狈的泪痕。

陆沉舟将薄织雾护在身后，望着林若初淡淡说道："林小姐如果没做过，为什么不肯跟警察走，接受调查？你不是一直坚信清者自清的吗？"

薄织雾只是冷眼看着，没有说一句话。在场的人都沉默了，大气儿都不敢喘一声。

林若初跌坐在地上，心底浓烈的恨意就要喷涌而出。她现在发丝散乱，脸上满是泪痕。

警察见她这样子，依旧是一副冷淡的模样，然后，在众目睽睽之下，将林若初带走了。

订婚宴当天，女主角却被带走，这事儿在朝城一夜之间闹得很大。林若初进去的时候还是死不承认的，没过多久，警察就彻底击破了她的心理防线。

她对自己做的事情，终于供认不讳，承认自己花钱买通了司机，在车上做手脚，并且嫁祸给薄织雾。

杀人是要偿命的，陆沉舟又有金牌律师团队在，最后重重审判下来，林若初被判处死刑。

又是冬天，薄织雾一直觉得身体不太舒服，做了检查才发现，自己怀孕了。

怀孕才一个多月，医生给她开了叶酸片。她拿到体检报告，迫不及待地就发给了陆沉舟。陆沉舟很高兴。她也很高兴。兜兜转转，爱的人还在身边，这已经是最大的幸运了。

她迈着步子，准备去拿药的时候，就撞见了一个熟悉的身影。是纪嘉言跟他的秘书。医生送他出来的时候，还特意叮嘱了两句："氟西汀和褪黑素这两种药，暂时别吃了，要……"

"氟西汀……"

纪嘉言听见身后传来熟悉的声音，心底一紧，猛然回过头，这才发现，是薄织雾。心底有什么轰然一下子倒塌了。

医院的花园里。

阳光温柔地洒在两人身上，薄织雾坐在长椅上，纪嘉言坐在一边。二人就这样安静地坐着。时间可真是个好东西啊，足以抚平一切，薄织雾本以为自己再跟纪嘉言见面，会有很多话要说，可是，这才见面，却都无话可说了。

"什么时候的事情？"薄织雾哽了哽喉咙，过了很久，才终于开了口。

她实在是没法把抑郁症这种病跟纪嘉言联系在一起。

外人眼里的他是那样温润如玉而又才华横溢。

跟薄织雾相比起来，纪嘉言就显得格外平静了："很多年了，十八岁开始的。"

那时候临近高考，纪嘉言的压力很大，他父亲施加给他的压力，一直都很大，导致他在高考前的一段时间，都没有去学校。

当时学校的老师就觉得奇怪，但是纪嘉言的成绩在班上一直属于不错的，所以也就没多问什么。或许就是天妒英才，越是成功的人，越是会有些缺陷。

薄织雾的声音有些发涩："怎么不告诉我啊？"

　　她跟他朝夕相处了五年，竟然一丝一毫都没发现。她不知道是该说自己傻，还是纪嘉言瞒得太好了。

　　心底的酸涩不断地翻涌而出，薄织愣愣地坐在那里。纪嘉言自嘲地笑了笑，"告诉你，让你可怜我吗？"

　　心口忽然像是被一根细小的银针扎了一下，细微不可见，刺疼她的心。薄织雾沉默了，她安静地坐在那里，一股浓郁得化不开的愁闷郁结在心底。

　　他苦心瞒了这么多年的真相，最怕被薄织雾知道的事情，最终还是让她知道了，心底似乎有颗石头放了下来。

　　纪嘉言的语气尽量轻松，怕给薄织雾带来负担："他对你好吗？"

　　本来是想问她幸福不幸福的。可是"幸福"这两个字，现在说起来好像挺沉重的。

　　薄织雾努力地微笑着，可是眼底仍有氤氲的水雾模糊在眼前，她的眼圈微微发红，哂笑了下，努力点了点头："你也要幸福啊。"

　　这句话，她是发自真心的，站在一个好朋友的角度，她希望纪嘉言可以幸福。

　　时间是最好的良药，会带走一切，让人将心底的不满和遗憾，全都抚平。

　　在纪嘉言跟林若初订婚，她去见林若初时心底只有恨意。那个时候她才发现，或许，她并没有自己想象中的那么喜欢纪嘉言。

　　或许就跟小朋友一样，习惯了有这个人在身边，习惯了这个人对自己好，所以才会有怨恨，有不甘。因为他要去照顾其他女孩子了，她再也不能像以前一样黏着他，一有问题，第一时间想到的就是他了。

　　得知陆沉舟可能出去见其他女人的时候，薄织雾才是真的心底在泛酸，怕他会离开自己。人或许都这样吧，失去之前都不懂得珍惜，失去后才开始追悔莫及。

　　幸福？纪嘉言知道，这两个字，这辈子大概都不会跟自己沾上关系了。他这样的人，这辈子跟哪个姑娘在一起，都是祸害人家。

　　可饶是这样，他还是云淡风轻地笑了笑，慢慢点了点头："会的。"

　　沈妍心的电话打过来了，催她说如果再不过去的话，可能就要等明天才能拿药了。薄织雾收拾好了自己的情绪，挂了电话，从椅子旁站了起来。

　　薄织雾望着纪嘉言，寒风吹过他们的发丝，将薄织雾的衣角吹起。沉默了很久，她望着纪嘉言微微一笑："再见。"

纪嘉言则是回以她淡淡的微笑："去吧。"

薄织雾迈着步子朝前走去，每走一步，脑海中就浮现出一幕跟纪嘉言从前相处的情景。从花园走到医院附近的停车场，薄织雾忽然觉得，好短暂啊，却又好似过了很久很久。五年的时间说长不长，说短也不算短，却足以让她怀念很久。

记忆里的那个纪嘉言，永远是善良而又温暖的人，干净透彻。

人生就像是一趟列车，途中总会有人上车，也会有人下车，不到终点站，你都不知道，到底谁才是会陪你到最后的那个人。

晚上，薄织雾靠在陆沉舟的怀里。陆沉舟伸手轻轻抚上她还很平坦的小腹，忽然提了一句："织织，我们举办婚礼吧。"

她刚端起牛奶喝了一口，忽然就怔住了，望着陆沉舟说："怎么……忽然提起这件事？"

陆沉舟认真地看着她，拉着她的手说："因为我欠你一个婚礼，五年前，就欠你一个婚礼。"

薄织雾现在怀孕了，幸好月份不大，如果不是现在举办的话，等月份再大一点，肚子大起来，就行动不方便，也没法好好选婚纱了。

"可是，我还是想找到我妈妈再说。"薄织雾沉默了一会儿，慢慢地抬起眸子，望着陆沉舟，慢慢提出了自己的请求。

陆沉舟哂笑了下："如果我说，我已经找到了呢？"

薄织雾怔住了，表情里满是震惊。她呆滞地看着陆沉舟好一会儿，脸上全是不可置信的表情："你……什么时候的事情？她在哪儿？"她的唇角洋溢出激动的笑，眼神都变得明亮起来了。

陆沉舟慢慢将她搂在怀里，伸手轻轻地抚摸着她的发丝："这件事，明天再说。现在，好好休息。"

他说着，低头吻了下薄织雾的额头。薄织雾慢慢地抬起眸子望着陆沉舟，心底却满是紧张与激动。她真的很想知道，母亲在跟自己分开后，到底是去了哪里。

二十三年前，一场大火，让她家破人亡。这几天，薄织雾翻看了当年的报纸，很多人都认为，她和母亲都死在了那场大火中。可是并不是，他的父亲温秉文是个儒商，在记忆里父亲总是很忙，忙得没时间陪自己和母亲吃一顿饭。

在她童年的回忆里，关于父亲的记忆少之又少。可是，母亲总在告诉她，那就是，她的父亲很爱她，非常非常爱。幼时，她也曾是娇滴滴的大小姐。有人疼有人爱，只可惜，天灾人祸，一切都在她五岁那年戛然而止。

"明天陪我去看看我爸吧。"薄织雾闷闷地跟陆沉舟说了这句话。陆沉舟搂着她，将她抱得又紧了几分："好。但是你也要答应我，明天我们就宣布婚礼好不好？我不想再等了。"

他已经等了二十三年，才等到他的姑娘。温软长大成人，一步一步，踏着四季更迭与岁月洪荒，终于来到了他的身边。

薄织雾抬起头，望着他浅浅地笑了笑，慢慢地点了下头。窗外的月光照进来，照得二人依偎着的身影十分甜蜜缱绻。

华娱发布出结婚的消息，不过才一天的时间，就传遍了整个朝城。人人皆知，薄织雾和陆沉舟要结婚了。

微博那边没有提前告知这件事情，不出意外，陆沉舟和薄织雾又把服务器搞瘫痪了。评论里的小姑娘都哭着说，又相信爱情了，要变成柠檬精了。

纪嘉言坐在电脑跟前，网页停留在她微博的消息上。他盯着她的微博，慢慢地，笑出了声。外面的秘书已经收拾好了东西，她敲响了办公室的门。纪嘉言淡淡地说了一句："进来吧。"

她有些不舍地问纪嘉言："纪总，工作室真的要解散了吗？"毕竟在一起工作了这么多年，要解散的话，她是舍不得的。

纪嘉言温和地笑了下，他点点头："嗯。"慢慢地，他从抽屉里取出一封信递给了秘书："最后再麻烦你一件事情。"

秘书惶恐地说："纪总您客气了，有什么事情说就是，千万别用'麻烦'两个字。"

他只是淡笑了下，目光又重新落在了信封上："帮我交给织织吧。"他还是没勇气去参加他们的婚礼，亲眼看着她穿上婚纱嫁给陆沉舟。

从初遇到现在，仔细算一算，竟然已经过了八年的时间。对薄织雾来说或许没多久，可是对他来说，却像是耗尽了一生一样漫长。

暗恋，是一个人的兵荒马乱。

薄织雾被拉着试婚纱。陆沉舟知道她怀孕了，心疼她，不想让她来回折腾，干脆让那些国际大牌的专柜派人把婚纱送过来，在西山林语一件一件地试着。

就这半个月里，薄织雾被陆沉舟养胖了不少。晚上的时候，陆沉舟给家里打了个电话："织织，晚上出来一趟吧。我们谈一谈，关于你母亲的事情。"

薄织雾听到"母亲'两个字，神色微微一怔，旋即，慢慢地点了下头："好。"

怀孕后，陆沉舟就不让薄织雾穿高跟鞋了，怕她摔着。天色晦暗，她穿了件卡其色的大衣，裹着厚厚的围巾，穿着平底鞋来到了天鹅大酒店。季秘书早就在门口等着她了，见她过来，温柔地笑着说："夫人来了。"

薄织雾略点了下头，便跟着季秘书一起进去了。陆沉舟在四楼的餐厅里，薄织雾进去的时候发现，屋子里不只有陆沉舟。

还有，王储和王妃。

陆沉舟见她过来了，站起来扶着她坐下，温柔地说："来了。"薄织雾点了下头，她望着坐在自己跟前的王妃和王储，有些茫然："这是……什么意思？"

王储望着薄织雾哂笑了下："或许，你应该喊我一声叔叔。"王妃点了下头。

薄织雾彻底懵了，她的嘴唇微张，望着王储，半天才反应过来，心底万千复杂的情绪慢慢浮上心头，她的眼底忽然涌出酸涩的泪珠。"你的意思是……我的妈妈，她真的……真的是……"

陆沉舟微一点头，他说："妈一直没有放弃找你，只是没有大张旗鼓而已。王……"他刚开口，话到嘴边又吞了回去，哂笑着说："叔叔来朝城，不只是为了做生意，更是为了打探你的消息。"

王储笑了下，他说："她人还在赛加维纳，现在没法过来。不过，你结婚当天她会过来的。"

薄织雾哭了，接踵而至的惊喜太多，让她觉得整个人都飘飘然，甚至觉得自己处在云端之中。她哽着喉咙问了一句："她还好吗？"

二十三年的寻找，却一直未曾得以相见，能够脱口而出的，竟然只有一句："还好吗？"

王储笑了下："她很好，你还有两个弟弟一个妹妹。"

温母当年离开后，的的确确去了A国，她得先养活自己，这样才能够去找薄织雾。后来，她进了舞蹈团，开始重操旧业。

在嫁给温父之前，她本就是芭蕾舞界鼎鼎有名的人物，出国后发展得也很好。不过一年的工夫，她就成了舞蹈团的台柱子，迅速声名鹊起，全球巡演的次数越来越多。

彼时，赛加维纳的国王也还没回去继承王位，在A国，他刚成为一名金融家。他对温母一见钟情，然后便展开了猛烈的追求。花了三年的时间，她才答应他的追求。在婚前，她坦白了自己的过往。

国王却说，他在追求之前就已经调查清楚了她的背景，并且告诉温母，他会帮着她去寻找薄织雾。

真正爱一个人，会爱屋及乌，包容她的过去，爱她所爱。也正是这一点，真正打动了温母，愿意跟他在一起，远走异国。

薄织雾迟疑地看着王储，经历了甄太太的事情，她其实是心有余悸的。她害怕再经历一次那种事情。

她沉默了会儿，轻声问道："你们确定没有认错人吗？保险起见，还是做个DNA 鉴定吧。"王储看着她这副样子，忽然哂笑出声。

"把文件拿出来吧。"话音刚落，王储身后就有男人将文件取了过来。他打开了文件，递给了薄织雾："你的腰部后方有颗红色的心形胎记。"

薄织雾脸色忽然羞赧起来，她望着陆沉舟，低声问道："他们怎么知道的？"

"我说的。"陆沉舟给她解释。薄织雾轻笑了下，没再多说什么。

整场聚会，更多的是围绕着薄织雾的身世，以及她的母亲展开的。她怀孕了，很快就感到累了，到了九点就撑不住了。眼皮子上下直打架。王储和王妃知道的，所以也不忍心多留，便放他们回去了。

窗外又飘起了零星的雪花，纸屑一样地飘散下来。薄织雾望着窗外的风景，脸上有些愁容。陆沉舟蹙眉问她："怎么了？"

"我害怕，我的出现，会打乱她原先的生活……"薄织雾双眼迷离，望着窗外的风景，淡淡地说着。

赛加维纳的王后，如果突然爆出有了个这么大的孩子，媒体会怎么报道？她不想让母亲为难。

陆沉舟叹了口气，搂着薄织雾的脖子，下巴抵着她的额头，轻声骂了一句："你还真是个笨蛋，整个C国的娱乐新闻，没有华娱的允许，谁敢发出去。更何况，爸和妈结婚的时候，肯定都有媒体挖过妈的身世背景了，既然是干干净净的，你怕什么？"

陆沉舟的每一个字都砸在了薄织雾的心尖上，她的眼眶忽然再次泛起了红，晶莹的泪珠开始啪嗒啪嗒地往下直掉。

他伸出手，将薄织雾脸上晶莹的泪珠擦干净，哑着嗓子跟她说："相信我，所有的事情都交给我处理。好吗？"

薄织雾点了点头，她慢慢靠在了陆沉舟怀里："谢谢你……"

窗外，夜色沉沉如墨。

第 16 章 终章

婚礼的事情，陆沉舟交给了王储和王妃那边的人帮着操办。薄织雾怀着孩子不方便，王妃偶尔也会过来看她。从前的疏离是因为他们的身份，现在的亲近也是因为他们的身份，抛开王妃和王储这个身份，他们就只是薄织雾的叔叔和婶婶。

薄织雾难得出门逛一次街，陆沉舟让人把商场清场了，怕她被人碰到，还不让她穿高跟鞋，薄织雾觉得很委屈。她跟王妃诉苦，王妃却也笑着劝她："他也是为了你好。"

她坐在车里，手机忽然就响了起来。对方小心翼翼地试探着"喂"了一句，薄织雾听出来了，那是纪嘉言秘书的声音。她蹙眉问道："怎么了？"

"是薄小姐吗？纪总让我转交给您一封信，您看您什么时候有空，我送过去给您？"秘书礼貌地问薄织雾。

薄织雾愣住了，沉默半晌才说："他给我的信？"

秘书说："嗯。"

"我在去商场的路上，如果你方便的话，等下就过来吧。"薄织雾说。

秘书应了一声，表示等下会过来。

薄织雾跟王妃逛来逛去，买了挺多东西，晚些时候会有专人送到家里去。在咖啡厅门前，薄织雾见到了纪嘉言的秘书。她将手里的信交给了薄织雾："既然信给您了，我就先走了。"

薄织雾垂眸看着手里的信封，有些疑惑地问道："他怎么会忽然想着给我写信？为什么不亲自来跟我说？"

秘书笑了笑："抱歉，我不知道，如果您真的好奇的话，不如打电话去问问纪总好了。"

薄织雾沉默了一会儿，慢慢点了下头。

王妃跟她一起走进了咖啡厅，薄织雾望着手里的那封信，沉默了很久才拆了开来。王妃给她点了杯奶茶。

窗外温暖的阳光照进屋子里，在薄织雾精致的脸上，投下一圈淡淡的阴影。

遒劲有力的字映入眼帘。

织织，展信安。想跟你说的话很多，可是在你面前，我一定没法坦然跟你说出这么多的东西，所以只好倾注于笔端，甚至连见你的勇气都没有了。

在听说你要跟沉舟结婚这个消息的时候，我心底其实是百感交集的，心酸过，难过过，最后还是只能选择坦然地祝福你。我知道，你会给我请柬，可是我没有勇气去参加你们的婚礼，亲眼看着我曾经喜欢过的姑娘，从我面前经过，然后走向另一个男人。

我走了，本来是打算前段时间在医院的时候，就跟你告别的，后来才发现，其实没有必要。沉舟对你很好，你跟他在一起，会很幸福。我为我过去的那一点阴暗得见不得光的私心向你道歉。我曾经的的确确想过，取代沉舟在你心底的地位，可是最后我才发现，这样毫无意义。因为你爱的，终究只是沉舟，我在你的心底，只是一个替代者。

如果时间可以重来的话，我一定要先沉舟一步遇见你，然后再跟你在一起。当你看完这封信的时候，我已经乘上了去D国的飞机，工作室我也解散了。

"莫问归期，或许，有缘还会再见。"

最后落笔的字迹格外潇洒遒劲。

整封信看完，薄织雾有点怅然若失。她打开了手机，将电话拨了出去。

与此同时，机场的候机大厅已经响起了登机的提示，纪嘉言看着来电显示的名字，他怔怔地看了好久，最终还是按了接听键。

他接起电话。电话那头却沉默了。他轻声喂了一句，薄织雾这才回过神来，她哽着喉咙问了一句："怎么忽然想着去D国，还解散了工作室啊？"

纪嘉言晒笑了下："因为我想恢复正常人的生活了。D国那边有个治疗抑郁症的机构，音乐疗法，效果不错。"

薄织雾听见这句话的时候，心底忽然就泛起了一阵酸楚。她的喉头微微发酸，听见了机场里的广播，她哽着喉咙，最后说了一句："一路顺风。"

纪嘉言云淡风轻地笑了下，他"嗯"了一声，然后利落地将电话挂了，拉着行李箱转身过了安检。

过了一会儿，薄织雾抬头看着空中飞向天际的一架飞机，喃喃说了一句："你也要幸福。"

在这种三角恋里，势必有一个人是要退出的。既然他爱的女孩儿心底已经有了另一个男人，她爱着他，而他也爱着她，他给不了她想要的幸福，那么，除了退出，别无选择。

心口一阵闷闷的疼痛传来，纪嘉言望着窗外厚厚的云层，慢慢地阖上了眼。飞机行驶在天际，越来越远，直到化为一点。

西山林语的卧室里，薄织雾刚睡下，陆沉舟给她盖好被子。他穿上睡衣起身，悄悄地走到了书房里，给赛加维纳王储打了一通电话。

"我想，你们应该给织织一个身份。"陆沉舟开门见山地和王储说了这么一句话。他不想委屈薄织雾。

王储晒笑了下："陆，你以为我哥没有想到这一点吗？"

"嗯？"陆沉舟疑惑地问。

王储慢慢地解释着："织织二十三年未曾见到母亲，这一点我哥心底也一直有遗憾。"

当年国王跟温母结婚的时候，让温母用了另一个身份，为的就是保护温母，不让她被外界议论，甚至将她相关的资料和报道销毁得一干二净。在这种情况下，只要赛加维纳王室不愿意，薄织雾就永远找不到温母。

"朝城人人皆知，你爱织织，疼她入骨。我们不是还有份石油的合同等着签吗？为了跟你达成合作，讨好你的太太，签成这份合同，赐她爵位，让她做个公主，这并不过分吧？"

陆沉舟的唇角蓦然扬了起来。他明白，这只是一个掩人耳目的做法，既保护了温母，又能够让织织跟她相认。

"看来你们考虑得真的很周全。"陆沉舟晒笑了下，他又问，"明天能签合同吗？"

赛加维纳石油资源不是很丰富，陆沉舟什么生意都做，且都能做得很好，所以赛加维纳想跟他合作，一点都不奇怪。

"随时都可以。"王储笑了笑。陆沉舟挂了电话。

他的宝贝，这下真的是公主殿下了。

石油合同签订的当天晚上，陆沉舟拉着薄织雾飞去了赛加维纳。二十多个小时的飞行后，他们抵达了赛加维纳王室的机场，一栋栋欧式古典城堡矗立在眼前。薄织雾看了发出连连的赞叹："好漂亮。"

陆沉舟晒笑了下，拉着她的手说："如果你愿意的话，我可以……"

"不要。"薄织雾不等陆沉舟说完，就打断了他。

"西山林语已经很好啦。我很喜欢。"她温柔地抬起头，望着陆沉舟笑了笑。

见到温母的时候，薄织雾一句话都说不出来，眼底只剩下晶莹的泪珠。两个人抱在一起，哭成了泪人。

温母哽着喉咙，涕泪涟涟地跟薄织雾说："我……我对不起你，如果当初不是我没看好你，也不至于让你在外面受了这么多的苦。"

薄织雾眼圈通红地看着母亲，她微笑着说："那些都过去了，我现在过得很幸福，这就够了。"

温母和国王都让薄织雾留下来，等孩子生下来再走。薄织雾知道，这是温母想补偿她。可是她是个成年人了，怀孕了也不能阻止她去做某些事情。

她婉拒了，跟温母说，等她生下孩子，再让他们去赛加维纳看她。温母拗不过她，只好答应："那你以后，半年要过来看我一次。"

陆沉舟晒笑着说："三个月一次也可以。只要您想软软了，什么时候都可以。"

薄织雾靠在陆沉舟的怀里，笑着点头："嗯，只要你想我了，我就过来看你。"

温母不舍地松开了薄织雾的手，目送着他们上了飞机，离开了赛加维纳。

她的弟弟妹妹结合了她母亲跟国王的优点，特别是妹妹，长得特别好看。

婚礼最终是选在海边举行的，这里是故事的开始，却不会是幸福的结尾，他们还会一直幸福下去。

这场婚礼，轰动了整个朝城。花童是相宜和斯年。伴娘是宋宜笑和苏恬。温母跟国王也到了。

薄织雾身上的婚纱上缀满了细碎的钻石，在阳光的照耀下熠熠生辉。最让人惊叹的是婚礼的拖尾头纱，长度的数据是陆沉舟用心选的，二十四米。

这代表了他们走过了二十四年才终于再次站在了一起。当薄织雾捧着捧花走向陆沉舟的时候，陆沉舟在一瞬间红了眼眶。薄织雾透过层层白纱看着他，眼圈也红了起来。只有他们知道，这一路走来经历了多少坎坷。

敬茶是由温母和国王来充当长辈。陆沉舟的父母早逝，薄织雾的养父养母也去世了。她现在成了赛加维纳王室赐爵的公主，温母和国王来接受敬茶，一点也不过分。

望着身披白纱的薄织雾走到陆沉舟跟前的时候，温母忽然就泪目了。

她跟薄织雾二十四年未曾相见，还没来得及对她好就要送她出嫁。可是她也放心，因为薄织雾终于嫁给了那个她爱着，并且也爱着她的男人。

掀开头纱的那一刻，陆沉舟毫不犹豫地捧起了薄织雾的脸，吻上了她的唇瓣。阳光在这一刻照耀在他们身上。

彼时，现场的糖果色气球纷纷放飞，带着他们的爱情与对未来的憧憬，一同飞向了更高的天际。